이계진입 리로디드

RELOADED

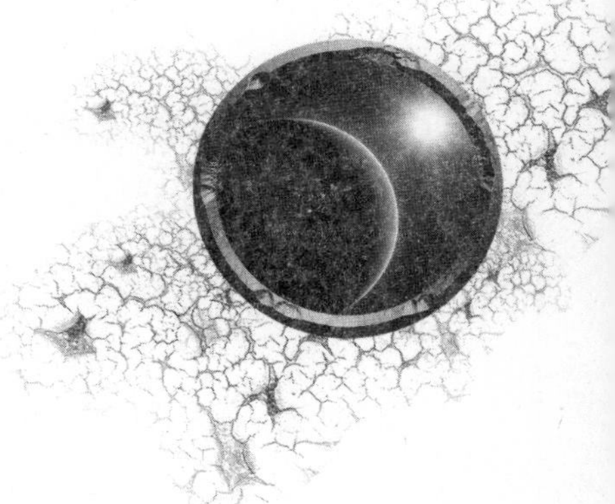

이계진입 리로디드 14

임경배 퓨전 판타지 소설

초판 1쇄 찍은 날 § 2017년 10월 23일
초판 1쇄 펴낸 날 § 2017년 10월 30일

지은이 § 임경배
펴낸이 § 서경석

편집책임 § 이지연

펴낸곳 § 도서출판 청어람
등록번호 § 제387-1999-000006호
등록일자 § 1999. 5. 31
어람번호 § 제1-2784호

주소 § 경기도 부천시 부일로 483번길 40 서경B/D 3F (우) 14640
전화 § 032-656-4452 팩스 § 032-656-4453
http://www.chungeoram.com
E-mail § chungeorambook@daum.net

ISBN 979-11-04-91494-2 04810
ISBN 979-11-04-90529-2 (세트)

RELOADED

임경배 퓨전 판타지 소설

FUSION FANTASTIC STORY

이계진입 리로디드 14

도서출판 청어람

CONTENTS

RELOADED

이계진입

리로디드

Chapter 1

추적자

릴스타인의 왕궁 북쪽에 세워진 붉은 마탑.

한때 개인적인 비밀 연구실이었던 이곳은 현재 규모가 어마어마하게 커진 상태였다. 고작해야 5층 높이 정도의 평범한 마탑이 아니라 4대 상아탑 이상의 크기를 지닌 거대한 건축물이 되어 있었다.

또한 예전처럼 완벽하게 출입 금지 구역으로 지정되어 있지도 않았다. 엄격한 통제하이긴 하지만 적색 상아탑 출신의 마기언 중 인가를 받은 이들은 수시로 탑을 드나드는 중이었다.

이는 붉은 마탑의 기능이 예전과 전혀 다르기 때문이었다.

이제껏 이곳이 금지인 이유는 단 하나, 루스클란의 유적과 직통으로 연결되는 공간 포털의 존재를 감추기 위함이었다. 정확히 말하면 붉은 마탑에 공간 포털을 설치한 것이 아니라 공간의 균열이 있는 곳에 탑을 세운 것이지만.

그동안 릴스타인은 실질적인 마법 연구를 델스트로이에서 서쪽으로 하루 거리에 위치한 적색 상아탑에서 행했다. 붉은 마탑은 그저 유적으로 향하는 공간 통로로만 썼다.

지금은 달랐다.

루스클란 제국의 고대 유적, 왕의 심장.

이 유적을 통해 릴스타인은 수많은 지식과 비의를 얻었다. 그리고 그 힘을 빌려 모든 계획을 진행했다.

하지만 이 지저 2㎞의 고대 유적에는 심각한 단점이 하나 있었다.

비밀 유지도 좋지만, 릴스타인 외에 다른 사람은 도무지 드나들 수가 없다 보니 운영 및 관리가 영 힘들었던 것이다. 그렇다고 기밀 중의 기밀인 공간 포털의 존재를 타인에게 알릴 수도 없었다.

마력이 아무리 남아돌아도 사소한 잡무를 일일이 하는 건 시간을 빼앗기는 법이다. 역시 여러 사람을 써야 일의 효율이 오른다.

유적의 모든 기능을 활용하려면 아무래도 혼자서는 너무 비능률적이었다. 제어 시스템을 좀 더 관리하기 편한 장소로 옮길 필요가 있었다.

그래서 릴스타인은 오랫동안 연구를 거듭했고, 결국 어느 정도 성과가 나왔다.

왕의 심장의 본체, 방대한 지식과 지혜가 담긴 정보체 자체는 건드릴 수 없었다. 그걸 옮긴다는 건 곧 유적 자체를 파내 온다는 소리나 마찬가지였으니까.

그렇지만 지구인을 봉인, 운용하던 시설들이며 4대 상아탑 전체를 제어하는 메인 시스템 및 유적 내부 관리 시스템 등은 빼내는 것이 가능했다.

틈나는 대로 유적의 기반 시설들을 하나둘 옮겼다.

이 자체는 그리 큰 문제가 아니었다. 아티팩트와 결계로 이루어진 시스템을 적당히 분해해, 크림슨 나이츠를 부려서 공간 포털을 이용해 옮긴 다음 재조립하면 된다.

문제는 붉은 마탑을 증축하고 새로운 원격 제어 시스템을 까는 일이었다.

어마어마한 대공사였고, 당연히 한창 전쟁 중에 시행하기에는 불가능한 일인 것이다.

다행히도 용케 시간이 생겼다.

아이러니하게도 성시한 덕분이었다.

레비나와 눈 맞아 이계구원자를 배신했다는 켈테론의 선전 작업 때문에 릴스타인은 한동안 제대로 된 전쟁을 치르지 못했다. 이것이 전화위복이 되어 오히려 관련 공사를 할 시간적인 여유가 생겼다.

성시한이 레비나를 상대하는 틈에 유적의 '이사'를 무사히 마쳤다. 유적 대부분의 시스템이 증축된 붉은 마탑에 자리 잡았다.

또한 적색 상아탑의 마기언들을 대거 투입해 적재적소에 배치하니 예전보다 훨씬 효율적으로 유적의 기능을 다룰 수 있게 되었다.

물론 지구인 봉인 시설이나 중추 시스템, 공간 포털 아티팩트 등은 여전히 기밀 중의 기밀로 취급해야 한다. 하지만 다수의 마기언이 들락거리게 된 지금은 아무래도 지저 2㎞의 유적일 때에 비해 보안이 취약할 수밖에 없다.

그래서 크림슨 나이츠를 일부 투입해 경비병으로 활용했다. 육왕국을 모두 쓰러뜨리며 가용 전력이 꽤 늘어난 덕분에 자그마치 초인급 소드하이어를 일개 경비로 쓰는 호사도 누릴 수 있었다.

4대 상아탑 이상으로 거대해진, 모든 상아탑을 제어 관리하는 절대 마탑.

이제 이곳은 붉은 마탑이라 불리지 않았다.

필라 오브 임페라토르(Pillar of Imperator).

세계를 지배하는 절대자의 권능을 담은 곳이었다.

*　　　*　　　*

필라 오브 임페라토르, 최상층.

복잡한 마법 금속이 어지럽게 얽힌 한 구조물 앞에 서서 릴스타인은 흐뭇한 듯 웃었다.

"일단 테라노어는 정리했으니 이제 다음 단계로 넘어갈 차례군."

4대 상아탑을 수복하며 모든 제어권을 되찾았다. 대륙 전체를 아우르는 색출 결계를 짤 준비를 마친 셈이다.

'그러고 보니 슬슬 적색 상아탑주도 따로 뽑는 것이 나을까?'

필라 오브 임페라토르가 완성된 이상 적색 상아탑의 유용성은 다른 상아탑과 비슷한 수준일 뿐이었다.

릴스타인이 거기 매달려 시간을 빼앗길 바에야, 적당한 사람에게 권한을 넘기고 그 위에서 조율하는 것이 효율적이다.

'그런데 쓸 만한 마기언이 없단 말이야. 트란덴이나 브륜딜은 청색과 흑색 상아탑을 관리해야 하고.'

쓸 만한 직속 마기언들은 죄다 필라 오브 임페라토르에 투입했다 보니 의외로 인재가 없다. 눈독 들였던 외부인, 마기언 모투스는 워낙 뻣뻣해서 말을 안 듣는다.

사실 그보다 더 뛰어난 마기언 테이엔이 있기는 한데…….

'이 친구는 너무 쉽게 고개를 숙여서 오히려 못 믿겠고.'

모투스와 달리 테이엔은 라텐베르크 왕국이 함락되자 바로 전향했다.

문제는 그 전향 속도가 너무 빨라서, 대놓고 '내가 항복하는 척하면서 사자 배 속의 벌레가 되겠다!'라는 티를 역력히 보인다는 것이다. 그래서 아쉽지만 당장은 써먹을 수가 없었다.

'소드하이어와 달리 마기언은 정신 지배를 걸면 쓸모가 없어지니, 원.'

릴스타인은 고민을 뒤로 미뤘다. 지금은 우선적으로 처리할 일이 있었다.

"색출 결계부터 깔 준비를 해야지."

*　　　*　　　*

마법으로 특정한 인물을 찾으려면 전제 조건을 세우는 것이 중요하다.

말 그대로 그 인물을 '특정' 지어야 하는 것이다.

그렇다면 성시한의 어떤 점을 고유 조건으로 특정 지어야 할까?

무신급 소드하이어라는 것? 플로어 마스터라는 것? 지구인이라는 것?

아쉽게도 무신급 소드하이어나 플로어 마스터의 조건은 항상 유지되지 않는다. 어디까지나 그에 걸맞은 힘을 쓸 때만 색출되게 마련이다. 물론 이것도 효과가 아주 없진 않으니 1차 조건에 넣어두긴 했지만, 역시 완벽하진 않다.

지구인이란 점은 아예 색출 자체가 불가능하다.

테라노어의 마법으로는 지구인과 테라노어인 사이에 어떤 차이점이 있는지 파악할 수 없다. 알리타가 알파 시리즈의 정체를 알아차렸을 때 릴스타인이 바로 흥미를 보인 이유였다. 그의 지식 밖의 일이었으니까.

저 항목을 제외하고 성시한이 다른 이들과 다른 점이라면 하나뿐이다.

차원을 건너왔다는 것.

차원을 건넌 이상 희미하게나마 차원간 변동력을 발할 수밖에 없다. 모든 이계의 마물, 혹은 마물 소환 상태인 이계소환술사처럼.

이 차원간 변동력 색적 방법은 이미 오래전에 연구가 끝났다.

어지간한 마기언이나 프린이라면 일정 거리 이내의 이계 마물이나, 그를 부른 이계소환술사를 파악할 수 있다. 이를 이용해 제국 시절엔 이계소환술사의 재능을 지닌 이들을 찾았고, 육왕국 시절엔 제국의 잔당을 사냥하곤 했다.

'시한이라면 보나마나 차원간 변동력 차폐 마법을 항시 걸고

있겠지만.'

과거 사파란은 성시한을 위해 차원간 변동력을 차단하는 마법을 따로 개발해 주었다. 그로 인해 제국의 탄압 속에서도 정체를 들키지 않고 움직일 수 있었던 것이다.

릴스타인 역시 소환한 지구인들, 크림슨 나이츠나 알파 시리즈에게 항상 저 마법을 유지시키고 있는 상태였다. 그래야 정체나 위치가 파악되지 않을 테니까.

'거꾸로 말하면 크림슨 나이츠나 알파 시리즈가 아닌데 차원간 변동력 차폐 마법을 걸고 있는 자는 시한일 수밖에 없단 의미지. 아, 그 알리타라는 소녀도 이계 마물 소환에 대비해 함께 걸어놓고 있을 순 있겠군.'

즉, 차원간 변동력 차폐 마법을 조건 삼아 색출 결계를 돌리면 된다.

그럼에도 릴스타인은 예전엔 딱히 저 마법을 이용해 성시한을 찾을 생각을 하지 않았다.

차원간 변동력 차폐 마법은 고작해야 3층 주문이고 마력도 그리 소모하지 않는다. 저런 하층 주문을 색출할 정도로 예민한 결계는 기껏해야 수십 미터 반경에 까는 것이 한계인 것이다.

저 정도 거리라면 그냥 눈으로 보는 게 빠르다. 설령 시한이 얼굴을 바꿨다 해도 바로 알아볼 자신이 있었으니까.

하지만 지금의 그라면 대규모 결계로도 충분히 색출이 가능했다. 그래서 묵혀두었던 아이디어를 도로 꺼낸 것까진 좋았는데…….

술식을 살펴보던 릴스타인이 문득 한숨을 내쉬었다.

"어휴, 사파란 이 자식, 마법을 너무 잘 만들었네."

차원간 변동력 차폐 마법은 기본적으로 테라노어의 색출 마법에 걸리지 않는다. 애당초 사파란은 그것까지 상정해 술식을 짰다. 그래야 당시 루스클란의 마기언들 눈을 피할 수 있을 테니까.

이걸 색출하려면, 우선적으로 술식을 재해석해 평범한 3층 주문처럼 감지되게 만드는 조건 부여 과정이 필요하다.

기량이 모자라던 예전의 사파란이 만든 것이니, 마법의 극에 달한 지금의 자신이라면 쉽게 단점을 파악할 수 있을 줄 알았다. 그런데 막상 술식을 찬찬히 뜯어보니 그게 아니다!

"와, 다시 보니 정말 예술적으로 짜인 술식이잖아?"

마학 이해도가 떨어지는 당시의 성시한도 쉽게 구사할 수 있었으면서, 아무리 강력한 마기언이라도 찾지 못할 정도로 은밀성이 높고, 마력도 적게 드는 고효율의 마법.

분명 3층 마법 수준인데도 완성도 면에서 전혀 흠이 없다.

술식 디자인 자체가 워낙 우아한 것이다. 사파란은 차원이나 소환 쪽이 전공도 아니었는데 이 정도라니 새삼 놀라웠다.

"그 친구가 진짜 대단하긴 대단했어."

릴스타인은 혀를 내둘렀다. 추구하는 길이 달라 자신이 이기긴 했지만, 역시 마학 수준만 보면 절대 자신보다 밑이 아니다.

뭐, 그렇다 해도 결국 3층 주문이다. 술식 하나하나를 죄다 분해해 재해석하면 결국 조건 부여를 할 수는 있을 것이다.

그저 그만큼 시간을 낭비하게 될 뿐.

"이거, 예상보다 오래 걸리겠는데?"

인상을 쓰며 그는 날짜를 계산해 보았다.

술식을 죄다 재해석하는 한편, 대규모 결계도 짜야 하고, 4대 상아탑과 연계도 시키면서, 중계기 역할을 할 아티팩트도 따로 만들고, 그 와중에 나랏일도 처리해야 한다?

…순간 우울해졌다.

"한 달 넘게 걸릴지도……."

다 때려치우고 그냥 밑의 것들이 알아서 찾아오길 느긋하게 기다릴까 하는 유혹도 잠시 들었다. 색출 결계와 별개로, 성시한과 카렌에 대한 수색 명령 자체는 내려놓은 것이다.

하지만 릴스타인은 이내 마음을 다잡았다.

"그 녀석을 그런 식으로 찾을 수 있을 리가 없지."

십 년 전 루스클란 제국의 천라지망조차 걸리지 않은 성시한이었다. 천변기에 마법까지 지니고 있는 데다 숨어 다니던 경험도 실로 풍부하다.

'그런 시한을 고작 사람 풀어서 찾는다고?'

터무니없는 이야기라는 건 릴스타인 자신이 제일 잘 알고 있었다.

허공에 뜬 빛의 술식을 바라보며 그는 피식 웃었다.

"한동안 머리 좀 써야겠군."

*　　　*　　　*

보람차게 하루 일과를 마치고, 그러니까 테이블에 엎드려 사파란이 남긴 술식을 몇 시간째 끙끙대며 재해석하고 주석 붙이다가 겨우 집무실로 돌아왔을 때였다.

개인 비서관이 그를 불렀다.

"릴스타인 폐하."

밀린 서류를 집어 들며 릴스타인이 시큰둥하게 되물었다.

"뭔가, 켈테론?"

"이계구원자와 불사의 마녀를 찾았습니다."

워낙 덤덤하게 보고한 나머지, 릴스타인도 순간 태연하게 대꾸해 버렸다.

"음, 수고했……."

물론 바로 상황을 깨닫고 반문했지만.

"…잠깐? 지금 뭐라고?"

"예? 명하신 대로 이계구원자의 위치를 파악했습니다만……."

"그러니까, 시한을 찾았다고?"

"찾으라고 하셨잖습니까?"

켈테론이 고개를 갸웃거렸다. 찾으라고 해서 찾았는데 대체 뭐가 문제인지 모르겠다는 얼굴이었다.

릴스타인은 눈을 껌뻑였다.

그래, 분명 찾으라고 시키긴 했다. 하지만…….

"…도대체 무슨 수로?!"

*　　　　　*　　　　　*

라텐베르크 왕국 서부의 교역 도시, 플랑트.

거리 위로 낭랑한 목소리가 울렸다.

"랄 스테일 펠 테라드 라마스……."

"폭염이여, 내 손에 임해 적을 태울 파괴의 불이 될지니!"
"작열하라, 파이어 볼!"
한두 명의 목소리가 아니었다. 십여 명이 넘는 인원이 동시에 같은 주문을 영창하며 마법을 발동한다.
어둠이 깔린 하늘 위로 화염구 무리가 붉은 궤적을 그리며 날아갔다. 2층 가옥이 폭발하며 불타올랐다.
콰콰콰쾅!
날아오른 파편과 불티, 일렁이는 폭연 사이로 세 개의 그림자가 솟구쳤다. 가장 높이 솟구친 검은 머리의 청년이 땅을 향해 왼손을 뻗었다.
"요동치는 대지의 신음! 테라 웨이브!"
땅거죽이 벗겨지며 메마른 땅 위에 파도가 쳤다. 물이 아닌 땅으로 이루어진 파도가 커다란 벽을 형성한다. 대지의 벽이 방금 파이어 볼을 날린 30여 명의 마기언 부대, 릴스타인 왕국군 소속 마법병단을 향해 쇄도했다.
마기언들이 비명을 질렀다.
"이계구원자의 마법이다!"
"막을 수 없어!"
"피해라!"
테라 웨이브 자체는 4층 주문이지만, 저 거대한 대지의 파도는 성시한의 가공할 마력에 의해 강화될 대로 강화된 상태다. 거의 6, 7층 마법에 필적하는 위력인데 저들의 기량으로 막을 수 있을 리가 없다.
그래서 마기언들은 재빨리 바람 마법의 주문으로 공격을 피하는 데만 전념했다. 덕분에 성시한에게 추가 공격을 할 수 없게 되었지만, 별문제는 없었다.

어차피 그 역할은 다른 이들이 맡고 있었다.

불타는 가옥 반대편 골목에서 누군가가 소리쳤다.

"나타났다!"

"전원, 사격 개시!"

시위 튕기는 소리가 연달아 울렸다. 골목 사이사이에 배치된 궁병대의 공격이었다.

무수한 화살의 비가 반대편 가옥 지붕에 착지한 시한 일행에게 날아들었다.

시한이 소리쳤다.

"둘 다 내 뒤로!"

카렌과 알리타가 잽싸게 움직였다. 허공에 손짓하며 성시한은 투기염동을 끌어냈다.

나무판자로 엮은 지붕이 후드득 뜯겨 앞을 가로막았다. 방패가 된 지붕 위로 화살들이 쉴 새 없이 꽂혔다.

타다다다다닥!

지붕 뒤에 몸을 숨긴 채 시한이 쓴웃음을 지었다.

"집주인에게는 좀 미안하네."

거리의 상황을 살피며 카렌이 이해할 수 없다는 표정을 지었다.

"어떻게 저들이 우리를 찾은 거죠? 확실히 정체를 숨기고 움직였는데?"

알리타 역시 비슷한 심정이었다.

"딱히 실수하진 않은 것 같은데……."

* * *

성시한이 습격당하기 나흘 전, 릴스타인의 집무실.

켈테론의 보고에 릴스타인은 의심을 느끼고 있었다.

"정말로 시한을 찾았다고?"

수상하다.

물론 그는 켈테론이 유능하다는 걸 인정하고 있었다. 직접 밑에 두고 부려보니 그 진가를 알겠다.

하지만 릴스타인 휘하의 기존 정보부 역시 충분한 능력이 있었다. 과거 루스클란 제국의 수색대 역시 마찬가지였다.

성시한은 저들의 집요한 추적에도 용케 들키지 않고 움직였다. 그런데 켈테론이 아무리 유능하다지만 남들이 못 한 걸 이렇게 빨리 해낼 수 있을까?

"그거 대단하군? 짐의 수많은 첩자들이나 과거 루스클란 제국도 못한 일을 이렇게 쉽게 해버리다니 말이야."

솔직히 의심이 간다. 혹시 배신한 척하면서 여전히 성시한과 연락을 취하고 있는 게 아닐까?

"무슨 수를 썼는지 짐에게 알려줄 수 있겠는가?"

은근히 비아냥이 섞인 말투였는데, 켈테론이 머리를 긁으며 멋쩍어했다.

"하찮은 재주를 자랑하는 것 같아서 좀 부끄럽습니다만, 헤헤헤."

저 천박한 태도를 보니 또 의심이 흔들린다.
'정말 재주가 좋아서 찾은 건가?'
켈테론이 설명을 시작했다.
"일단 시한 님과 카렌 님, 알리타 양이 함께 다닌다는 전제에서 출발했습니다요."

시한 일행이 얼굴을 바꿨을 거라는 건 쉽게 추측할 수 있다. 그러니 인상착의로 저들을 찾을 순 없다.
"하지만 아무리 천변기라도 인종까지 바꾸진 못하지요?"
지구로 치면, 동양인이 서양인이 될 수는 없다는 소리다.
"어떤 얼굴로 바뀌었다 해도 일단 인종 구성 자체는 변함이 없다는 소리지요. 그리고 나이 변화도 어지간해선 그 폭이 그리 크지 않다고 들었습니다."
나이를 바꾼다 해도 보통은 10대 소녀가 20대 여인으로 변장한다든가, 20대 청년이 30대로 바꾸는 정도였다.
"성별도 어지간해선 위장하지 않는 법이고요."
릴스타인도 동의했다.
"쓸데없이 어색한 부분을 늘리면 도리어 눈에 띌 수도 있으니까."
젊은이가 노인 변장을 하거나, 혹은 남장이나 여장을 하면 잠깐 동안은 확실하게 정체를 숨길 수 있을 것이다. 하지만 시간이 길어질수록 의심 살 요소가 늘어나게 된다. 나이나 성별을 바꾸는 건 검문을 피할 때나 잠시 써먹는 짓일 뿐이다.
"성문을 통과하거나 할 때는 저런 수법을 썼을지 모르겠지만,

계속 그 상태로 움직이면 역효과죠. 상식에서 크게 벗어나진 않으리라 생각합니다."

성시한이나 카렌이나 예전에 숨어 다니던 경험이 많으니 그런 허점을 보일 가능성은 거의 없다.

"즉, 현재 시한 님 일행의 인상착의는 이런 것이죠. 무력이 뛰어난 남성 1명과 여성 2명으로 이루어진 혼성 그룹이며, 갈렌족 남녀와 서부 브리안 인종 여인."

일부러 알리타의 머리색, 백금발은 인상착의에서 뺐다.

"저라도 염색 정도는 할 테니까요. 갈렌 민족이야 전원 흑발이니 염색하는 쪽이 오히려 눈에 띄니 그럴 리는 없겠지만 말입니다."

성시한 일행을 수색하는 1차 조건으로 켈테론은 저 조합과 인상착의를 걸었다.

"물론 시한 님 일행이 뿔뿔이 흩어지면 전혀 소용없어진다는 건 압니다만, 이 경우엔 대책이 없으니 그냥 무시했습니다. 이 상황에서 굳이 헤어질 가능성도 별로 없고요."

"그렇군. 하지만 여전히 납득은 가지 않는데?"

저 인상착의만으로 대륙을 뒤지면 족히 세 자리에 달하는 경우의 수가 나올 것이다.

"그래서 다음 수순으로, 시한 님 일행이 머무를 장소를 좁혔습니다."

켈테론은 테라노어 전체에 수색망을 펼치지 않았다.

"유동 인구가 1만 이상인 교역 도시만 뒤졌습지요."

영웅담 같은 걸 보면 주인공 일행이 들르는 곳은 대부분 교역 도시다. 그래서 '이놈의 세상은 순 교역 도시밖에 없나?'라는 느낌이 들지도 모르겠지만, 이는 어디까지나 제3자의 감각일 뿐이다.

테라노어는 교통이나 상행이 지구보다 뒤떨어진 세계이고 당연히 교역 도시의 숫자도 그리 많지 않다. 그럼에도 대부분의 영웅담에서 교역 도시만 나오는 이유는…….

"떠돌이 입장에선 선택지가 그것밖에 없거든요."

작은 사회라는 말도 있듯이, 유동 인구가 적은 곳은 외지인에게 극히 배타적이다. 21세기 지구에서도 아직 그런 경향이 심한데 하물며 문명 수준이 떨어지는 테라노어 같은 경우는 훨씬 심하다.

"남의 눈에 안 띄고, 정보를 얻고, 숨어서 후일을 도모하려면 갈 곳 자체가 얼마 없지요."

이 역시 납득할 수 있는 설명이었다. 그래서 예전 혁명 7영웅 역시 카곤 시티를 본거지 삼아 움직였다.

"그다음에는 뭐, 용병 길드나 도적 길드 같은 데 사람 풀어서 정보 입수해 시한 님 일행으로 짐작되는 이들을 거르는 거죠."

별거 아니라는 어조로 켈테론이 말을 마쳤다. 릴스타인이 눈살을 찌푸렸다.

"듣고 보니 방법 자체는 정석적이군."

과거 루스클란 제국도 혁명 7영웅이 카곤 시티에 숨어 있다는 것까진 파악했다. 단지 그 넓은 도시의 어디에 숨어 있는지를 못 찾았을 뿐이다.

용병 길드나 도적 길드를 이용한 점 역시 똑같다.

"그런데 왜 자네만 성공한 거지?"

켈테론이 어깨를 으쓱였다.

"이용하는 방법의 차이입죠."

각국의 첩자나 정보부가 지역사회 조직을 이용하는 방식은 보통 이렇다.

돈을 들고 가서 의뢰를 하거나, 아니면 이미 신뢰받고 있는 내부 정보원을 이용하거나.

"이 방법만으론 제대로 된 정보를 얻을 수가 없지요."

의뢰를 통해선 제한적인 정보만을 얻을 뿐이다. 그리고 내부 정보원을 이용한다 해도 그 정보원의 지위 자체가 한계가 된다.

물론 길드장쯤 되는 이를 정보원으로 삼을 수 있다면 아무 문제 없겠지만…….

"저런 동네 길드장은 수시로 바뀌거든요. 내부 정보원도 언제 죽거나 쫓겨날지 모르고."

켈테론이 저들과 다른 점은, 본인이 직접 대륙 곳곳의 길드와 오랜 시간 친분을 쌓아왔다는 점이었다.

"배후를 마냥 감추는 것만이 능사는 아닙니다. 가끔은 정체를 드러내야 할 때도 있습죠."

익명의 의뢰인은 믿을 수 없다. 하지만 존재가 드러난 자에겐 경계심이 풀리게 마련이다. 상대의 약점을 잡았다고 생각하니까.

"전 제 정체를 드러낸 채 대륙 이곳저곳에 인맥을 다져놓았고, 몇 년 동안 그 관계를 유지했습니다."

뱀의 길은 뱀이 제일 잘 아는 법이라는 말이 있다.

젝센가드 왕국의 간신배, 켈테론은 누가 봐도 뱀의 길을 함께 걷는 동지였다. 오랜 시간 다져온 악명 역시 그 사실을 뒷받침해

준다. 뒷세계에 몸담은 이가 볼 때, 어떤 의미에선 이미 기득권층이 되어버린 '도적들의 여왕'보다 더 믿을 수 있는 존재다.

"저야 워낙 만만한 놈이니까요. 덕분에 경계도 별로 안 하더군요."

게다가 어쩌니 저쩌니 해도 켈테론은 일국의 권력자였다.

그런 고위층이 정체를 드러내고, 비록 본인이 직접 나서진 않는다 해도 당당히 자신의 인장을 걸고 용병 길드나 도적 길드 같은 밑바닥 인생들과 직접 거래를 한다?

밑바닥 인생 입장에선 굉장히 인정받는 기분이 들 수밖에 없다.

"인정받지 못하는 입장일수록, 인정받게 되면 필요 이상으로 퍼주려고 하지요. 이번에 톡톡히 그 덕을 보았습니다."

"그럴듯하군."

릴스타인은 무심코 고개를 끄덕였다. 확실히 스스로 약점을 내보여 효율을 높이는 저런 방식은 그도 떠올린 적이 없었다.

"그런데 왜 그런 짓까지 한 건가?"

저 말대로라면 켈테론은 젝센가드 통치 시절부터 테라노어 곳곳에 손을 뻗어놓았다는 소리가 된다.

"젝센가드 왕국 내라면 모를까, 굳이 대륙 전역의 주요 도시마다 정보원을 박을 이유가 있었나?"

당시의 그에겐 딱히 필요 없는 행위인 것이다. 그러자 켈테론이 얼굴을 붉혔다.

"그게 사실은……."

젝센가드의 통치가 아무리 봐도 오래 갈 것 같지 않아서 한 짓이었다.

"만일의 경우 재산 들고 날라야 하는데, 그러려면 어느 나라가 제일 좋을지 열심히 재어보고 있었습죠."

그 와중에 정치 상황 등의 정보를 얻어 사익도 열심히 챙겼다고 했다.

"그런데도 당당히 자기 이름을 걸어도 되는 건가? 다른 사람들에게 의심을 살 텐데?"

다른 건 몰라도, 자기 통치 망할 것 같다는 소릴 듣고 젝센가드가 가만있었을 것 같진 않다.

"아, 젝센가드는 이미 알고 있었습니다."

위대하신 혁명 영웅의 이름을 더럽힐 수는 없으니 켈테론이 대신 나서서 지저분한 일을 하겠다, 하지만 남들에게 사실을 알릴 순 없으니 저런 핑계를 대겠다는 식으로 알고 있었지만.

"뭐, 거짓말은 아니었습니다. 실제로 젝센가드를 위해 정보를 얻은 적도 꽤 많았고요."

그렇다고 진실인 것만도 아니다. 상황에 따라 진실도 거짓말도 될 수 있는 유동적인 태도인 것이다.

"그래도 어째 젝센가드답지 않군. 정보를 그리 중요시 여기는 성격은 아니었는데."

"대륙 각지의 숨겨진 미녀들의 정보를 캐다 바쳤습죠."

"…그건 또 매우 젝센가드답군."

릴스타인은 고개를 절레절레 저었다. 처음엔 좀 의심했지만, 상황을 전부 듣고 나니 충분히 가능한 일로 보였다.

"뭐, 운도 좀 따랐지요."

머리를 긁적이며 켈테론이 헤헤 웃었다. 릴스타인은 새삼스러운 눈으로 눈앞의 중년 사내를 바라보았다.

딱히 칭찬할 만한 성품도 아니고, 바람직한 수단도 아니지만 놀라울 정도로 유능하다.

실제로 다른 사람들은 불가능한 결과를 이렇게 내지 않았는가?

'개인 서기관으로만 놔두기엔 아깝군.'

문제는 역시 충성심인데, 이 역시 의외로 나쁜 이야기인 것만은 아니었다.

분명 켈테론에게 충성을 기대할 순 없다. 릴스타인이 약해지면 바로 배신할 인간이다.

하지만 그에게 힘이 있는 한 절대 배신하지 않을 것이다. 배신해서 남는 게 없을 테니까.

'계산적인 인간은 감정에 휘둘리지 않지.'

앞뒤 재어보지도 않고 감정에 휘말려 대뜸 어리석은 판단을 내리는 것보단 훨씬 믿음직하다.

'제대로 된 지위를 내리고 써먹는 게 더 낫겠어.'

릴스타인의 눈치를 보다가 켈테론이 슬그머니 말했다.

"저, 폐하. 이걸로 전 임무를 다했습니다만?"

성시한을 찾는 것은 가능하다.

하지만 그를 잡아 오라고 한다면 전혀 방법이 없다.

릴스타인은 실소했다. 당연히 그 역시 거기까진 바라지 않았다.

"수고했다. 이번 그대의 공은 매우 크니, 추후에 걸맞은 보답이 있을 것이다."

"감사합니다, 폐하!"

넙죽 엎드린 켈테론을 뒤로하며 릴스타인은 자리에서 일어났다. 여기서부턴 자신의 일이었다.

집무실 밖으로 나서며 릴스타인이 사념파를 발했다.

[감마! 델타! 엡실론!]

*　　　　*　　　　*

단 하루 만에 세 명의 무신급 소드하이어와 25명의 초인급 소드하이어, 30인의 마법병단과 250의 궁병대로 이루어진 이계구원자 제압 부대가 신설되었다.

사흘 뒤 이들은 라텐베르크 왕국 서부의 교역 도시, 플랑트에 모습을 드러냈다.

켈테론이 파악한, 성시한 일행이 숨어 있는 도시였다.

*　　　　*　　　　*

뜯어낸 지붕을 방패 삼아 화살 비를 막아내며 시한 일행은 서서히 후퇴했다. 평범한 나무 지붕일 뿐이었지만 화살 역시 딱히 투기나 마법이 실려 있지 않은 터라 충분히 막을 수 있었다.

그 말은 곧 굳이 지붕을 안 뜯어도 시한의 방어 투기나 카렌의 달빛 사슬로 얼마든지 튕겨낼 수 있다는 소리도 되지만…….

"그래도 되도록 힘을 아끼는 게 좋겠지."

주위를 살피며 시한이 중얼거렸다. 카렌도 동의하며 고개를 끄덕였다.

"이건 어디까지나 시선을 빼앗은 용도일 테니까요."

이까짓 화살 정도야 방어하는 데 들어가는 투기나 신성력의 양은 경미하다. 하지만 신경이 쏠리면 집중력이 흐트러지는 건 분명한 것이다. 그리고 사소한 긴장감도 의외로 상당히 체력을 소모하는 법이다.

화살보다 다른 쪽에 더 신경 쓰며 시한 일행은 건너편 가옥 지붕으로 뛰었다. 그때 발치에서 포효가 들려왔다.

"크아아아!"

동시에 전혀 기척이 없던 곳에서 강렬한 투기가 느껴진다.

콰콰쾅!

지붕을 부수며 한 무리의 기사들이 솟구쳤다. 전원 붉은 갑주를 걸친 이들, 크림슨 나이츠였다.

"역시."

그럴 줄 알았기에 놀라지도 않는다.

침착하게 시한은 검을 뽑아 투기강을 둘렀다. 카렌도 달빛 사슬을 펼치고 알리타도 잠행기로 몸을 둘렀다.

선두의 적색 기사 4명이 푸른 투기강을 휘두르며 참격을 날렸다. 네 줄기 섬광이 일행을 노렸다. 시한이 짧게 외쳤다.

"산개!"

시한 일행이 세 방향으로 흩어졌다. 눈앞의 두 명을 상대로 성시한이 검을 뻗었다.

"패왕기, 유수!"

상대의 공세를 유려하게 흘리며 단숨에 안쪽으로 파고들어 치명적인 연격을 가한다. 순식간에 적색 기사들의 갑옷이 갈라지고 피가 튀었다.

하지만 상처가 얕았다.

그 순간 다른 크림슨 나이츠가 추가타를 날린 탓이었다. 배후 공격을 피하다 보니 타이밍이 어긋나 버렸다.

'쳇!'

혀를 차며 시한이 등 뒤의 크림슨 나이츠를 향해 검을 휘둘렀다.

"패왕기, 현란!"

화려한 아홉 줄기 검광이 빛을 뿜는다. 기량 차이가 현격한 지라 세 크림슨 나이츠가 동시에 맞받아쳤는데도 도리어 밀려 버린다.

그러나 이들 역시 치명상은 피했다.

이번엔 반대로, 방금 부상을 입은 적색 기사들이 원호 공격을 날린 것이다. 또 타이밍이 애매하게 빗나갔다.

'크으.'

주위를 둘러보며 시한은 인상을 썼다.

어느새 지붕 위로 십여 명이 넘는 크림슨 나이츠가 올라와 있었다. 건너편 지붕에도 스무 명 가까운 인원이 죄다 투기강을 뽑아 들고 이쪽을 노리고 있다.

'역시 숫자가 이 정도로 많으면 이놈들도 만만치 않군.'

열 명 이하라면 혼자서도 해치울 수 있겠지만, 이게 2, 30명이 되어버리면 집중력이 크게 분산된다.

그렇지만 위기에 빠졌다고 할 정도도 아니다.

지금의 그는 혼자가 아니었으니까.

"흑월의 사슬!"

검은 사슬을 끌어내 양팔에 감은 채 카렌은 적색 기사들 사이를 저돌적으로 파고들었다. 그리고 기회를 보아 작은 약병을 꺼내 뿌렸다.

후드득!

붉은 액체가 선두의 적색 기사 한 명에게 묻었다. 시한에게서 챙겨둔 '크림슨 나이츠 제압 시약'이었다.

효과는 없었다. 무슨 일 있었냐는 듯 적색 기사는 계속해 움직일 뿐이었다.

'쳇, 역시 이건 바로 대처해 둔 건가?'

하긴, 릴스타인 성격에 이 정도 약점을 고치지도 않고 크림슨 나이츠를 다시 내보내진 않았을 것이다.

"타앗!"

푸른 투기강을 흑월의 사슬로 차근차근 튕겨내며 카렌은 섬전 같은 펀치와 킥을 뻗어냈다. 전력을 다한 공격이 아니라, 빠르고 잘게 치는 대신 바로 기본자세로 돌아가는 방어 중시 전법이었다.

물론 카렌의 기량이라면, 아무리 빠르고 잘게 쳐도 아름드리 거목 정도는 일격에 꺾인다.

"크윽!"

"커억!"

두들겨 맞은 네 명의 적색 기사가 동시에 나가떨어졌다. 갑옷이 우그러지고 투기가 흐트러지는 모습이, 치명타는 아니지만 유효타임엔 분명했다.

타격 순간 신성력 흐름을 일그러뜨리는, 일명 '대(對)지구인용 전법'의 효과였다.

"휴우……."

재차 자세를 잡으며 카렌은 안도의 한숨을 내쉬었다.

다행히 이 수법은 아직 먹히고 있었다.

"그래도 이 약점까진 못 고쳤나 보네."

* * *

수십 명의 적색 기사가 짐승처럼 울부짖으며 몸을 날렸다.

"크오오!"

그 뒤로 무수한 투기탄이 섬전처럼 날아든다. 대기가 찢어지며 요란한 파공음이 밤하늘을 울린다.

콰콰콰쾅!

그럼에도 시한 일행은 별 피해를 입지 않고 교전을 이어갔다. 성시한과 카렌이야 원체 기량이 높으니 당연한 이야기였지만, 의외로 알리타도 꽤나 도움이 되고 있었다.

어둠을 두른 채 지붕 위를 달리며 연신 투기검을 뻗는다.

"잠행기, 흑영!"

상대에게 다가가며 뻗는 것이 아니다. 어디까지나 도망치고 또 도망치면서, 가까운 크림슨 나이츠에게 헛손질을 하는 수준이다.

적중시키겠다는 의지가 전혀 없는 것이다.

'어차피 내 공격 따위 먹히지도 않을 텐데, 뭘.'

그녀는 감히 크림슨 나이츠와 맞서지 않았다.

이지가 없다 해도 상대는 초인급 소드하이어, 게다가 예전과 달리 실전적인 약점도 적다. 아무리 이성이 없다 해도 그녀의 기량으로 상대할 수 있을 리 없는 것이다.

그저 어둠을 계속 넘나들며 회피에만 집중한다. 그리고 그 와중에 괜히 허공에 헛손질, 아니, 헛검질을 해댄다.

"하압! 타앗!"

이게 의외로 효과가 있었다. 평범한 공격이 아니라, 일부러 투기 흐름을 엉망으로 운용한 검격이었으니까.

"크윽!"

"큭!"

알리타의 투기검이 날아들 때마다 크림슨 나이츠의 자세가 흐트러지고 있었다.

사실 기사급 소드하이어의 투기검 정도야 초인급의 방어 투기로 때우며 무시해도 된다. 하지만 무신급 소드하이어와 달의 여교황을 상대하고 있는 와중이라면 이야기가 달라지지.

그 잠깐 흐트러진 사이, 성시한과 카렌의 치명적인 공세가 허점을 비집고 들어온다. 푸른 투기강이 상대의 목을 베고 은색으로 빛나는 정권이 안면을 함몰시킨다.

"으아악!"

수십 명의 초인급 소드하이어에게 포위된 상태임에도 시한 일행은 차분히 전투를 풀어갔다.

알리타가 정신 사납게 만들면, 카렌이 흔들어놓고, 거기에 성시한이 기회를 잡아 치명적인 일격을 가한다. 이 수법으로 슬슬 십여 명에 가까운 적색 기사가 피를 뿌리며 지붕 아래로 나가떨어졌다.

그러나 시한은 방심하지 않았다.

'이대로 계속 싸우다 보면 이길 수야 있겠지만……'

크림슨 나이츠의 수도 꽤 줄었다. 슬슬 십이지검이나 대규모 마법을 날리면 확실한 승기를 잡을 수 있을 것이다.

그럼에도 일부러 그리 하지 않았다.

'이놈들조차도 어차피 미끼일 테니까.'

계속 기감을 운용해 사방을 탐지한다. 여전히 주변에 아무런 기척도 느껴지지 않지만, 그럼에도 결코 방심하지 않는다.

'릴스타인이 날 상대로 이들만 보냈을 리가 없지!'

과연, 잠시 후 반대편 가옥이 부서지며 세 명의 기사가 허공으로 날아올랐다.

콰콰쾅!

폭발과 함께 우렁찬 외침이 울려 퍼졌다.

"그분의 기사로서!"

"나의 왕을 위하여!"

"그분의 적을 멸하리로다!"

세 명 다 전신에 휘황찬란한 금빛의 투기를 두르고 있었다. 무신급 소드하이어의 빛이었다.

시한이 차갑게 웃었다.

"결국 기어 나왔냐?"

*　　　　　　*　　　　　　*

이계구원자 제압 부대의 기본 작전은 이것이었다.

마법병단과 궁병대로 시한 일행의 시선을 유도한 뒤 크림슨 나이츠 투입, 그리고 혼전을 유도해 상대의 신경이 분산되는 틈을 타 무신기로 확실하게 치명타를 가한다.

그래서 아까부터 감마와 델타, 엡실론은 계속 기척을 죽인 채 숨어 상황을 살피고 있었다.

그런데 영 기회가 오질 않았다.

성시한이 도통 방심을 하지 않는 것이다.

이러다 크림슨 나이츠의 수가 더 줄어버리면 오히려 불리해진다. 슬슬 암습은 포기할 때였다.

모습을 드러낸 세 무신급 소드하이어가 일제히 검을 뽑아 들었다.

섬뜩한 예기를 겨눈 채 위풍당당하게 소리친다.

"이계구원자여!"

"왕의 이름으로 명하노니!"

"순순히 항복하고 포박을 받으라!"

자세를 고치며 성시한이 헛웃음을 흘렸다.

"릴스타인 녀석, 대체 저 인간들한테 뭔 짓을 했기에 언어 중추가 저 모양이야?"

말투야 어찌 되었든 저들의 실력이 낮아지는 것은 아니다. 감마와 델타, 엡실론이 동시에 무신기를 발동했다.

"무신기, 십이지검!"

도합 36개의 광검이 밤하늘을 찬란히 밝혔다. 카렌이 황급히 성시한을 불렀다.

"시한!"

동시에 눈짓을 한다. 플레이그 블레스를 쓸까 묻는 것이다.

시한은 고개를 저었다.

'아니, 쓰지 마!'

질병의 축복은 분명 저들의 기량을 크게 하락시키겠지만 대신 성시한과 알리타도 골골대게 만든다. 수적으로 밀리는 현 상황에선 득보다 실이 크다.

무엇보다 촉매가 되는 검은 가루도 이제 별로 남지 않았다. 만일을 대비해 아낄 때였다.

"어떻게든 해볼게!"

시한이 몸을 날렸다. 그의 전신이 눈부신 황금의 빛을 발했다.

"무신기, 십이지검!"

감마와 델타, 엡실론도 움직였다. 수십 자루의 광검이 하늘을 가득 메우며 연신 충돌하고 또 충돌했다. 충격파와 빛의 파문, 그로 인한 폭음이 쉴 새 없이 터져 나왔다.

콰콰콰콰쾅!

십이지검을 펼치는 동시에 근접전도 감행한다. 시한이 접근하며 유성 같은 찌르기를 연달아 날렸다.

"패왕기, 백열!"

푸른빛이 아닌 황금빛의 유성우가 델타와 감마의 머리 위로 쏘아졌다. 그러나 둘 다 순순히 당하지 않았다.

검을 돌려 원을 그리며 델타가 커다란 투기의 흐름을 끌어냈다.

"패왕기, 유수!"

날아든 유성우의 궤도가 죄다 휘며 비껴 나갔다.

감마는 다른 방식으로 공격을 피했다.

"파천기, 산울림!"

황금빛 파도가 유성우를 집어삼키며 오히려 역공을 가한다.

방대한 투기량에 힘입어 가공할 거력이 성시한을 덮쳤다. 잽싸게 검을 세워 시한이 크게 투기의 파도를 내려 베었다.

"타아앗!"

우르르릉!

뇌성과 함께 빛의 파편이 사방으로 퍼져 나갔다. 거리를 벌리며 성시한은 이를 갈았다.

'젠장, 역시 파천기도 베꼈나?'

하긴, 워낙 대놓고 써댔으니 슬슬 베껴 갈 것 같긴 했다.

그 틈에 저쪽에서 엡실론이 방대한 투기를 집중시킨다.

"무신기, 무극천……."

순간 성시한이 바로 일검을 날렸다. 훼방받은 엡실론은 무극천광을 완성시키지 못하고 공격을 피했다.

"누굴 바보로 알아?!"

시한은 인상을 구겼다. 아무리 일월명의 마이너 카피라곤 해도 무극천광은 자신의 기술이었다. 약점도 딜레이도 뻔히 아는데 대놓고 저 큰 기술을 쓰다니?

그런데 엡실론도 그걸 몰라서 시도한 건 아닌 모양이었다.

무극천광이 깨지자마자 바로 땅을 박차며 엡실론은 여분의 투기를 모조리 검끝으로 몰아냈다. 그리고 힘을 집중한 채 몸을 날리며 날카로운 참격을 연거푸 날렸다.

"타아앗!"

기합을 터뜨리며 성시한과의 거리를 단숨에 좁혀온다. 투기강과 투기강이 교차하며 치열한 공방이 이어졌다.

상대의 공세를 걷어내며 시한은 속으로 혀를 찼다.

'이런…….'

저건 바로 성시한 자신이, 무극천광이 깨질 경우 써먹던 수법이다.

'아니, 내가 너무 저들을 바보 취급 한 건가.'

감마와 델타도 바로 합류했다. 세 명의 무신급 소드하이어가 성시한을 삼면으로 포위하고 차분히 합공을 가하기 시작했다.

성시한도 전력으로 반격했다.

지구로 돌아가 터득한 온갖 다양한 무술과 검술들, 그 정수를 십이지검에 실어 날리고 또 몸소 펼치며 애써 전투를 이어간다.

셋을 상대하며 시한은 식은땀을 흘렸다.

'크, 이거 안 되겠는데…….'

아무리 십 년 전의 자신과 비슷한 수준이라지만, 그래도 세 명을 상대하다 보니 영 힘들다.

'디재스터가 있었다면 좀 더 편했을 텐데…….'

알파의 경우엔 워낙 힘 자체에서 밀리다 보니 디재스터를 쓸 기회를 잡을 수가 없었다. 하지만 이들이 상대라면 꽤나 유용했을 것이다.

하지만 이미 빼앗겨 버린 검일 뿐이지.

계속 시한은 밀렸다. 상대가 셋이나 되니 투기술로는 도저히 답이 보이지 않았다.

마법도 별 소용은 없었다. 저들은 알파처럼 강력한 항마의 아티팩트를 장착하고 있었다. 기회를 보아 몇 번 고위 마법을 날려 보았지만 전부 무효화된다.

크림슨 나이츠와 교전 중인 카렌과 알리타의 상황도 그리 좋지 않았다. 시한이 빠져 버리니 두 사람만으론 치명타를 가할 수 없는 것이다.

이대로라면 진다.

뭔가 돌파구가 필요한 시기였다.

싸우다 말고 성시한은 잠시 손에 쥔 장검을 힐끔거렸다. 돌파구로 삼을 만한 기술이 없진 않았다. 하지만…….

'젠장, 이거 써버리면 분명 베낄 텐데!'

고민은 길지 않았다. 여기서 죽어버리면 기술을 베끼고 말고도 없다.

기회를 엿봐 시한이 델타의 좌측으로 길게 돌았다. 그렇게 거리를 벌리며 손에 쥔 장검을 가슴께로 세운다.

그의 전신이 빛으로 뒤덮였다.

"무신기, 검의 제전!"

장대한 검의 바다가 사방으로 퍼져 나갔다.

테오란트의 무신기, 검의 화신.

이 기술을 베낀 성시한은 부단한 연습 끝에 수백의 검을 만드는 수준에 다다랐다. 하지만 테오란트처럼 스스로 검이 되는 화신(化身)의 경지엔 결국 이르지 못했다.

검의 화신의 본질은 수많은 검을 '자기 몸처럼' 다루는 것에 있다. 화신이 아닌 이상 인간의 정신으로 수백 개의 검을 일일이 조작하는 것은 불가능하다.

기껏 구현해 봐야 시한이 할 수 있는 일은 수백의 검을 화살처럼 일제히 쏘는 정도에 불과했다. 이래서야 무신기라 부르기도 민망한 위력이다. 그래서 그동안 쓰지도 않았다.

레비나의 무신기, 빛의 제전을 접한 후에야 해결책을 찾았다.

빛의 제전은 수많은 파괴의 꽃잎을 사방에 가득 피운 뒤 일정한 흐름에 따라 운용하는 수법이었다.

물론 아무리 레비나라도 저 많은 투기체를 전부 개체별로 조종하진 못했다. 하지만 정해진 몇 줄기의 흐름을 미리 설정하고 그 기류를 조종하는 것은 가능했다. 테오란트는 검을 '자기 자신'으로 화하는 과정을 통해 저 부분을 생략했지만, 레비나는 타고난 천재성으로 조종하는 법을 따로 개발해 버린 것이다.

경지로만 보면 테오란트가 위, 재능으로만 보면 레비나가 위라 하겠다.

빛의 제전을 베껴 다수의 투기체 흐름을 조작하는 수법까지 터득하고서야 겨우 해답을 찾았다. 물론 이것도 전부 카피하진 못해 대폭 하향하긴 했지만.

테오란트처럼 수백의 검을 만들고, 레비나처럼 조종하는 무신기.

그것이 성시한의 검의 제전이었다.

"타아아앗!"

날카로운 기합과 함께 칼날의 파도가 몰아친다. 황금빛 물결이 사방에 넘실거린다. 인근 가옥 수십 채가 싹 쓸려가며 무수한 파괴를 잇고 또 이어간다.

박살 나는 마을을 보며 시한은 속으로 한 번 더 용서를 구했다.

'미안합니다, 집주인들.'

그래도 기감으로 사람이 없음을 이미 확인한 후라 심적 부담은 좀 덜하다. 시한이 무신기에 더더욱 투기를 쏟아부었다.

콰콰콰콰쾅!

그 장대한 파괴력 앞에 크림슨 나이츠조차 뒤로 피신할 수밖에 없었다. 하지만 감마와 델타, 엡실론은 물러서지 않았다.

"무신기, 십이지검!"

십이지검을 뽑아 들고 전신에 두른 뒤 맹렬히 회전시킨다. 성시한의 방어 수법을 그대로 따라 한 셈이다.

"새로운 무신기인가?"

"헛짓이로다!"

"이 또한 우리의 힘이 되리!"

수백의 검류가 산산이 갈려 나가기 시작했다. 그 상태로 정신을 집중하며 이들은 성시한의 투기 흐름을 살폈다.

과연 손에 잡힐 듯 흐름이 보였다. 게다가 딱히 어렵지도 않았다. 애당초 성시한의 무신기는 큰 깨달음이 필요 없는 것이다.

이내 본질을 파악할 수 있었다.

"손에 넣었다!"

"남은 것은!"

"숙달하는 것뿐!"

감마와 델타, 엡실론은 의기양양하게 고개를 돌렸다. 밑천마저 털린 성시한이 어떤 표정을 짓고 있을지 궁금했다.

하지만 그들은 그 표정을 보지 못했다. 이미 시한은 그 자리에 없었다.

"…어?"

어느새 카렌과 알리타를 대동하고 내빼 버렸던 것이다!

"아차!"

"노, 놓쳤다!"

세 명의 남녀가 어둠을 틈타 빠르게 마을을 빠져나간다. 시한의 잠행기로 세 사람을 전부 감싸 정체를 숨긴 것이었다. 여기서 은신 마법까지 걸어놓으니 아무리 예민한 기감을 지닌 이라도 이들을 찾을 가능성은 없었다.

닭 쫓던 개가 되어버린 델타와 감마, 엡실론을 떠올리며 성시한은 피식 웃었다.

'그래, 네놈들이라고 별수 있겠어? 나도 그랬는데.'

그는 저들을 해치우기 위해 검의 제전을 펼친 것이 아니었다.

검의 제전은 광역 파괴용 무신기, 검 하나하나의 위력은 그리 크지 않다. 십 년 전 자신의 수준이라도 충분히 버틸 수 있는 것이다.

'하지만 무릇 인간이란, 눈앞에 근사한 보석이 반짝반짝 빛나면 자연스레 홀리는 법이지.'

처음부터 베끼라고 던져준 무신기였다. 그리고 잠깐 정신 팔린 틈에 바로 내뺀 것이다.

대신 검의 제전을 덜렁 넘겨줬으니 출혈이 꽤 크지만…….

'그래도 기술이 목숨보다 중하진 않잖아?'

안도의 한숨을 내쉬며 시한은 계속 달렸다. 뒤따르던 카렌이 기운 없는 목소리를 흘렸다.

"그나저나 큰일이네요. 릴스타인의 수색 능력이 이렇게 좋을 줄은 몰랐는데."

지금이야 운 좋게 도망쳤지만, 다음에도 이럴 수 있다는 보장은 없다.

"그러게."

시한이 한숨을 쉬었다.

"좀 더 조심스럽게 움직여야겠어."

반파된 마을 한가운데, 닭 쫓던 개 세 마리가 침울하게 서 있다.

감마가 허무한 어조로 말했다.

"폐하께서 진노하시겠군."

델타가 고개를 저었다.

"어쩔 수 없다. 우리는 최선을 다하지 않았는가?"

엡실론이 표정을 풀었다.

"폐하께선 우리의 충정을 알아주실 것이다."

침울한 분위기는 이내 사라졌다. 검을 도로 허리에 찬 뒤 세 기사는 어둠 저편을 노려보았다.

투지를 불태우며 세 기사가 형형한 눈빛을 발했다.

"두고 보자, 왕의 적이여!"

"비록 이번에는 용케 도망쳤지만……."

"다음에는 결코 놓치지 않는다!"

*　　　*　　　*

보고서를 보며 릴스타인은 기막혀하고 있었다.

"누구 마음대로 충정을 알아주고 말고야? 실패한 주제에."

크림슨 나이츠와 달리 알파 시리즈는 정신 지배 마법을 걸어 둔 것이 아니다. 착실한 세뇌를 통한 자발적 충성으로 다루고 있다. 그렇다 보니 이렇게 제멋대로 결론 내리는 일도 생겨 버린다.

뭐, 워낙 확실히 세뇌가 되어 있으니 충성심을 의심하진 않겠지만, 그래도 실패해 놓고 뻔뻔하게 구는 걸 보니 어이가 없다.

'대체 사고방식이 왜 이렇지? 기반으로 삼은 테라노어의 영혼에 문제가 있나?'

그렇게 릴스타인이 잠시 생각에 잠겨 있을 때였다.

옆에서 서류를 정리하던 켈테론이 조심스레 물었다.

"역시 놓쳤습니까?"

"그렇다."

실망한 릴스타인을 켈테론이 살살 달랬다.

"할 수 없지요. 원래 첫술에 배부르진 않다고 하잖습니까? 바로 결과가 나올 거라곤 저도 기대하지 않았습니다."

릴스타인이 인상을 썼다. 쓸데없는 아부 따윈 듣고 싶지 않았다.

"그렇게 태연할 상황인가? 겨우 잡은 기회를 놓쳤는데? 이제 무슨 수로 시한 녀석을 다시 찾을 수 있겠나?"

경각심을 느낀 시한이 작정하고 숨어버리면 천하의 누구도 못 찾는다. 적어도 릴스타인이 아는 바론 그랬다.

그런데 켈테론이 의아해했다.

"네?"

그리고 별것도 아닌 걸 가지고 왜 고민하는지 모르겠다는 듯 되물었다.

"왜 다시 못 찾습니까?"

*　　　*　　　*

이나시우스 교국 남부의 항구 도시, 벨라리 항.

수많은 선박이 정박해 있는 부둣가에 때아닌 폭음이 울려 퍼지고 있었다.

콰아아앙!

폭발이 이어지고 불길이 솟구친다. 일렁이는 화염 사이로 세 개의 그림자가 빠르게 밤하늘을 가로지른다.

성시한과 알리타, 카렌이었다.

통행로를 장악하고 있던 마법병단이 그 모습을 보고 소리를 질렀다.

"저쪽이다!"

"마법을!"

"라이트닝 스피어!"

십여 줄기의 뇌전이 세 그림자를 향해 날아갔다. 하지만 명중시키진 못했다. 닿기도 전에 시한의 마력장에 가로막혀 모든 전격이 죄다 엉뚱한 방향으로 흘러가 버렸다.

파지지직!

빗나간 뇌전 마법이 푸르게 방전하며 뱀처럼 부둣가의 석조도로 위를 타고 흘렀다. 그 방전 영역의 끝에 또 다른 부대들이 포진해 있었다.

50여 명 단위로 나눠진 10조의 궁병대였다. 저마다 부둣가를 빠져나갈 골목이며 가옥 옥상을 장악한 뒤 활시위를 팽팽히 당긴다.

"전원 사격 개시!"

화살 비가 다양한 방향에서 날아들었다. 착실히 화망을 형성하는 모습이, 이들이 상당히 정예 부대임을 증명하고 있었다.

카렌이 달빛 사슬을 펼쳐 화살을 막아냈다.

"만월의 사슬!"

타타타탕!

화살 비를 막느라 잠시 주춤거리는 사이, 한 무리의 무장한 기사들이 거리를 좁혔다. 아까부터 시한 일행을 맹렬히 추격 중이던 크림슨 나이츠였다.

"크아아아!"

포효를 터뜨리며 이지를 잃은 초인들이 투기강을 휘둘러댔다. 공세를 피하며 카렌은 몸을 날렸다. 그리고 정박한 전함 위쪽 갑

판에 오르며 달빛 사슬을 내뻗었다.

"백월의 사슬!"

사슬이 크림슨 나이츠 하나를 휘감았다. 가공할 냉기가 덮치며 사지를 얼렸다. 그러나 그는 투기로 냉기를 떨치며 계속 움직였다.

"크오!"

냉기만으로 초인급 소드하이어를 완전히 제압하긴 힘든 것이다. 확실히 효과를 보려면 실제로 얼릴 수 있는 촉매가 필요하다.

그래서 카렌은 그대로 사슬을 당겨 상대를 바다로 빠뜨렸다.

풍덩!

냉기에 휘감긴 상태에서 물을 만나면 결과는 뻔하지.

빨래하듯 담갔다 뺐다를 반복하니 순식간에 근사한 얼음 동상 하나가 생겨났다. 카렌이 속으로 쾌재를 흘렸다.

'하나 처리했고!'

반대쪽에선 성시한이 갑판과 부둣가를 상하로 넘나들며 마법을 구사하고 있었다.

"매스 아쿠아 애로우!"

수많은 물줄기가 화살처럼 쏘아져 크림슨 나이츠를 강타한다. 초인급 수준에선 쉽게 막을 수 있는 마법인지라 다들 가볍게 투기강으로 아쿠아 애로우를 분쇄해 간다.

거기에 바로 물의 정령 소환 마법을 연계.

"서먼 월 피오르!"

수면 위로 십여 개체의 물의 정령, 월 피오르가 모습을 드러냈다. 마치 인어를 연상케 하는 반투명한 정령들이 크림슨 나이츠를 노렸다.

물론 이 역시 초인급의 투기강 앞에선 별 대책이 없다. 순식간에 썰려 도로 바닷물로 돌아가 버린다.

그리고 남은 것은 바닷물을 흠뻑 뒤집어쓴 서른 명의 크림슨 나이츠뿐.

전함에서 뛰어내린 시한이 대뜸 적진 한복판으로 날아들었다. 부둣가의 석제 바닥을 주먹으로 때리며 방대한 마력을 발산한다!

"프리징 스트라이크!"

가공할 냉기가 사방으로 퍼지며 서른 명이나 되는 크림슨 나이츠가 죄다 얼어붙었다. 이 정도 냉기로 초인급 소드하이어가 죽거나 할 리는 물론 없겠지만, 확실하게 움직임은 제압한 것이다.

그 틈에 고유 투기술을 발동!

"도룡기, 팔각!"

투기강의 파도가 여덟 방향으로 퍼져 나갔다. 몽땅 얼려놨으니 피하지도 못할 터였다.

그때 돛대 위에서 세 줄기 황금빛 섬광이 내리꽂혔다.

"도룡기, 용혼!"

시한의 공세가 모조리 도중에 가로막혔다. 델타와 감마, 엡실론이 도룡기를 뻗어 시한의 공격을 파훼한 것이다.

'나타났군!'

성시한은 대뜸 땅을 박찼다.

순식간에 델타와 감마를 지나쳐 가장 먼 거리의 엡실론에게 달려든다. 그리고 미리 준비한 일격을 가한다!

"파천기, 유성우!"

엡실론은 미처 대응하지 못했다. 크림슨 나이츠를 구하느라 잠깐 정신이 팔린 탓이었다.

시한의 눈이 빛났다. 운 좋으면 이 일격에 절명시킬 수도 있을 터였다.

아쉽게도 운이 좋지 않았다.

델타와 감마가 바로 반응하고 도룡기를 뻗어 시한의 궤도를 가로막았다. 그 틈에 엡실론도 바로 공세를 피한다.

콰콰콰쾅!

빗나간 파천기가 부둣가를 왕창 갈아엎었다. 흩날리는 파편 사이로 시한이 잽싸게 뒤로 빠졌다.

'쳇! 안 먹히네.'

어떻게든 한 놈이라도 확실히 처리해 보려고 했는데 영 쉽지 않았다.

다수를 상대로 일격에 한 명씩 처리한다는 건 어디까지나 이론상의 이야기다. 실전에선 어지간히 실력 차가 크지 않으면 힘들다.

아쉬워하며 그는 다시 카렌과 알리타 곁으로 후퇴했다. 델타와 감마, 엡실론이 이내 그를 쫓아왔다.

"어림없다!"

"이번에야말로!"

"놓치지 않는다!"

정박한 함선의 노 위로 건너뛰며 성시한이 재차 마법을 발동했다.

"서먼 윌 피오르!"

이번엔 자그마치 백여 개체가 넘는 물의 정령이 소환되었다.

하나하나는 별것 아니지만 워낙 수가 많았다. 물의 정령의 공세에 잠시 세 기사의 발이 묶였다.

숨을 돌리며 시한이 중얼거렸다.

"바닷가라 촉매가 많아서 좋네."

원래 그의 실력으론 이렇게까지 다수의 강력한 정령을 소환하는 건 무리였다. 하지만 이곳은 바닷가, 촉매로 삼을 물이 많아도 너무 많았다.

무작정 마력만 때려 박아도 대충 소환이 되는 것이다. 물론 정상적인 마기언이라면 마력이 남아돌 리 없으니, 어디까지나 성시한에게나 유리한 것이겠지만.

알리타가 눈을 흘기며 핀잔을 던졌다.

"좋아할 때가 아니잖아요? 이대로 포위되면 퇴로가 없어져요."

그리고 저편을 힐끔거리며 말을 이었다.

"저쪽도 그걸 노리고 있는 것 같네요."

적들은 시한 일행을 철저히 부둣가 바깥으로 몰아붙이고 있었다. 바닷가를 떠나지 못하게 만들 셈이었다.

상대가 눈과 귀로만 추격하는 경우엔 바다는 좋은 퇴로가 된다. 풍덩 빠져서 잠수로 이동하면 어지간해선 찾기 힘들 테니까.

하지만 소드하이어나 마기언이 추적자라면 이야기가 다르다.

기척 감지나 탐지 마법을 이용하면 오히려 물속에 숨은 쪽이 더 찾기 쉽다. 공기보다 저항이 훨씬 심한 데다 호흡 문제도 있으니 색출 조건이 훨씬 늘어나는 것이다. 그래서 과거 성시한도 레비나를 외통수로 몰아갈 때 바다라는 배경을 선택했었다.

초조해하며 알리타가 말을 이었다.

"바다 쪽으론 도망칠 수 없어요. 어떻게든 포위망을 뚫고 내륙으로 빠져나가야 해요."

반면 성시한과 카렌은 태연한 표정이었다.

두 사람 다 왕년에 쫓겨 다닌 경험이 충분하다. 알리타도 나름대론 열심히 숨어 살았지만 이 둘에 비하면 역시 경험이 많이 떨어진다.

정박해 있는 함선과 선박 조합의 높은 건물 사이의 부둣가, 주위 지형을 살피며 카렌이 말했다.

"이 정도면 괜찮을 거 같은데요, 시한?"

"응, 시작할 거야."

시한이 마력을 끌어 올리며 알리타를 돌아보았다.

"말했잖아? 바닷가라서 촉매 많아서 참 좋다고."

빙그레 웃으며 마법을 영창한다.

"새벽의 한숨이여, 내 적의 눈을 가려라! 미스트 오드 던!"

짙은 안개가 사방으로 퍼져 나갔다. 얼마나 짙은지 마치 구름 속에 서 있는 것처럼 느껴질 정도였다. 바로 옆에 즐비한 바닷물을 촉매 삼아 안개를 끌어낸 것이다.

추격하던 감마와 델타가 인상을 썼다.

"흥!"

"이까짓 안개로!"

투기를 끌어내 엡실론이 허공을 휘저었다.
“우리 눈을 속일 수 있을 것 같으냐!”
폭풍이 일어나 안개를 밀어내기 시작했다. 시한이 나직하게 뇌까렸다.
“정확히 말하면 눈은 속일 수 있지. 기감을 못 속여서 그렇지.”
그가 양손으로 카렌과 알리타의 어깨를 잡았다. 그리고 레비나의 고유 투기술을 발동했다.
“은형살, 일식!”
세 사람의 모습이 투명해지며 안개 속으로 녹아들었다. 감마와 엡실론이 코웃음을 쳤다.
은형살 때문에 기감으로 시한 일행을 파악할 순 없게 되었지만, 여전히 두 눈은 멀쩡하다.
“안개 속에서 은신술을?”
“윤곽이 뻔히 보인다!”
휘몰아치는 안개의 폭풍 사이로 반투명한 인간의 형상 셋이 허겁지겁 도주하는 광경이 비치고 있었다. 아무래도 시한의 실력으론 레비나만큼 완벽하게 은형살을 구사하지 못하는 모양이었다.
고함을 지르며 델타가 몸을 날렸다.
“거기냐!”
십이지검을 뽑아 그는 날카로운 폭격을 가했다. 열두 자루 광검이 순식간에 세 인간의 형상을 난도질했다. 세 인간의 형상이 녹듯이 사라졌다.

그게 끝이었다.
피도, 비명도 없었다.
"어?"
델타가 눈을 휘둥그레 떴다. 감마 역시 마찬가지였다.
"뭐, 뭐지?"
이유를 파악한 엡실론의 표정이 구겨졌다.
"젠장! 마법 환영이었나?"

부둣가 반대편을 달리며 시한은 피식 웃었다.
"그야, 안개 속에서 은형살 쓰면 당연히 걸리지."
애당초 은형살 자체가 미끼였다. 은형살에 신경을 돌린 다음 마법 환영으로 교체해 눈을 속이고 잠행기로 내뺀 것이다.
사람의 눈을 속이기보단, 사람의 마음을 속이라는 레비나의 가르침대로였다.
'…이제 와서 레비나에게 배운 걸 쓰고 있으니 기분은 좀 그렇지만.'
어느 정도 거리가 벌어졌다.
어두운 골목길에서 잠시 숨을 돌리며 카렌이 고개를 저었다.
"그나저나 너무 잘 좇아오네요. 제국 시절에도 이 정도는 아니었는데."
이렇게 습격을 받은 것이 벌써 세 번째였다. 발각될 때마다 아예 도시를 떠나 다른 곳으로 이동했는데도, 사나흘 간격으로 착실히 추적해 오고 있다.
"추적자가 따로 있는 것 같진 않아요."

미행을 당하는 것에는 철저히 신경을 썼다. 흔적을 남기지 않는 것에도 익숙했다. 추적자가 붙었을 가능성은 그리 없었다.

카렌이 짐작 가는 부분을 말했다.

"그렇다면 정보 탐색을 통해 우리 위치를 파악하고 쫓아온다는 소리인데……."

시한 일행은 분명히 최대한 몸을 숨기고 있었지만, 어쩔 수 없이 자취를 남기는 경우가 있었다. 바로 창천기사단과 용병왕 바락의 정보를 얻는 행위다.

최대한 조심스럽게 움직인다고 움직였지만, 역시 지역사회 내에선 전혀 티가 나지 않을 순 없는 것이다.

알리타가 물었다.

"당분간 창천기사단을 찾는 건 멈추는 게 좋을까요?"

카렌이 고개를 저었다.

"그렇다고 그들을 찾지 않을 수도 없잖아요?"

"그건 그렇죠……."

두 여인이 서로를 보며 난감한 눈빛을 교차했다.

성시한이 어깨를 으쓱였다.

"어쨌든 숨 좀 돌렸으니 다시 움직이자. 언제 쫓아올지 모르니까."

* * *

켈테론이 조심스레 물었다.

"또 놓쳤댑니까?"

릴스타인이 말없이 시선을 피했다. 연신 눈치를 보며 켈테론이 질문을 이었다.

"…저는 꽤 열심히 임무를 수행하고 있다고 생각합니다만?"

맞는 말이었다. 켈테론은 정말 신기할 정도로 성시한의 위치를 잘 파악하고 있었다. 릴스타인조차도 감탄이 나올 지경이었다.

그런데 잡지를 못한다. 기껏 제압 부대를 보내도 만날 놓쳐 버린다.

툴툴대며 릴스타인은 입을 삐죽였다.

"하여튼 그 녀석이 도망 하나는 정말 잘 간다니까……."

기껏 포위망을 구축해도 그때마다 온갖 기상천외한 수법으로 빠져나간다. 무신급 소드하이어를 셋이나 투입했는데도 번번이 허를 찔리는 것이다.

"역시 내가 직접 나서야 하는데."

그러기엔 아직 처리해야 할 일이 너무 많다. 테라노어를 통째로 집어삼켰으니 소화시키는 것도 보통 큰일이 아니다.

릴스타인도 꽤나 격무에 시달리고 있는 것이다. 오죽하면 색출 결계 제작도 잠시 미루었을 정도였다. 어차피 켈테론이 위치 파악은 워낙 잘하니, 어서 급한 일부터 처리하고 직접 움직일 여유를 만드는 쪽이 나았다.

켈테론이 의견을 냈다.

"어쩔까요? 일단 위치만 파악하고 붙잡는 건 미룰까요?"

이대로라면 괜히 병력만 자꾸 소모한다.

잠시 고민한 릴스타인이 고개를 저었다.

"아니, 계속 몰아붙인다. 정신적인 여유를 주고 싶진 않아."

어차피 크림슨 나이츠나 일반 병력은 계속 보충되니 병력 소모는 큰 문제가 아니다. 여유를 주다 창천기사단과 합류하는 쪽이 더 골치 아프다.

"그러고 보니 창천기사단은 혹시 못 찾았나, 켈테론?"

"예? 아니, 그쪽 찾으라는 말씀은 없으셔서……."

"탓하는 게 아니야. 자네 재주라면 바락 영감이나 창천기사단도 찾을 수 있을 것 같아 묻는 것이다."

"하려면 할 수는 있겠지만……."

난처해하며 켈테론이 머리를 긁었다.

"아뢰옵기 대단히 황송하오나, 거기까지 하기엔 예산과 인원이 모자라는뎁쇼?"

예산이야 추가로 타내면 되지만, 쓸 만한 정보원의 숫자는 바로 늘어나는 것이 아니다.

"제 부하들을 움직이는 걸로는 시한 님 일행 쫓는 게 고작입니다."

이해할 수 있었다. 릴스타인은 문득 고민했다.

'차라리 정보부를 통째로 이 친구에게 넘길까?'

그럼 시한 일행도 창천기사단도 바락 영감도 후딱 찾을 수 있을 것 같다.

잠시 유혹이 느껴졌지만 그는 이내 고개를 저었다.

"됐다. 그쪽은 왕실 정보부가 파악하고 있으니 곧 결과가 나오겠지. 그대는 신경 쓰지 말고 시한의 위치 확보에만 전념하라."

켈테론이 고개를 깊숙이 숙이며 대답했다.

"그리하겠나이다, 폐하."

그리고 얼굴을 감춘 채 내심 혀를 찼다.

'쳇, 역시 젝센가드와는 다르군.'

Chapter 2

잠적

올해 45세가 되는 레트릴은 릴스타인의 오랜 심복 중 한 명이었다.

혁명전쟁 시절 참모진의 일원으로 활약했으며, 육왕국 시대가 열린 후에는 정보부의 수장을 맡아 릴스타인의 신임을 듬뿍 받는 자이기도 했다.

그런 레트릴이었지만, 요즘은 영 눈칫밥 먹는 신세로 전락해 있었다.

추궁 섞인 질문이 들려온다.

"용병왕은 아직 못 찾았나?"

"죄송합니다. 아직 흔적이 발견되지 않아……."

"켈테론은 금방 찾던데."

레트릴은 속으로 식은땀을 흘렸다. 질문이 이어졌다.

"그럼, 창천기사단은 아직 못 찾았나?"

"죄송합니다, 그 역시 아직은……."

"켈테론은 금방 찾던데."

"소, 송구스럽습니다……."

릴스타인의 어전에서 물러난 뒤, 부처로 돌아가며 레트릴은 한숨을 내쉬었다.

"아, 진짜 켈테론 그 인간은 대체 어디서 갑자기 툭 튀어나와서……."

내리 갈굼의 악습은 테라노어에도 버젓이 존재하고 있었다. 정보부로 돌아온 레트릴이 부하들을 닦달해 댔다.

"여전히 아무도 찾지 못한 것이냐? 이 무능한 놈들!"

정보부원들은 침묵만을 지키고 있었다. 실제로 아무 소식도 없었으니까.

자신의 의자로 돌아가 털썩 주저앉으며 레트릴은 의아해했다.

"도대체 그 인간은 무슨 수를 쓰는 거지?"

릴스타인 왕국 정보부의 수색 방식도 기본적으로 켈테론의 방식과 큰 차이는 없다. 인적 사항을 파악하고 행방을 유추한 뒤 범위를 좁히며 수소문을 통해 정보를 입수하는 것, 기본은 다들 비슷한 것이다.

'그런데 결과는 이렇게 차이가 나다니…….'

뭐, 창천기사단이야 지난 십 년간 계속 숨어 살던 인간들이니 그럴 수도 있다 치자. 하지만 용병왕 바락이 이토록 종적이 파악되지 않는 것은 예상외였다.

'당장 생긴 것부터 눈에 안 띌 수 없는 인간인데…….'

어쨌든 저쪽은 고작 해야 세 명을 저리 잘 찾아내는데 이쪽은 수십 명이나 되는 인원을 못 찾고 있으니 아무리 변명해 봐야 소용이 없다.

머리를 쥐어뜯으며 레트릴은 고민에 빠졌다.

"도대체 어디 숨은 거냐?"

같은 시각, 하이어 엔다윈은 기사단장실에서 예상 못 한 손님을 맞이하고 있었다.

"오랜만에 뵙습니다, 단장님."

2미터에 달하는 거구의 기사를 올려다보며 엔다윈은 반가움과 의아함을 동시에 느꼈다.

"대체 여태 어디서 뭘 하고 있었던 건가, 하이어 제논?"

루스클란의 후예를 놓친 뒤 죄를 씻겠다며 백의종군을 자처한 뒤 소식이 끊긴 제논이었다. 홍룡기사단에서 그리 큰 비중을 지닌 이도 아니었기에 그동안 별 신경 쓰지 않았던 것이 사실이다.

제논이 머리를 긁적이며 대꾸했다.

"계속 루스클란의 자취를 뒤쫓고 있었습니다. 하지만 아무리 시간이 지나도 성과는 없고, 그렇다고 돌아오자니 그럴 낯도 없고, 그러는 동안 세상이 변해 버렸고… 그래서 일단 단장님을 찾아뵈었습니다."

순박한 표정으로 그는 한숨을 쉬었다.

"감히 폐하의 명을 거역할 생각은 없습니다. 하지만 너무 시간이 흘러 버려 어찌해야 할지 작은 조언 몇 마디라도 얻고자……."

거구의 기사가 전전긍긍하며 말미를 흐린다. 엔다윈은 피식 웃었다.

제논 입장에서야 국왕의 명령을 지키지 못한 셈이니 저리 근심 걱정에 가득한 것이 당연하겠지만, 지금 와선 별로 큰일도 아닌 것이다.

릴스타인이 루스클란의 후예를 색출하는 데 신경 쓰던 건 어디까지나 몇 달 전의 일이었다. 요새는 아예 명령 자체를 거둔 지 오래였다.

태평하게 엔다윈이 제안했다.

"홍룡기사단으로 복귀하게."

제논이 놀라 되물었다.

"예? 하지만 전 아직 죄를 씻지 못했습니다만?"

"그동안 백의종군한 것만으로도 충분하다."

"그, 그렇지만……."

제논은 여전히 결정을 내리지 못했다. 이해할 수 있었다. 기사도를 걸고 맹세했는데 한 입으로 두말하긴 쉬운 일이 아닐 것이다.

그래서 엔다윈은 살짝 등을 떠밀어주기로 결심했다.

"단장의 명령이다. 기사단으로 복귀하라, 하이어 제논!"

"예, 단장님!"

그제야 제논이 기사의 예를 취했다. 그 모습을 보며 노기사는 한 번 더 피식거렸다.

'하여튼 성실한 녀석이라니까.'

이런 단순 무식한 타입에겐 가끔 이렇게 우격다짐도 필요한 법이지.

"일단 자택으로 돌아가 대기하고 있거라. 폐하께 보고를 올려야 하니까."

여전히 걱정을 지우지 못하며 제논이 어깨를 움츠린다. 엔다원이 그를 달랬다.

"근심할 필요 없다."

아마 릴스타인은 신경도 쓰지 않을 것이다. 아니, 제논에게 내린 명령을 기억하고 있을지도 의문이다.

홍룡기사단의 일원, 제논 스트라이드는 분명 전도유망한 젊은 소드하이어였다. 당시만 해도 릴스타인 역시 그를 눈여겨보고 있었다.

하지만 크림슨 나이츠가 나타나며 홍룡기사단의 비중 자체가 크게 낮아진 것이다. 여전히 명목은 왕실 기사단이지만 예전과 같은 위상은 더 이상 없다.

엔다윈은 씁쓸하게 웃었다.

"조만간 기사단으로 돌아올 수 있을 게다."

반색을 하며 제논은 넙죽 고개를 숙였다. 순박한 곰처럼 헤실헤실 웃으며 연신 사의를 표한다.

"가, 감사합니다, 단장님!"

그렇게 단장실을 나서며 막 문을 닫은 후였다.

순박한 곰 대신 교활한 여우의 미소가 제논의 입가에 떠올랐다.

'좋아, 다행히 의심하지 않는군.'

*　　　*　　　*

릴스타인 왕국 수도, 델스트레이.

거구의 사내가 2층집이 줄지어 세워진 수도 남부 거리를 걷고 있었다. 의기양양하게 길을 가던 청년 몇몇이 그를 보고 화들짝 놀랐다.

"헉! 제논이다!"

"저 인간 언제 돌아왔대?"

슬금슬금 자신을 피하는 거리의 불량배들을 보며 제논은 피식 웃었다.

'저 친구들 여전히 저러고 사나?'

좀 더 지나가니 몇몇 상인이 반가워하며 그를 맞이한다.

"오, 제논 군! 어딜 갔다가 이제 온 건가?"

"나랏일이 바쁜 모양이지?"

근 1년 만에 다시 만난 야채 가게 할아버지와 달걀 파는 아주머니에게 일일이 인사를 건네며 제논은 계속 걸었다.

그리고 푸른 지붕의 2층집에 도착했다. 오랫동안 돌보지 않아 잡초가 무성한 마당과 때가 탄 울타리를 보며 그는 속으로 한탄했다.

'아, 어서 청소부터 해야겠다.'

어쨌든 지금은 더 급한 일이 있다.

제논은 허겁지겁 집으로 들어가 비밀 다락방으로 올라갔다. 이계구원자 관련 물품으로 가득 채운 그만의 성지였다.

"다녀왔습니다."

"오냐."

방구석에 앉아 책을 읽던 노인이 제논을 맞이했다. 각종 아이

콘과 석상, 특정 소재의 서적만 가득한 이 다락방에는 영 어울리지 않는 잘생긴 노인이었다.

'아니, 어떤 의미에선 가장 잘 어울리는 분일지도? 시한 님의 스승이시잖아?'

따지고 보면 이계구원자 관련 물품 중 최상급일지도 모르겠다.

그렇게 잠깐 제논이 쓸데없는 생각을 하는 사이 바락이 물었다.

"그래, 어찌 되었느냐?"

"재취업 성공했습니다, 스승님."

"잘했다."

그동안 제논은 릴스타인 왕국군을 상대하며 천변기로 정체를 감춰왔다. 용병왕의 둘째 제자와 홍룡기사단원 제논 스트라이드가 동일인이라는 사실은 알려져 있지 않은 것이다. 그러니 이렇게 은근슬쩍 제자리로 돌아가는 것도 가능하다.

"그런데 정말 안 들킬까요?"

제논이 걱정하며 물었다.

2미터에 달하는 거구는 테라노어에서도 흔치 않다. 게다가 얼굴은 바꿨지만 제논이란 이름은 워낙 흔하다 보니 그대로 썼다.

정체를 숨겼다고 하기엔 또 허점이 많은 것이다. 누군가 의심하고 저 둘을 연결시킬 가능성은 충분하다.

"큰 문제는 안 생길 게다."

바락은 고개를 저었다.

"용병왕의 제자라는 신분은 하루아침에 얻을 수 있을지 몰라도, 패왕기를 하루아침에 얻을 수 있다고는 생각하지 못할 테니까."

사람들은 제논을 아주 어릴 때부터 바락이 곁에 두고 키워온 제자라 여기고 있었다. 그렇지 않고서야 저 나이에 저 실력은 불가능한 것이다.

"상식인이라면 모습을 감춘 뒤 고작 1여 년 만에 용병왕의 제자가 될 정도로 패왕기를 익혔다곤 생각 못 하지."

"실제론 아니고요?"

"원래 패왕기는 성실함보단 재능발이야. 될 놈은 금방 된다. 나도 패왕기 입문하는 데는 얼마 안 걸렸어."

"그, 그렇습니까?"

"패왕기뿐 아니라 무술 대부분이 그렇지. 숙달이 어려울 뿐이지, 기본을 잡는 건 쉽지 않느냐?"

사실은 재수 없는 천재들 입장에서나 후자가 쉽지, 보통은 둘 다 어렵다. 하지만 제논 역시 재수 없는 천재 부류라 이내 납득해 버렸다.

"하긴 그렇죠."

"용병왕의 제자와 평범한 홍룡기사단원을 굳이 연결시킬 이유가 없지. 교국 놈들만 조심하면 당분간은 들키지 않을 게다."

이나시우스 교국에선 제 얼굴로 활동했던 제논이었다.

혹여 당시 만났던 귀족들이라면 성시한과 그를 연결시킬 여지가 충분하다. 하지만 교국 귀족들은 머나먼 대륙 동쪽에 있고 이곳은 릴스타인 왕국이니 실제로 얼굴 볼 일은 그리 없다.

"그전에 시한 녀석의 정보를 입수해야지."

성시한이 얼마나 잘 숨어 다니는지 익히 아는 바락이었다. 괜히 찾겠다고 돌아다니다가 자기 위치만 드러날 가능성이 더 컸다.

그래서 아예 등잔불 밑으로 기어들어 왔다. 적의 턱 밑에 숨어 상대의 정보를 이용하려는 속셈이었다.

“물론 최선을 다할 겁니다. 그런데 굳이 이럴 게 아니라 스승님이 릴스타인에게 고용되면 더 편하지 않았을까요?”

바락은 어디까지나 용병, 돈에 따라 움직이는 존재다. 어제의 아군이 오늘의 적이 되는 것이 용병의 생리인 만큼 릴스타인 쪽으로 갈아타도 사실 큰 문제는 없지 않을까?

바락은 그리 생각하지 않았다.

“그건 가능성이 없다. 지금의 릴스타인에겐 무신급 소드하이어도 큰 가치가 없지 않느냐? 오히려 견제만 받겠지.”

더구나 릴스타인이 자신을 신뢰할 리도 없었다.

이래저래 투덜거리긴 했지만 어쨌든 그는 성시한의 스승이었다. 용병왕 바락은 성시한을 배신할 수 있지만, 이계구원자의 스승인 바락은 절대 그럴 수 없다는 걸 릴스타인도 잘 아는 것이다.

“속이 뻔히 보일 텐데 괜히 알아서 잡혀줄 필요는 없지.”

바락이 몸을 일으켰다.

“물론 이러쿵저러쿵해 봤자 세상일 어떻게 될지는 모르는 법이다. 예상과 달리 바로 들킬 가능성도 충분하지. 그러니 항상 방심은 하지 말거라.”

“예, 스승님.”

“그나저나 배고프다. 밥 먹자, 제자야.”

“청소를 해야 해서 오늘까진 부엌 쓰기 힘든데요?”

“그래? 그럼 오늘도 밖에서 먹어야겠구나.”

살짝 아쉬워하며 바락이 고개를 까닥거렸다. 잘생긴 노인 대신 평범한 중늙은이의 얼굴이 나타났다. 천변기로 얼굴을 바꾼

것이었다.
처음 이 광경을 봤을 땐 제논도 꽤 놀랐다.

"어? 스승님께서도 천변기를 구사할 수 있으셨습니까?"
"이게 뭐 어려운 기술이라고 못 하겠느냐?"
"그래도 이제까진 사용하시는 거 못 봤는데요?"
"부모님이 낳아준 좋은 얼굴 놔두고 왜 일부러 못생기게 변장을 한단 말이냐?"
본판이 절세미남이니 뭔 짓을 해도 못생겨질 수밖에 없다.
"우와, 재수 없으시군요."
"제논 너, 은근히 시한과 말투가 닮아간다?"

하여튼 이 천변기 덕분에 들키지 않고 릴스타인 왕국까지 올 수 있었던 두 사람이었다. 시한 일행과 달리 길드를 통한 정보 입수도 전혀 하지 않았으니 릴스타인 정보부가 찾을 방법이 없을 수밖에.
거리로 나서며 바락이 나직이 말했다.
"일단 숨어서 때를 기다리자꾸나. 시한은 이대로 주저앉을 녀석이 아니다."

* * *

어둠을 틈타 도망치며 성시한은 한숨을 내쉬었다.
"아, 그냥 다 때려치울까……."

습격을 당한지도 벌써 일곱 번째였다.

이번에도 용케 도주엔 성공했지만 점점 심적으로 몰린다. 언제 기습을 당할지 모르니 신경이 곤두서는 것이다.

게다가 슬슬 마법병단과 일반 병사로 이루어진 궁병대도 상대하기 까다로워진 상태였다.

크림슨 나이츠나 감마 일행을 상대론 시한 일행도 전력을 다했다. 목숨이 걸린 상황이니 여유를 보일 처지가 아니었다.

하지만 일반 병사들에겐 적당히 사정을 둔 것이다.

어디까지나 간접 공격으로 위협해 물러나게만 했다. 그래서 여태껏 일반 병사들은 사망한 이들이 없었다. 그리고 저들도 그 사실을 느끼고 있었다.

'아무래도 우리 같은 일반 병사들은 죽일 생각이 없는 것 같아.'

'역시 이계구원자, 전설의 영웅답군.'

그렇다면 일반 병사들이 시한 일행의 자비에 감사하며 공세를 늦췄을까?

인간은 그렇게 순진하지 못하다.

'좀 더 과감하게 밀어붙여도 될 것 같은데?'

'어차피 저쪽은 우릴 죽일 생각이 없잖아?'

안심하고 달려들기 시작했다. 사정 봐주니 고마워하기는커녕 오히려 이용해 먹으려는 것이다.

짜증을 넘어서 인간에 대한 혐오마저 느껴진다. 나무 아래에서 잠시 숨을 돌리며 성시한이 눈을 매섭게 떴다.

"독하게 마음먹고 몇 놈 본보기로 죽여 버려?"

무고한 이들의 죽음은 되도록 피하고 싶지만, 사실 무고하기로 따지면 크림슨 나이츠가 릴스타인의 일반 병사들보다 훨씬 더 억울한 처지다.

"내가 무슨 얼어 죽을 성자라고 이렇게까지 하는 거야? 어차피 예전에도 테라노어인 엄청 죽였고, 지금은 같은 지구인조차도 무수히 죽인 마당인데……."

악의가 스멀스멀 가슴 한구석에서 기어오른다. 카렌이 차분하게 그를 달랬다.

"진정해요, 좀."

"응… 미안, 카렌."

애써 심호흡을 하며 시한은 흥분을 가라앉혔다.

알리타가 고민하더니 의견을 냈다.

"안 되겠네요. 역시 더 이상 지역 길드와 접선하는 일은 피하는 게 좋겠어요."

미행도 없는데 시한 일행이 이토록 집요하게 추적당하는 이유는, 역시 창천기사단을 찾는 과정에서 사소한 행적이 드러나기 때문이다. 나름대론 최대한 조심한다고 하는데도 그렇다.

그러니 지역 길드를 통한 탐색을 멈추고 추적 요소를 차단할 필요가 있다.

그런 알리타의 제안에 카렌이 난색을 표했다.

"예전에도 말했잖아요, 알리타. 창천기사단을 찾지 않을 순 없어요."

성시한도 동의했다.

"카렌 말이 맞아. 재기하든 힘을 키우든, 등 비빌 터전은 있어야 한다고."

현실은 영웅담과 다르다. 돈도 집도 없이 그냥 산속에 처박혀 봐야 강해질 수 없다. 테라노어로 돌아온 성시한도 제대로 힘을 회복한 건 어디까지나 켈테론의 지원이 있은 후였다.

최소한의 세력은 확보해야 한다.

그래야 그를 바탕으로 힘을 키우고 재기할 수 있다.

"이대로 심산유곡에 숨어서 우리끼리 뭘 할 수 있겠어? 세상 따위 나 몰라라 눈 돌린 채 애나 낳고 살자고?"

성시한의 넋두리에 알리타가 눈을 흘겼다.

"저기요? 대체 누구랑 애를 만들겠다는 건가요?"

우물쭈물하며 시한이 말을 돌렸다.

"아니, 그냥 말이 그렇다는 소리지."

반면 카렌은 순간 혹하는 표정이었다.

"…카렌 언니?"

다행히 카렌도 금방 도로 정신을 차렸다. 냉정한 어조로 그녀가 말했다.

"우리끼리만 숨어 살아봐야 제대로 힘을 키울 수 있을 리가 없어요. 불가능하진 않겠지만 족히 십여 년은 걸리겠죠."

역시 창천기사단은 찾아야 한다. 찾아서 제대로 합류해야 한다.

알리타도 그 점은 동의하고 있었다.

"그들을 찾지 말자는 건 아니에요. 단지 길드를 통한 탐색을 멈추자는 거죠. 자꾸 이쪽으로 정보가 새어 나가니까."

"그러니까 그건 맨땅에 헤딩하자는 거잖아?"

"뭐예요, 그게? 한국에서 전해지는 무술 수련법 같은 건가요?"

"아, 그런 게 있어요, 알리타."

아무래도 카렌은 저 관용구가 뭔지 아는 듯했다. 어쨌든 중요한 이야기는 아니다. 카렌이 말을 이었다.

"우리만으로 이 넓은 테라노어에서 무슨 수로 창천기사단을 찾을 수 있을까요?"

창천기사단과는 미리 접선 장소를 약속해 두지 않았다. 원래 대륙 각지에 흩어져 있던 이들이라 근거지도 따로 없었다.

"그래, 그들이 현재 어디 있을 줄 알고 무작정 움직여?"

"이제야 생각난 거지만……."

시한의 질문에 알리타가 눈을 빛냈다.

"창천기사단의 소식을 알고 있을 만한 사람이 딱 한 명 있더라고요."

*　　　*　　　*

열심히 일했다.

참으로 열심히 일하고 또 일했다.

마지막 서류를 검토하고 국왕의 인장을 찍은 뒤, 릴스타인은 뿌듯해했다. 이걸로 당장 급한 업무는 전부 처리한 것이다.

"으아, 겨우 시간 좀 낼 수 있겠군."

지금의 릴스타인이라면 이런 잡무 따위 죄다 신하들에게 미루어도 되긴 한다. 예전과 달리 절대적인 무력을 지니고 있으니, 왕의 의무를 게을리한다 해서 권력이 흔들릴 일도 없을 것이다.

그럼에도 신하들의 보고를 일일이 확인하고 검토하지 않고서는 도무지 직성이 풀리지 않았다.

생각 없이 살던 젝센가드라면 모를까, 릴스타인의 성품으로 자신의 업무를 남에게 미루고 나 몰라라 하는 건 불가능했다. 딱히 성실해서라기보다는, 그에 대한 부작용을 너무 잘 알기 때문에 차마 그렇게 할 수 없는 것이다. 애당초 그런 소심한 성격이기에 지금의 위치까지 올라올 수 있었던 것 아닌가?

물론 지금 상황에선 사실 나랏일보다 성시한 관련 문제가 더 중하다. 그러니 일의 우선순위를 두자면 왕의 업무를 미루더라도 시한부터 확실히 처리해야 한다.

릴스타인도 그 사실은 잘 알고 있었다. 실제로 예전에 비하면 굉장히 대충 일을 처리하기도 했다.

문제는 그조차도 평범한 군주와 비교하면 엄청나게 철두철미한 수준이라는 점이었다.

보통 평범한 왕들의 업무 태만은 눈앞의 일을 뒤로 미루는 걸 의미한다. 그런데 릴스타인 기준의 태만이란 건 이런 식이다.

서류 파악하고, 검토하고, 다른 서류와 교차 확인한 뒤, 세 번쯤 재검토할 걸 그냥 재확인 안 하고 교차 증빙에서 끝내는 것.

기준 자체가 달라도 너무 다르니 도무지 시간이 안 날 수밖에 없었다.

'아, 나도 이 성격 좀 고치긴 해야 하는데.'

어쨌든 간신히 시간을 냈다. 후련한 기분으로 릴스타인은 개인 서기관을 호출했다.

"켈테론!"

"예, 폐하."

염소수염의 사내가 눈치를 보며 넙죽 고개를 숙였다. 릴스타인이 바로 물었다.

"지금 시한의 위치는 어디지?"

그동안 잘도 도망친 성시한이었다. 하지만 릴스타인이 직접 나서고, 알파와 베타까지 대동하면 아무리 녀석이라도 더 이상은 빠져나가지 못할 터!

그 야심찬 결의에 켈테론이 오체투지하며 찬물을 확 끼얹었다.

"죄송합니다, 폐하! 부디 용서를……."

"응? 갑자기 용서는 무슨?"

"그, 그것이… 더 이상 시한 님의 행적을 찾을 수가 없게 되었습니다."

"뭐라고?!"

우물쭈물하며 켈테론이 조심스레 설명했다.

"아무래도 더 이상 지역 길드를 이용하지 않는 것 같습니다."

켈테론의 수색 방식은 어디까지나 시한 일행이 바락이나 창천기사단을 찾는 과정에서 흘리는 자취를 쫓는 식이었다. 아예 아무도 찾지 않고 잠적해 버리면 방법이 없는 것이다.

릴스타인이 눈살을 찌푸렸다.

"설마 벌써 바락 영감님이나 창천기사단과 합류한 건가?"

"그건 아닌 듯합니다."

성시한이 입수한 정보는 켈테론도 대충 파악하고 있었다. 그 정보엔 딱히 바락이나 창천기사단의 행방을 찾을 단서가 없었다.

"하긴, 그렇겠군."

릴스타인은 납득했다. 켈테론의 보고로 그 역시 시한의 행적을 꾸준히 파악하고 있었다.

"그럼 대체 왜 갑자기 그만둔 거지?"

"역시… 계속 몰아친 것이 원인인 듯합니다."

성시한에게 여유를 주지 않기 위해 릴스타인은 지속적으로 수색대를 보냈다. 실제로 정신적으로 많이 흔들린 것도 사실이다.

"너무 몰리니, 합류고 뭐고 일단 몸부터 숨기자는 생각도 할 수 있겠지요."

"포기해 버렸다고? 시한이 그럴 성격은 아닌데?"

"포기라기보다는 작전상 후퇴라 봐야겠지요. 정신을 추스를 여유를 내기 위해서라면 충분히 내릴 법한 선택입니다."

"그건 미처 생각 못 했군."

릴스타인은 혀를 찼다.

생각해 보니 시한도 슬슬 서른 남짓의 나이였다. 십 대 소년일 때처럼 무작정 달려들 성격은 아니겠지. 실제로 여태 보아온 행보도 그렇고.

"켈테론, 자네는 이럴 수도 있다는 걸 알고 있었나?"

"어느 정도 가능성은 있다고 여겼습니다."

"그럼 이런 문제가 있다고 미리 말을 하지 그랬나?"

"…제가 어찌 감히 폐하의 명에 토를 달겠나이까?"

재차 넙죽 엎드리며 켈테론이 아부성 발언을 해댔다. 그 순간 릴스타인은 자신의 실수를 깨달았다.

'너무 일을 잘해서 잠깐 충신으로 착각했네.'

생각해 보니 원래 이런 작자였다.

"앞으로는 다른 관점이 떠오르면 바로 토를 달도록 하게. 어명이다."

"넵!"

눈치를 보며 켈테론은 슬그머니 몸을 일으켰다. 아무래도 릴스타인은 더 이상 그를 추궁할 생각이 없는 듯했다.

'어느 정도 짐작은 하고 있었지만.'

무식한 젝센가드라면 모를까, 릴스타인의 성격에 켈테론 같은 대체 불가능한 인재를 이 정도로 내칠 리 없다.

이런 식의 수색은 어디까지나 확률적인 문제다. 아무리 제대로 해도 운이 따라주지 않으면 결과를 낼 수 없다는 걸 릴스타인도 모를 리 없는 것이다.

겉으로야 기분 맞추느라 용서를 구했지만, 별문제 없을 거란 점은 켈테론 본인이 더 잘 알고 있었다.

미간을 찌푸린 채 릴스타인이 고민에 빠졌다.

"또 일이 꼬이는군. 이러면 시한 녀석을 어떻게 찾지?"

켈테론이 슬쩍 물었다.

"그래도 지금쯤이면 색출 결계가 완성되지 않았겠습니까?"

슬슬 켈테론도 릴스타인의 신임을 꽤나 받게 되었다. 기밀인 색출 결계의 존재도 알고 있었다. 뭐, 애당초 그 정도 기밀도 공유하지 않는다면 개인 서기관으로 삼고 일을 시킬 수도 없긴 하다.

자신이 찾지 못하더라도, 대륙 전체를 아우르는 색출 결계를 돌리면 충분히 성시한을 찾을 수 있지 않느냐는 켈테론의 질문에 릴스타인이 뭐 씹은 표정을 지었다.

"아, 그게……."

사실 색출 결계는 전혀 완성되지 않았다.

'젠장, 손 놓아버렸는데!'

안 그래도 워낙 바빴다. 게다가 켈테론이 너무 시한의 행적을 잘 파악하다 보니 굳이 시간과 노력을 들여가며 결계 제작 할 이유가 없어지기도 했다.

'이거 참, 너무 유능해도 문제로군.'

그렇다고 일 잘한 부하를, 일을 잘했다고 탓할 수는 없는 노릇이다. 이건 전적으로 자신의 실수였다.

한숨을 쉬며 그는 자리에서 일어났다.

'도로 결계 제작에 착수해야겠군.'

그때 켈테론이 그를 불렀다.

"저기, 폐하?"

"왜 그러지?"

"다른 관점이 떠오르면 바로 고하라 하셨기에 감히 여쭈는 겁니다만……."

"그래? 뭔가?"

"혹여 시한 님이 너무 도망가 버리면 어찌합니까?"

"너무 도망가다니?"

영 어색한 표현이라 릴스타인이 되물었다. 켈테론이 말을 골랐다.

"그러니까 확실하게 몸을 숨기겠다고 일단 지구로 돌아가 버리면 어찌하시겠냐는 말씀입니다. 시한 님은 마음대로 지구와 테라노어를 오갈 수 있지 않습니까?"

"과연, 그대는 그렇게 알고 있겠군."

릴스타인이 고개를 끄덕였다.

'시한이 테라노어로 돌아온 것은 사실 엄청나게 운이 좋아서였지만, 켈테론은 그 사실을 모르겠지.'

하지만 저 말도 일리는 있다. 극도로 가능성 낮은 일이긴 하지만, 한 번 찾아온 행운이 두 번 찾아오지 말란 법은 어디에도 없다.

그래도 릴스타인은 그 점을 전혀 걱정하지 않았다.

"시한이 지구로 돌아간다면?"

그럼 그냥 끝이다.

목적 달성이다.

"더 바랄 것이 없겠지. 실은 그것도 조금은 기대하고 있다."

켈테론이 의아해하는 얼굴을 했다. 하지만 릴스타인은 더 이상 설명해 주지 않았다.

* * *

과거 사파란 왕국 소속이었던 테롤타 산맥 지류의 작은 농촌 마을, 팔란트.

이 마을의 촌장은 특이하게도 마흔이 채 안 되는 젊은 사람이었다.

보통 촌장이라 하면 주민 전체의 신뢰를 받는 현명한 이가 맡게 마련이다. 그래서 대부분의 촌장들은 나이 지긋한 노인인 법이다.

나이가 곧 현명함의 증거일 순 없겠지만, 테라노어는 지구와 달리 일반 민중들에게는 교육의 기회가 거의 없다. 다 똑같이 무식하다면 그나마 오래 산 이가 상대적으로 현명할 수밖에.

하지만 팔란트 마을의 촌장은 과거 이름난 소드하이어였고, 혁명전쟁을 치른 이로 뛰어난 무력과 안목을 지니고 있었다. 인근 귀족이나 상인들이 야료를 부리려 할 때마다 주민들을 돕던 그는, 결국 젊은 나이임에도 촌장으로 추대되어 마을을 대표하고 있었다.

그 촌장의 집 앞에 갈렌 족 남녀와 갈색 머리의 소녀가 서 있었다.

평범한 농가였다. 마당에선 닭을 키우고 두 아이가 어울려 뛰논다. 예닐곱 살 정도로 보이는 남매였다.

놀던 아이들이 문득 밖을 보더니 의아해했다. 못 보던 사람들이 집을 기웃거리고 있는 것이다.

누나로 보이는 아이가 슬그머니 다가와 물었다.

"누구세요?"

검은 머리의 사내가 다정하게 물었다.

"여기가 콘라드 촌장님 댁이니?"

"그런데요?"

"그럼 네가 라나인가 보구나?"

라나는 흠칫 놀랐다.

'어떻게 이 아저씨가 내 이름을 알지?'

검은 머리의 여인이 온화한 목소리로 말했다.

"우린 부모님 친구들이란다. 혹시 아버지께서 집에 계시니?"

눈치를 보던 라나가 동생을 데리고 종종걸음으로 집으로 향했다. 그리고 소리를 질렀다.

"아빠!"

뒤이어 건장한 체구의 사내가 밖으로 나왔다. 손에 물이 묻어 있는 것이 설거지라도 하고 있었던 모양이다. 평범해 보이는 농민이었다.

하지만 옷에 가려진 육체는 전혀 달랐다.

철저히 단련된 몸이었다. 안목이 있는 자라면 결코 농사일만으로는 저리될 수 없다는 걸 알아볼 수 있을 것이다.

저건 전투를 아는 전사의 몸이다.

"게으름을 피우진 않았나 보네."

히죽거리며 흑발의 사내가 가볍게 손을 흔들었다.

"오랜만이야, 콘라드."

팔란트 마을 촌장, 콘라드는 의아심을 느꼈다. 분명 처음 보는 얼굴, 처음 듣는 목소리인데 상대가 너무 친근하게 대하고 있었다.

"누구십니까?"

살짝 경계하며 상대를 훑어본다. 하지만 콘라드의 표정은 이내 변했다.

"어?"

세상엔 설령 얼굴이 달라져도, 목소리가 바뀌어도 알아볼 수 있는 상대가 있다. 저 흑발의 사내와 콘라드의 관계가 그랬다.

이내 콘라드가 앞으로 뛰쳐나왔다.

"맙소사! 시한 대장!"

성시한을 얼싸안으며 그가 격하게 외쳤다.

"역시 무사하셨군요! 그럼 그렇지! 대장이 그렇게 쉽게 당할 리가 없지!"

"아우, 포옹 좋아하는 성격은 여전하네."

애써 품에서 빠져나오며 시한은 혀를 찼다. 건장한 사내들끼리 무작정 껴안는 상황이 영 어색한 것이다.

여전히 반가움을 감추지 못한 채 콘라드가 투덜거렸다.

"십 년 전에도 이러더니 여전하시네요."

"한국에선 남자끼리 포옹하는 거 되게 이상하게 보거든?"

어쨌든 역시 무사하다는 소릴 하는 거 보면 창천기사단의 패전 소식은 알고 있는 것 같다.

"혹시 실피스가 연락하거나 하지 않았나?"

시한은 바로 질문부터 던졌다. 이곳에 온 용건이 그저 옛 전우와 회포를 풀자는 것은 아니었으니까.

"예? 아아……."

잠깐 의아해하더니 콘라드는 바로 고개를 끄덕였다. 그리고 집을 향해 소리쳤다.

"여보!"

30대 중반의 날씬한 여인이 마당으로 나왔다.

"…밖에 뭔 일 있어요?"

카렌과 알리타가 반색하며 외쳤다.

"하이어 실피스!"

"실피스 언니!"

* * *

테라노어의 전투는 보통 남성의 전유물이다. 아무래도 전장의 여성은 남성에 비해 그 수가 확연히 적다.

그런 만큼, 알리타는 카렌뿐 아니라 비렛타나 실피스 같은 여성 기사들과도 꽤나 친하게 지냈다. 같은 여자다 보니 다른 이들에게는 말 못 할 속내도 편하게 나눌 수 있었다.

그 와중에 실피스의 결혼 생활에 대해서도 꽤나 접했다.

특히 지난 십 년간 얼마나 힘들게 애 키우며 살았는지에 대한 하소연이 많았다. 덕분에 어디 정착했고, 어떻게 살았는지 상세히 듣기도 했다.

뒤늦게 알리타는 그 사실을 떠올렸다.

'아무리 숨어 있다 해도, 실피스 언니라면 남편에게는 연락을 취할 거 아니에요?'

창천기사단의 패배로 인해 남편, 콘라드가 얼마나 걱정할지 잘 아는데 최소한의 소식조차 전하지 않을 리는 없었다. 물론 상대가 평범한 일반인이라면 감히 군사기밀을 노출하지 못하겠지만, 콘라드 역시 과거 창천기사단의 네 부대장 중 하나인 것이다. 그저 애들 돌보느라 복귀하지 못했을 뿐이지.

'당연히 창천기사단의 소식 정도는 접하고 있지 않을까요?'

그런 기대로 이곳까지 찾아온 것인데…….

"기대 이상이네요."

방 안에 둘러앉아 알리타는 혀를 내둘렀다. 설마 실피스 본인이 이곳에 있을 줄이야?

성시한이 허겁지겁 근황을 물었다.

"다른 사람들은 어떻게 됐어? 다들 지금 어디 있는 거지?"

"바락 영감님이나 하이어 제논의 행방은 우리도 모르지만……."

"그럼 에세드는? 우드로우와 비렛타는?"

이어진 실피스의 대답은 시한 일행의 기대를 훨씬 초월한 것이었다.

"창천기사단은 모두 이 근처에 숨어 있어요."

시한과 카렌, 알리타가 동시에 놀랐다.

"엥? 창천기사단 전부?"

"그 많은 인원이요?"

"어떻게 안 들켰어요?"

떠났던 이들이 대거 복귀하며 현재의 창천기사단은 과거의 성세를 상당히 회복했다. 슬슬 인원도 80명이 넘어간다. 백색 상아탑 전투에서도 특유의 생존력 덕분에 부상자는 많아도 사망자는 없었다.

이만한 대인원이 잠적하려면 보통은 삼삼오오 뿔뿔이 흩어져 숨곤 한다. 이게 상식이다.

문제는 기존의 정보부도 이 상식을 잘 알고 있고, 그에 대한 대처법 역시 충분히 숙지하고 있다는 점이었다.

"그래서 좀 과감하게 움직여 봤습니다."

성시한과 마주 앉은 창천기사단의 2인자, 에세드는 빙그레 웃었다.

"아예 통째로 숨었죠."

시한이 혀를 내둘렀다.

"아예 마을 하나를 통째로 바꿔치기했다는 거야?"

"정확히 말하면 빈 마을을 차지한 거죠."

창천기사단이 숨어 있는 장소는 팔란트 마을에서 반나절쯤 떨어진 소규모 산촌이었다. 실피스의 안내로 이곳에 도착한 뒤 시한 일행은 여러 주민들을 만났다.

죄다 구면이었다.

"시한 대장!"

"시한 대장님!"

"무사하셨군요! 어흐흑!"

집집마다 촌민 행색을 한 창천기사들이 반갑게 시한 일행을 맞이한 것이다.

앞집도 창천기사단, 옆집도 창천기사단, 뒷집도 창천기사단, 건넛집도 창천기사단…….

의아해하며 시한이 에세드에게 물었다.

"여기 원래 살던 사람들은 어떻게 됐어?"

"대부분 피난 갔습니다."

"하긴, 전쟁이 길었으니……."

팔란트 마을이야 콘라드의 무력이 있으니 괜찮았겠지만 다른 마을은 위험했을 것이다.

납득하며 성시한은 고개를 끄덕였다. 상당히 괜찮은 수법이었다.

혹여 누군가가 마을 사람에게 이렇게 묻는다 치자.

'혹시 최근에 수상한 외부인을 본 적이 있는가?'

봤다는 대답이 나올 리 없었다. 주민 전원이 바로 그 수상한 외부인인데?

물론 세상에 완전히 고립된 지역은 존재하기 힘들다. 행상 등 주기적으로 마을을 찾던 외지인이 어색함을 느낄 가능성도 꽤 크다.

에세드는 그 점도 충분히 감안하고 있었다.

"그래서 외부와의 교류는 팔란트 마을 촌장님과 그 지인들이 맡아주고 있지요."

저 지인들은 전부 평소 콘라드와 실피스에게 큰 은혜를 입은 이들이었다. 덕분에 위험을 감수하면서도 협조해 주었다고 했다.

"콘라드와 실피스가 그동안 꽤 인망을 얻은 것 같더라고요."

"그렇군. 그런데 이 지역 영주는? 아무리 그래도 영주 입장에서 자기 영지의 변화를 못 알아채진 않을 거 같은데?"

이 산촌은 원래 사냥꾼과 약초꾼들, 화전민들로 이루어진 개척 마을이었다. 팔란트 마을과 마찬가지로 인근 귀족인 자히드 남작의 영지에 속해 있기도 하다.

"자히드 남작도 저희 편이거든요. 적극적으로 협조해 주었습니다. 원래는 사파란 왕국의 귀족이었으니까요."

"그자는 믿을 수 있는 건가? 아무리 사파란에게 충성하던 이라 해도 지금 같은 상황에서 소신껏 움직이긴 힘들 텐데?"

"실은 대장과도 구면입니다."

"자히드 남작이?"

"십 년 전엔 남작이 아니라 그냥 데시트였죠."

"아, 자히드 남작이 데시트야?"

데시트는 시한도 잘 알고 있었다. 과거 사파란군의 보급을 맡았던 행정조직원 중 한 명이었다.

계산이 빠르고 머리 회전이 능한 이였는데, 사실 시한이나 다른 창천기사단이 그를 아는 이유는 다른 쪽이었다.

"데시트라면 콘라드 고향 친구잖아?"

그것도 굉장히 우정이 깊은 관계였다. 콘라드가 괜히 팔란트 마을에 정착한 것이 아니다. 나름대로 믿는 구석이 있었던 것이다.

"여러모로 운이 좋았군."

시한의 감탄에 에세드가 고개를 저었다.

"운이라기보다는, 그동안 열심히 살아온 결과라고 봐야지요."

하여튼 어떻게 저 대인원이 숨을 수 있었는지 이해가 갔다. 지역 주민과 영주의 전폭적인 협조가 있다면 불가능한 이야기도 아니다.

"그럼 이곳은 안전한 건가?"

"당분간은요."

사실 여전히 위험은 남아 있다.

자히드 남작이 콘라드의 친구이고, 콘라드가 실피스의 남편이니 정보부가 엄밀히 캐다 보면 끈이 이어질 확률도 있는 것이다. 솔직히 말하면 그렇게 완벽하게 은신했다고 볼 수만은 없었다.

"그런데 아직 그런 기미는 없더군요. 아무래도 릴스타인 쪽도 혼란스러워 거기까진 영향력이 안 미치나 봅니다."

대륙 전체를 정복하느라 정신이 없으니, 릴스타인 본인이 아무리 철저해도 휘하 조직까지 전부 제 기량을 발휘하긴 힘들 거란 게 에세드의 판단이었다.

잠시 생각하더니 뭔가 짚이는 것이 있다는 듯 시한이 대꾸했다.

"그럴 수도 있겠다."

그리고 다른 질문을 꺼냈다.

"하지만 마을 자체의 어색함은 어쩌고?"

이곳엔 여성이나 아이가 너무 없다. 우연히 관계없는 이들이 마을을 지나치다 의심을 느낄 가능성은 충분하다.

"실제로 몇 번 그런 경우도 있었고……."

쓴웃음을 지으며 에세드가 머리를 긁었다.

"미안하지만 그 사람들은 잠시 따로 모셔놓고 있습니다."

말이 모셔놓는 것이지, 실제론 마을 뒤쪽 동굴에 마련된 감옥에 갇혀 이렇게 울부짖고 있다.

"사, 살려주시오!"

"절대 비밀을 지킬 테니 제발 목숨은……."

"엉엉엉!"

순간 기가 차 성시한이 입을 벌렸다.

"잠깐? 대놓고 악역이잖아, 우리?"

생각해 보니, 마을을 통째로 차지하고 주민을 감금하는 건 어둠 속에서 암약하는 사악한 비밀 조직이나 저지르는 짓이었다.

하지만 에세드는 별로 죄책감을 느끼는 표정이 아니었다.

"할 수 없지요. 마냥 착하게만 살면서 목적을 달성할 순 없잖습니까? 가끔은 융통성도 발휘해야죠."

창천기사단이 분명 정의롭긴 한데 그렇다고 딱히 고지식하진 않은 것이다.

애당초 합공, 도주, 기습에 최적화된 집단이 고지식할 리가? 필요하다면 얼마든지 융통성도 발휘할 수 있었다.

시한도 바로 납득해 버렸다.

"별수 없지. 나중에 보상이나 잘해줘."

"물론이죠, 대장."

하여튼 이제야 한시름 놓았다. 좀 여유가 생기는 기분이다.

"다들 무사해서 다행이야. 아, 혹시 바락 영감님이나 제논 소식은 못 들었나?"

"세상이 돌아가는 사정은 전혀 모릅니다. 일부러 알아보려 하지 않았거든요."

외부 정보를 파악하는 과정에서 이쪽 위치가 들통날 가능성이 너무 크다.

"일단 근거지를 확실히 확보한 다음 시한 대장부터 천천히 찾을 생각이었습니다. 그런데 설마 대장이 먼저 찾아올 줄은 상상도 못 했죠."

문득 에세드의 입가에 회심의 미소가 떠올랐다.

"우리에게도 운이 따르는 모양입니다."

그리고 그 미소는 이어진 시한의 말에 바로 사라져 버렸다.

"정말 운이 따르려면, 이 정도로는 터무니없이 모자라지."

맞는 말이었다.

릴스타인은 강하다. 너무도 강해졌다.

그의 부하들 역시 마찬가지다. 알파 시리즈도 크림슨 나이츠도, 도저히 상대할 방법이 보이지 않는다.

급격히 어두워진 안색으로 에세드가 물었다.

"어떻게 해야 릴스타인을 이길 수 있을까요?"

*　　　　　*　　　　　*

마을 회관에 시한 일행과 창천기사단의 수뇌부가 모였다.

성시한과 카렌, 알리타, 그리고 에세드와 우드로우, 콘라드와 실피스에 비렛타까지. 다들 머리를 맞대고 앞으로의 일에 대해 논의한다.

시한이 입을 열었다.

"역시 제일 큰 문제는 릴스타인 본인이야."

릴스타인의 마력은 상식을 아득히 초월했다. 솔직히 그것이 완전히 자신의 마력이라면 약점이나 대처법 따윈 없다.

"하지만 알리타의 말대로라면 뭔가 정상적인 방법은 아니야. 거기에 파고들 부분이 있을지도 모르지."

순간 에세드며 우드로우 등이 미묘한 시선으로 알리타를 노려보았다.

이들은 이제야 알리타가 루스클란의 후예이며, 당시 이계의 마물을 소환한 당사자라는 사실을 알게 된 것이다. 이들이라고 루스클란에 대한 증오에서 자유롭지는 않지만, 상황이 상황이다 보니 함부로 적의를 보이기도 애매한 기분이다.

"크림슨 나이츠 제압용 시약은 더 이상 통하지 않아요."

카렌이 입을 열었다.

"이미 실험해 봤어요. 전혀 마비되지 않더군요. 심지어 릴스타인이 직접 나서지 않았는데도."

우드로우며 비렛타의 표정이 어두워졌다. 그들은 그래도 아직 저 제압용 시약은 효과가 있으리라 기대하고 있었다.

카렌이 말을 이었다.

"투기 흐름을 일부러 헝클어뜨리는 수법은 여전히 유효해요. 이것까진 릴스타인도 보완 못 한 것 같더군요."

냉정한 목소리로 실피스가 대꾸했다.

"그나마 좋은 소식이네요. 하지만 언제 보완할지 모르니 마냥 그것에만 매달릴 수도 없습니다."

릴스타인의 무신급 소드하이어들 역시 큰 문제다. 눈치를 보며 알리타가 조심스레 발언했다.

"특히 그 알파라는 자는 너무 강했어요."

베타부터 엡실론까지도 과거 이계구원자로 불리던 성시한에 필적하는 무시무시한 괴물들이었다. 하지만 알파만은 못했다.

"알파를 이길 수 있겠어요, 시한?"

"솔직히 자신 없어."

알리타의 질문에 시한은 힘없이 고개를 저었다.

"육체 능력에서 차이가 커서……."

그렇다고 다른 부분에서 성시한이 우위냐 하면 그렇지도 않았다.

일단 투기량은 거의 동등하다. 둘 다 인간에게 허락된 한계치에 도달해 있다.

그리고 기술이나 경험 면에서 딱히 시한이 유리한 것도 아니다.

분명 성시한에겐 혁명전쟁 시절의 다양한 경험과 십 년 동안 수행하며 축적된 기량이 있었다. 평범한 상황이라면 고작 몇 개월 만에 저 격차를 메울 순 없을 것이다. 아무리 천재라도 시간만은 어쩔 수 없는 법이니까.

하지만 릴스타인의 시스템은 저걸 가능하게 만든다.

한계는 100여 명이지만 실제로 릴스타인이 다룬 크림슨 나이츠의 숫자는 수백에 달한다. 한 명이 1개월 동안 전투 경험을 쌓는다면, 수백 명이면 수백 개월이다.

경험의 질이나 밀도가 떨어지는 걸 감안하더라도, 성시한의 십 년을 따라잡기에는 충분한 것이다. 오히려 수백 명의 경험에도 밀리지 않는 시한이 대단할 정도다.

"그나마 내가 유리한 부분이라면 알고 있는 무술의 종류 정도?"

검술이나 무술의 지식만은 성시한이 위였다. 분명 알파가 다양한 검술을 구사하긴 하지만, 이는 어디까지나 테라노어의 지식에 국한되어 있다.

"테오란트와 비슷한 수준이라고 할 수 있겠네."

알파의 검술 숙련도는 꽤나 높았다. 타인의 숙련도까지 자기 것으로 만들 수 있을 테니까.

"그 점도 비슷하고."

반면 성시한은 지식은 많지만 알고 있는 모든 무술의 숙련도가 높지는 않았다. 잘하는 것과 못하는 것, 수박 겉핥기식으로 짚고 넘어간 것이 혼재해 있다.

"테오란트를 상대할 땐 투기량에서 격차가 워낙 컸으니까 숙련도가 좀 떨어져도 다양한 기술을 통해 허점을 파고들 수 있었어."

하지만 알파를 상대론 저 방식이 통하지 않는다.

말하자면 알파는 제논의 육체와 센스, 성시한의 투기량에 테오란트의 기술과 경험을 더한 존재였다. 테오란트와 달리 투기량이 동등하고 힘에서 우위를 차지하니, 성시한의 다양한 기술도 충분히 감당해 버린다.

"그래서 디재스터도 별 효과가 없었지."

레비나와의 최종전에서 시한은 새로운 기술로 톡톡히 재미를 보았다. 디재스터의 변환 능력을 이용한 십이지검, 팔방지격이 그것이었다.

그러나 알파를 상대로는 저 기술을 채 시도하지도 못했다.

팔방지격은 팔방지검에는 없는 심각한 약점이 있는 것이다.

"이건 몰아칠 때나 쓸모가 있는 기술이라……."

팔방지격은 시한이 직접 십이지검을 붙잡고 휘두르며 다양한 공세를 펼치는 방식이다. 이게 몰아칠 때는 아무 문제가 없다. 팔방지검과 똑같은 위력을 낼 수 있다.

하지만 몰리면 이야기가 달라진다.

팔방지격은 시한 자신이 직접 적과 근접한 후에야 사용이 가능하다. 즉, 상대의 반격을 허락하면 바로 본체가 위험해진다.

반면 멀리서 검만 휘적휘적 날릴 수 있는 팔방지검은 상대가 반격하든 말든 큰 문제가 없다. 본체는 멀리 떨어져 있으니까.

성시한이 허탈하게 중얼거렸다.

"마이너 카피의 한계랄까? 완성된 기술인 팔방지검에 비하면 역시 팔방지격은 격이 많이 떨어지더라."

현시점에서 시한이 알파보다 우위에 서는 점은 단 하나뿐이었다.

"일대일로 붙으면 마법으로 어떻게든 할 수 있을지도 모르겠지만…….”

항마의 아티팩트는 효과가 무제한이 아니다. 마법을 난사해 아티팩트를 정지시킨 다음엔 빈틈을 노릴 수 있을 것이다. 블루 레이븐을 착용한 레비나가 그랬던 것처럼.

“하지만 릴스타인이 알파를 곁에서 떼어놓을 리 없겠지.”

시한이 한숨을 내쉬었다. 다른 이들도 표정이 어두워졌다.

그때였다.

슬그머니 우드로우가 손을 들었다.

“저기, 이건 좀 엉뚱한 생각입니다만…….”

모두의 시선이 그에게 향했다. 우드로우가 질문을 이었다.

“우리가 혹시 지구에 다녀올 수는 없을까요, 대장?”

성시한은 씁쓸하게 웃었다. 실은 그 역시 비슷한 생각을 했던 것이다.

“그건 안 돼.”

단호한 대답이 돌아왔다.

“절대 안 되는 이유가 있어.”

성시한이나 알파 시리즈, 크림슨 나이츠가 테라노어인보다 재능이 뛰어나 저런 초월적인 능력을 지니게 된 것은 아니다. 그저 차원을 넘었다는 이유만으로 저렇게 세상을 날로 먹고 있을 뿐이다.

또한 루스클란 대제의 기록을 통해 테라노어인이 지구에 다녀와도 똑같은 효과를 얻을 수 있음도 입증되었다.

“굳이 제가 아니더라도, 초대 황제 이야기 들었던 사람이라면 한 번쯤은 생각해 본 부분일걸요?”

우드로우의 말에 비렛타와 실피스도 무심코 고개를 끄덕였다.

성시한 역시 쫓기는 와중에 같은 생각을 한 적은 있었다. 강력한 아군을 늘릴 수 있다면 현 상황을 타개하는 데 충분한 힘이 되어줄 테니까.

하지만 문제가 있었다.

"일단, 창천기사단을 대규모로 지구로 이동시키는 건 불가능해."

차원 균열은 말 그대로 균열이다. 두 차원의 연결하는 확고한 통로가 아니다.

성시한이 테라노어로 넘어올 때처럼 명확한 차원 좌표를 지정한 후에야 저것이 통로가 되는데, 문제는 지금의 시한이 지구로 귀환할 때, 그쪽 차원 좌표를 정확히 인지하고 돌아가는 방식이 아니라는 것이다.

"지구인이니까 그냥 알아서 지구로 돌아가지는 것뿐이지."

그리고 차원문의 방향성은 통과하는 순간 결정된다.

"같은 차원문을 통과한다 해도, 나와 달리 다른 사람들은 전혀 엉뚱한 허차원으로 떨어지게 될 거야."

단순하게 성시한이 차원문을 열고 거기에 창천기사단을 몽땅 밀어 넣는다는 식으로 일을 진행했다간 죄 없는 부하들을 생지옥에 던져 넣는 결과만 낳을 뿐이다.

"그래도 테라노어인을 지구로 보내는 방법이 아주 없는 것만은 아니야."

시한과 함께, 동시에 차원문을 통과하면 된다. 예전에 알리타의 요청을 그가 수용할 수 있었던 이유이기도 하다.

그 말을 들은 우드로우가 기대하며 물었다.

"아, 그럼 차원문을 한 100미터 사이즈로 열고 다 같이 들어가면 되는 겁니까?"

시한은 실소했다.

"아니, 이해하기 편하라고 그냥 동시라 했지만 그보다는 좀 더 복잡해. 마법적으로 처리해야 할 것이 많거든."

플로어 마스터라도 기껏해야 한 명, 무리해도 두 명 정도가 대동할 수 있는 한계라는 게 시한의 설명이었다.

그러자 에세드도 안색을 바꿨다.

"그럼 가능은 하다는 겁니까? 두 명까진?"

고작 두 명이라도 엄청난 힘이 될 것은 분명하다.

이제껏 차원을 넘은 이들은 천 년 전의 루스클란 대제를 제외하면 전부 지구인이었다. 투기도 마력도 없던 일반인이 차원을 넘었다는 이유만으로 하나같이 저런 가공할 초인이 되었다.

그런데 이미 충분한 힘을 지니고 있는 테라노어인이 차원을 넘나든 후라면 대체 얼마나 강해질까?

만약 카렌이 성시한과 비슷한 능력을 지니게 된다면? 지금도 테라노어 최강의 프린이자 프레이어인 그녀가 소드하이어와 마기언의 능력마저 손에 넣는다면?

무신급 소드하이어와 플로어 마스터의 힘을 지닌 일월성신의 교황!

테라노어 역사상 존재치 않았던 어마어마한 초인이 될 수도 있다!

초인급 소드하이어인 에세드 역시 엄청나게 강해질 수 있을 것이다. 이미 그는 초인급의 깨달음을 지니고 있다. 그런 이가 무신급의 힘에 플로어 마스터까지 된다면 테라노어에 거의 적수가 없을 것이다.

루스클란의 후예이자 이계소환술을 쓸 수 있는 알리타도 좋은 후보였다. 초대 황제의 재림이 될지도 모른다.

"그래, 상황을 뒤집기에 충분한 힘이 되겠지."

고개를 끄덕이며 시한이 설명을 이었다.

"다시 테라노어로 돌아올 방법을 찾아야 한다는 문제가 있긴 해."

일단 지구로 돌아가면 성시한 혼자서는 다시 테라노어로 올 방법이 없다. 그래서 그동안 알리타의 안위에 계속 신경을 써왔다.

"그런데 이것도 곰곰이 따져보니 해결책은 있더라고."

예를 들어, 성시한이 알리타를 대동해 한국으로 돌아갔다 치자.

그렇다면 그녀는 차원문을 열 경우 언제든지 테라노어로 돌아올 수 있다. 테라노어가 그들의 고향이니까.

즉, 알리타가 거꾸로 성시한을 대동해 테라노어로 데리고 올 수도 있는 것이다.

물론 차원을 넘는 주체가 플로어 마스터급의 마법 실력을 소유하고 있어야 한다는 전제가 붙지만…….

"내가 뭐 재능이 넘쳐서 플로어 마스터가 됐나? 그냥 차원 넘은 부작용 탓인데. 알리타도 충분히 가능하겠지."

카렌이 고개를 갸웃거렸다.

"하지만 알리타는 마력 컨트롤 때문에 제대로 마법을 못 쓴다고 하지 않았나요?"

"그럼 카렌이나 다른 사람의 힘을 빌려도 되잖아?"

마력이 없는 이가 지구로 간 후에 마법을 터득하면 차원력이 존재하지 않는다는 약점이 생기지만, 이 경우엔 별문제가 되지 않는다.

"차원문은 내가 열고, 카렌이나 다른 사람이 마법으로 나를 감싸서 이동해도 되니까."

이론상으론 충분히 가능하다.

성시한의 설명에 모인 이들의 표정이 밝아졌다.

"그렇다면……."

릴스타인의 압도적인 권능 앞에 절망을 느끼고 있던 상황이었다. 여기에 한 줄기 광명이 비친 것이다.

하지만 사람들의 안색은 이내 도로 어두워졌다.

성시한은 이 모든 걸 알면서도, 지구로 넘어가는 일은 절대 해서는 안 된다고 했다.

"대체 왜 안 된다는 겁니까?"

우드로우의 질문에 시한이 한숨을 내쉬었다.

"릴스타인이 의미심장한 소리를 했었거든."

릴스타인과 싸울 때의 일이었다. 성시한을 향해 그는 이렇게 말했다.

"왜 일부러 돌아온 거냐? 얌전히 지구에서 기다리고 있었다면 어련히 불러줬을 것을."

그때는 시한도 그냥 발끈해 이렇게 대꾸했었지.

"하! 내가 노예가 되어주지 못해 아쉽다, 이 말이야?"

생각해 보면 그냥 흘려 넘길 발언이 아니었다.
이미 수많은 지구인을 지배하고 있는 릴스타인이 저런 식으로 말한다면 답은 하나뿐이다.
"…내가 지구로 돌아가면, 바로 릴스타인에게 소환되어 버릴 거야. 그것도 크림슨 나이츠처럼 완벽한 정신 지배를 당하는 상태로."
모두의 안색이 딱딱하게 굳었다.
"그, 그런……."
"물론 내가 지배당하더라도 다른 사람이 나 이상으로 강해져서 릴스타인을 해치우고 나를 도로 풀어주면 되지 않겠냐는 생각도 해보긴 했는데, 이것도 불안한 부분이 있거든."
릴스타인이 지구인을 소환하면, 그 지구인은 릴스타인의 소환수가 된다. 이건 확실하다.
그렇다면 릴스타인이 '지구로 넘어간 테라노어인'을 소환할 경우엔 어떻게 될까?
지구인과 테라노어인은 형질상 별 차이가 없다. 그냥 나고 자란 차원이 다를 뿐이다.
"아예 소환이 되지 않을까? 아니면 같은 테라노어인이니까 소환은 가능해도 소환수로는 인식되지 않을까?"
모른다.
전례가 전혀 없었으니까.

"그런데 그 알파나 베타라는 이들을 보면, 아무래도 테라노어인도 소환될 경우 정신 지배가 가능해 보이거든? 그자들은 순수한 지구인처럼은 안 보였으니까."

만약 카렌이 지구에서 힘을 키웠는데 그대로 릴스타인에게 소환되어 지배당하면?

그땐 정말 대책이 전혀 없어진다. 도박을 하기엔 리스크가 너무 큰 것이다.

"그렇군요……."

침울한 얼굴로 실피스가 중얼거렸다. 성시한의 나직한 목소리가 이어졌다.

"지구로는 못 돌아가."

돌아가면 끝장이다.

"결국 방법은 하나뿐이야."

각오를 다지며 시한은 주먹을 불끈 쥐었다.

"나 자신이 순수하게 강해져야 해. 지금보다 더더욱."

* * *

파란 하늘.

창천 아래 창천기사단이 수련을 쌓는 모습이 보인다. 저마다 투기검을 끌어내고 구슬땀을 흘리며 기합을 토한다.

"하앗!"

"타앗!"

투기검이 충돌할 때마다 뇌성이 일었다. 시끄러운 굉음이 하늘 높이 울려 퍼졌다.

꽤나 위험한 짓이었다. 혹여 저 소음이 외부로 새어 나갈 경우 의심을 살 수도 있었다.

그러나 창천기사단도, 조금 떨어진 언덕에서 그 광경을 지켜보는 시한도 그 점은 걱정하지 않았다.

지금 이 일대는 성시한이 펼친 차음 및 은신 결계로 둘러싸여 있는 것이다.

켈테론의 지원을 받으며 힘을 되찾을 땐 마력이 모자라 이렇게 할 수 없었다. 하지만 지금은 별문제가 없다.

물론 당시에도 무극천광으로 산봉우리 날릴 때쯤엔 충분히 결계 칠 마력을 되찾은 후였지만…….

'그땐 힘을 회복했다는 기쁨에 너무 흥분했지.'

하여튼 어지간해선 들킬 일은 없을 것이다.

은신 결계는 어지간해선 외부에 감지가 되지 않는다. 설사 플로어 마스터라도 이 근처까지 접근하지 않으면 알아차리기 힘들다.

'아무리 릴스타인이라도 설마 나라 하나만큼 떨어져 있는데 정밀 감지 마법을 걸 수는 없겠지.'

시한은 계속 부하들의 수행을 지켜보았다.

"다들 열심이네."

그동안 소음 때문에 함부로 수행을 할 수 없었던 창천기사단이었다. 하지만 이젠 걱정할 필요가 없으니 다들 전력을 다해 힘을 추구한다.

"…그렇다고 하루아침에 팍 강해지진 않겠지만."

단련될 대로 단련된 창천기사단이었다. 평소에도 수행을 게을

리하지 않았고 실전 경험도 풍부하게 쌓았다.

이미 전사로서 완숙의 경지에 이른 이들.

그런 창천기사단이 날 잡고 독하게 수행 좀 한다고 갑자기 더욱 강해질 순 없는 것이다.

그리고 이는 성시한 자신에게도 그대로 적용된다.

"후우……."

시한은 한숨을 내쉬었다.

사람들 앞에서는 스스로 강해져야 한다며 각오를 보였다. 하지만 솔직히 말해서, 어떻게 해야 할지 모르겠다.

"이미 할 수 있는 건 다 했는데……."

문득 성시한이 손가락을 세웠다. 그의 전신이 황금빛으로 물들었다.

"무신기, 십이지검."

열두 자루의 광검이 허공으로 솟아올라 화려한 윤무를 남긴다. 빛의 궤적이 서로 교차하며 푸른 도화지 위에 장대한 파괴를 일군다.

콰콰콰쾅!

우아하고 자연스러운 움직임, 투기의 흐름도 흠잡을 데가 없고 힘의 가감이나 진퇴 역시 완벽에 가깝다. 저 열두 자루의 광검은 이미 시한의 일부나 다름없는 것이다.

이 경지까지 도달하기 위해 십 년이 넘는 세월이 필요했다.

"그래, 할 수 있는 건 다 했어."

지구로 돌아가서도 꾸준히 육체를 단련하고 기술을 터득하고 마법에 파고들었다. 이미 그는 충분히 노력한 상태였다.

당장 육체적인 부분만 해도 그렇다.

단순하게 생각하면, 알파에게 육체적으로 밀렸으니 더욱 단련해 격차를 메우면 될 일이다. 하지만 인간의 육체란 건 일정 수준에 이르면 발달 속도가 극히 둔화된다. 여기서부터는 자질, 타고난 포텐셜의 문제다.

'여기서 육체 능력을 더 키우면 되지 않느냐는 건, 운동이라곤 끽해야 헬스클럽 몇 개월 깨작거린 문외한들이나 하는 소리지.'

알파는 분명히 성시한보다 육체적으로 뛰어나다.

흑인 특유의 인종적 강점도 있고 알파 자신이 자질을 타고 태어나기도 했을 것이다. 그렇기에 그런 피지컬을 지닐 수 있었다.

'릴스타인 녀석은 어떻게 그렇게 뛰어난 육체를 지닌 지구인을 제일 먼저 소환할 수 있었던 거지?'

크림슨 나이츠의 육체 포텐셜이 제각각이었던 점이라든가, MMA 미들급 챔피언씩이나 되는 이를 그냥 평범하게 버리는 패로 쓴 걸 보면 딱히 자질을 구별하는 방법이 있는 것 같진 않다.

'단순히 운인 건가?'

어쨌든 지금의 시한이 단기적으로 육체의 피지컬을 올릴 방법은 없었다.

"여기가 지구라면 부작용 감수하고 스테로이드라도 빨면서 어떻게든 수를 써보겠지만, 테라노어엔 그딴 거 없고."

육체적으로 답이 없다면 투기술은 어떨까?

"무협 소설에서 본 심검 같은 거라도 개발해야 하나?"

스스로의 발상이 너무 어처구니없어 시한은 헛웃음을 흘렸다. 그딴 게 가능하면 성경 읽고 홍해도 가를 수 있을 것이다.

아무리 고민해 봐도 강해질 수 있는 방법은 하나뿐이었다.

강함에 지름길 따윈 없으니 이대로 꾸준히, 게으름 피우지 말고 조급해하지 말며 수행에 힘쓰는 것.

그런데 이걸로 릴스타인이나 알파를 능가하려면 대체 어느 정도의 세월이 필요할까?

1년? 2년? 어쩌면 5년이나 10년?

'그렇게까지 버티진 못해.'

단기간에 지금보다 강해져야 한다. 그런데 현실적으로 단기간에 강해질 순 없다.

모순이었다.

"결국 매달릴 건 하나뿐인가?"

나무에 기대 주저앉아 성시한은 하늘을 올려다보았다.

바락이 남긴 화두가 뇌리를 맴돌고 있었다.

"날쌘 거인이라……."

*　　　*　　　*

선선한 여름 바람이 나뭇잎을 흔든다.

흔들리는 가지 아래 한 사내가 다가왔다. 조금 전까지 검을 휘두르며 땀을 흘리던 창천기사단의 부단장, 에세드였다.

성시한 곁으로 다가오며 그가 물었다.

"뭔가 짚이는 게 있으십니까?"

"전혀."

불만스러운 얼굴로 시한이 고개를 저었다. 이해할 수 있다며 에세드가 대답했다.

"하긴, 시한 대장 정도 되는 고수가 벽을 넘는 건 쉬운 일이 아니겠지요."

잠시 침묵이 흘렀다. 바람이 계속 불었다.

문득 바람이 멈췄다.

"에세드."

"네."

"지금의 내가 더욱 강해질 방법이 과연 있을까?"

"제가 어찌 알겠습니까? 대장이 저보다 훨씬 더 고수인데."

에세드는 쓴웃음을 지었다.

그가 창천기사단의 투기술 대부분을 정립한 뛰어난 무학자인 것은 사실이지만, 그래봐야 아직 초인급에 머물고 있었다. 무신급의 경지에 오른 이에게 무슨 충고를 할 수 있을까?

"가보지 않은 길을 앞서 걷는 사람이, 뒤에 있는 사람에게 그런 걸 물어봤자……."

"그런가? 그래도 바락 영감님은 뭔가 아는 눈치던데."

힘없는 목소리로 시한이 중얼거렸다.

"그런데 제대로 설명을 해주질 않았단 말이지. 아, 진짜 그 인간은 어디 숨은 거야?"

위치만 알면 당장에라도 찾아가 그놈의 '날쌘 거인'이란 게 뭔 의미인지 멱살 흔들어가며 묻고 싶다.

"아니, 어차피 마찬가지이려나?"

바락이 성시한을 괴롭히려고 일부러 저리 두루뭉술하게 표현한 것이 아니다. 그저 저렇게밖에 표현할 수 없었을 뿐이지.

호기심을 느끼며 에세드가 물었다.

"그 색골 노인네가 뭐라고 했는데요?"

시한은 바락의 화두를 그대로 전해 읊었다. 그리고 혀를 찼다.

"그런데 대체 날쌘 거인이 되라는 게 뭔 소리냐고? 그냥 힘은 충분하니까 스피드를 올리라고? 그런 단순한 소리가 아니라는 건 아무리 나라도 알겠거든?"

투덜대다 말고 시한은 흠칫 놀랐다. 그 말을 들은 에세드가 멍한 표정으로 입을 벌리고 있었다.

잠시 후, 갑자기 키득거리면서 웃기 시작한다.

"와, 그 영감이 여자 그렇게 후리고 다녀도 진짜 고수는 고수네요?"

머리를 쓸어 올리며 에세드는 새삼스레 감탄을 터뜨렸다.

"과연 무신급 소드하이어는 뭐가 달라도 다르군요. 나 같은 놈과는 보는 관점이 전혀 다르네."

"뭐야? 뭔가 깨닫기라도 한 거야?"

갑자기 에세드가 당황한 성시한 앞에 털썩 주저앉았다. 그리고 사뭇 진지한 표정을 지었다.

"제가 그 말로 뭔가를 깨달았다는 소리는 아닙니다. 그건 오롯이 대장을 위한 화두였으니까요."

무학자의 눈을 빛내며 차분하게 말을 이어간다.

"하지만 바락 님이 무슨 말을 하고 싶었는지는 알겠군요."

확실히 지금의 시한 정도 되는 경지에 오른 이가 단기간에 강해질 방법 따윈 없다.

"하지만 대장 본인만은, 단기간에 강해질 수 있을지도 모르겠습니다."

다급해진 성시한이 몸을 앞으로 내세웠다. 어둠 속을 헤매다 겨우 등불을 발견한 기분이었다.

"대체 날쌘 거인이 되라는 게 무슨 의미였어?"

에세드가 빙그레 미소 지었다.

"그건 비밀입니다."

순간 시한이 폭발했다.

"지금 나랑 장난하자는 거야?!"

Chapter 3

권토중래(捲土重來)

마을 뒤쪽의 한 작은 공터.

평상복 차림을 한 백금발의 소녀가 눈을 감은 채 서 있었다.

"열려라, 이계의 문이여……."

나직한 목소리와 함께 손을 머리 위로 올린다. 차분히 마력을 움직여 그 속에 깃든 차원력을 끌어낸다.

"오라, 이계의 존재여……."

알리타는 도로 눈을 떴다. 주먹을 움켜쥐며 그녀가 술식을 끝마쳤다.

"…지옥의 뚜껑을 열고 유황의 숨결을 세상에 흩날려라!"

휘이잉~

한 줄기 바람이 썰렁하게 공터를 지나쳤다. 아무 일도 일어나지 않았다.

당연한 결과였다.

현재 그녀에겐 마력을 억제해 주는 마도구 팔찌가 없었다.

기존의 팔찌는 릴스타인과의 전투에서 완전히 소모해 버렸다. 그 후론 다시 만들 재료를 구할 수도 없었고, 또 재료가 있다 하더라도 성시한의 실력으로 저런 고도의 마도구를 제작할 수 없었다. 애당초 그 팔찌도 라텐베르크 왕성 마기언인 8층의 테이엔이 만든 것에 시한의 마력만 들입다 부었을 뿐이다.

마력 통제가 안 되는데, 이계소환술을 성공시킬 수 있을 리가 있나?

그럼에도 알리타는 회심의 미소를 지었다.

“좋아. 조금이지만 요령이 느껴져.”

이계소환술을 처음 썼을 때의 일이었다.

마력을 통제할 수 없기는 아케인 계열 마법을 쓸 때와 같았지만, 뭔가 느낌이 달랐다. 마력에 깃든 차원력 일부가 움직이면서, 미약하게나마 마력 통제 감각을 느낄 수 있었다.

비유하자면, 말 등에서 떨어지긴 마찬가지지만 예전엔 그냥 날뛰는 말 위에 올라타고 있었는데 이번엔 고삐를 쥔 채 올라탄 느낌이랄까?

창천기사단과 합류하고 여유가 생긴 뒤 그 부분을 집중적으로 파고들었다. 그리고 나름 확신을 가졌다.

‘될 것 같아.’

숨을 고른 뒤 알리타는 다시 한 번 이계소환술을 시도했다.

“열려라, 이계의 문이여! 오라, 이계의 존재여!”

역시나 이번에도 실패했다.

상관없다. 그녀가 연습하는 건 어디까지나 마력 컨트롤이지 이계소환술이 아닌 것이다. 실패를 통해 착실하게 마력 운용에 대한 감각을 느낄 수 있다면 충분히 성공이다.

"한 번 더!"

그렇게 알리타는 이계소환술을 시도하고 실패하길 몇 번이나 반복했다.

애초에 소환술은 실패했으니 마력도 소모하지 않고 실제로 차원문이 열리지도 않는다. 외부에 걸릴 걱정도 없고 집중력이 유지되는 한, 쉴 새 없이 연습할 수 있다.

"…지옥의 뚜껑을 열고 유황의 숨결을 세상에 흩날려라!"

한참 동안 연습하고 나서야 알리타는 호흡을 골랐다.

"하아, 힘들다."

마력이나 체력 소모는 없다지만 오랫동안 정신을 집중하다 보니 피곤이 몰려온다. 잠시 머리를 식히며 그녀는 내심 웃었다.

"하하……."

이대로 계속 연습하다 보면 결국은 자신의 방대한 마력을 인위적으로 나누는 것이 가능해질 것이다. 제대로 된 마기언이 될 가능성이 겨우 열렸다.

물론 그렇게 된다고 얼마나 도움이 될 수 있을지는 모르는 일이지만…….

'적어도 지금보다는 낫겠지.'

땀을 식히다 말고 알리타는 문득 공터 저편을 바라보았다. 지금쯤 마을 반대편에서 성시한 역시 맹렬히 수행 중일 것이다.

'그러고 보니 시한은 잘하고 있을까?'

그 수행 방식을 떠올린 그녀의 표정이 기묘해졌다.

"뭔가 굉장히 이상한 짓을 하던데……."

*　　　　*　　　　*

"그건 비밀입니다."

에세드의 이 황당한 답변은 단순히 장난이나 치려고 한 소리가 아니었다. 지금 상황이 얼마나 중한데 그런 쓸데없는 짓을 할까?

비밀로 할 수밖에 없었다. 그래야만 했다.

"전 분명 바락 님이 무슨 말을 하고 싶어 했는지 이해했습니다. 하지만 그게 바락 님이 남긴 말씀의 본질을 깨달았다는 소리는 아닙니다."

"…그게 무슨 소리야?"

"무학자로서, 어디까지나 지식을 이해했다는 의미입니다. 심지어 그조차도 명확한 것은 아니고요."

혼란스러워하는 시한을 향해 에세드가 차분히 설명을 시작했다.

"날쌘 거인이 되어라. 사실 뭐, 엄청나게 복잡한 이야기는 아닙니다. 말 자체는 별거 아니에요. 저도 듣자마자 알아들을 수 있을 정도로."

그렇지만 그 속에 담긴 진짜 의미는 결코 말로 설명할 수 있는 것이 아니다.

"설명하려면 못 할 건 없겠지만, 시한 대장이 그 설명을 듣고 나면 오히려 진짜 의미와는 멀어지게 될 겁니다."

언어는 분명 인간에게 있어 자신의 의지를 가장 잘 전달할 수 있는 매개체다. 하지만 그럼에도 불구하고 한계는 분명히 있다.

장님에게 태양의 밝음을 언어로 전달할 수 있을까? 귀머거리에게 음악의 아름다움을 글로 전할 수 있을까?

위대한 문호라면, 순수한 언어만으로 그 이상의 감동을 주는 것도 불가능하진 않겠지.

“하지만 그건 시의 감동이지, 음악의 감동은 아니지요.”

그 시점에서 진짜 본질과는 한없이 멀어져 버린다.

“그래서 바락 님도 그렇게밖에 표현할 수 없었던 겁니다. 더 설명해 버리면 오차만 커질 테니까요.”

“으음…….”

성시한은 신음을 흘렸다. 듣고 있자니 좀 알 것 같기도 하다.

목표를 정해놓으면 한눈팔지 않고 달릴 수 있겠지만, 동시에 그 목표 외에 다른 것을 보지 못하게 되는 법.

“하긴, 검술에도 그런 면이 있긴 하지.”

검술에는 분명히 정해진 검로가 있지만, 동시에 전투에 임할 때의 온갖 변수에 따라 각도와 힘의 흐름을 조절해야 한다. 그리고 그건 일일이 배울 수 있는 것이 아니다. 실제로 검을 휘두르면서 디테일한 부분은 스스로 터득해야 한다.

“그런데 결국 달라진 게 없잖아?”

에세드의 말을 요약하면 ‘난 뭔 소린지 알겠지만 너한테 설명은 못 해주니 지금까지처럼 알아서 잘 해결해 봐라~’가 되어버린다.

“꼭 그런 건 아닙니다.”

에세드가 의미심장한 미소를 보였다.
"저는 바락 님과 달리 범재이니까요."
바락은 천재다. 누구도 부인 못 할 하늘이 내린 무의 귀재다.
그렇기에 무신급이라는 지고의 경지에 오를 수 있었다.
"천재는 범인을 이해할 수 없지요. 아마 바락 님도 저 화두만으로 충분하다고 여기진 않았을 겁니다."
단지 본인도 모르는 것이다. 어떻게 해야 저 화두가 의미하는 경지에 다다를 수 있는 것인지.
"그 영감님은 그냥 도달해야 할 경지를 느끼면 그 후엔 저절로 길을 찾을 수 있었을 테니까요. 타고난 천재성 덕분에."
반면 성시한은 천재가 아니다. 에세드와 마찬가지로, 재능은 있지만 그것이 하늘에 닿지는 않았다.
"예전엔 시한 대장이 천부적인 재능의 소유자라고 생각했습니다. 그게 차원을 넘은 부작용이든 어떻든 간에."
재능의 종류는 사람마다 다르니 한 분야에 월등히 뛰어난 능력을 보일 수 있다면 그것만으로 충분히 천재의 조건이 된다. 실제로 그 능력으로 성시한은 고작 3년 만에 무신급의 경지에 오르지 않았는가?
"그런데 저도 이제야 깨달은 겁니다만, 시한 님의 그 능력은 재능(才能)이 아니었습니다."
에세드가 쓴웃음을 지었다.
"기능(技能)이었지요."
"…무슨 소린지 잘 이해가 안 가는데?"
성시한이 눈을 껌뻑였다. 에세드가 고개를 저었다.

"이해 못 하셔도 상관없습니다. 중요한 건 대장이 바락 님이나 카렌 님 같은 천재의 부류가 아니라는 거죠."

성시한은 범재였다. 에세드와 같은.

"저는 때려죽여도 바락 님 같은 화두를 던져주진 못할 겁니다. 제 수준에 무슨 그런 시건방진 짓을 하겠습니까?"

대신, 범재이기에 천재는 하지 못하는 걸 할 수 있다.

"덕분에 수행 방법을 알려 드릴 수는 있을 것 같군요."

*　　　*　　　*

마을 외곽의 인적 드문 대로변.

적당한 장소에 에세드가 사람 하나가 간신히 서 있을 만한 좁은 원을 그렸다.

"하루 종일 여기 서 계세요. 뭔 짓을 해도 상관없습니다. 해질 때까지 서 있으면 됩니다."

당연히 성시한은 미심쩍어했다.

"…이게 수련법이라고?"

"이미 말씀드렸지만, 이유를 설명할 순 없습니다. 전 그저 방법만을 제시할 뿐입니다."

긴가민가하며 일단 시한은 원 안으로 들어가 섰다. 그리고 물었다.

"이게 끝? 이러면 된 거라고?"

"아니죠. 그 상태로 해 질 때까지 서 있어야 끝인 거죠."

"어, 밥은?"

"당연히 굶어야죠. 물론 화장실도 못 갑니다. 그러니 지금 용변을 미리 해결해 두는 게 좋겠군요."

"…뭐야, 그게?"

황당해하면서도 성시한은 일단 화장실부터 다녀왔다.

다시 원 안에 서서 멍하니 주위를 둘러본다. 역시 뭐 하자는 건지 모르겠다.

"정말 이러면 강해질 수 있다는 거야?"

에세드가 황당한 대답을 내놓았다.

"모릅니다."

"어? 모른다니?"

"전 고작해야 초인급 소드하이어일 뿐입니다. 무신급의 경지라는 게 어떤 건지 제가 어찌 알겠습니까? 그냥 무학자로서 몇몇 수행 방식을 유추한 것뿐인데요."

그가 떠올린 방식 중 무엇이 정말로 옳은 수행법인지는 에세드도 모르는 것이다. 실제로 시도해 보기 전에는.

"이게 올바른 건지 아닌지는 대장 자신만이 알 수 있습니다."

"즉, 헛짓거리일 가능성도 있다, 이거야?"

"그렇습니다."

"지금 우리가 허송세월이나 보낼 만큼 여유 있는 처지는 아니거든?"

"어차피 뭘 해야 하는지도 모르잖습니까? 아니면 달리 뭐 하실 거 있어요? 최악의 경우라 봐야 똑같이 시간 낭비할 뿐이잖습니까?"

"그건 그렇네."

구시렁대며 시한은 얌전히 원 안에 머물렀다. 잠시 멍하니 있다가 그가 물었다.

"…투기는 써도 되는 건가?"

"말했지만, 그 안에서 뭘 하든 그건 대장의 자유입니다. 그저 그 원만 안 나오면 됩니다."

"하아……."

시한은 한숨을 쉬었다. 정말 뭐가 뭔지 모르겠다.

에세드가 태양의 위치를 보더니 손을 흔들었다.

"그럼 전 밥 먹으러 갑니다. 대장, 파이팅!"

그러곤 뒤도 안 돌아보고 마을로 돌아가 버린다. 멀어지는 에세드를 보며 시한은 인상을 썼다.

"어째 약 올리는 거 같은데, 저거……."

어쨌든 지금은 그를 믿고 따를 수밖에 없다. 달리 방법이 없으니까.

검을 빼 들며 성시한이 투기를 끌어 올렸다.

"뭐든지 내 마음대로 해도 된댔지? 원만 안 나가면."

십이지검을 펼치며 정신을 집중해 무신기를 수련한다.

"타아아앗!"

폭풍이 일며 주위의 대기가 요동쳤다. 한바탕 투기의 폭풍이 불었다.

한참 후에야 십이지검을 거두며 시한은 구시렁댔다.

"아, 배고파."

*　　　*　　　*

워낙 좁은 원이라 앉거나 눕는 건 불가능했다. 그저 서 있을 수밖에 없었다.

투기술 수련도 해보고, 마법도 써보고, 육체의 힘만으로 물구나무를 서서 팔굽혀펴기도 해본다.

그래도 시간이 남아 숨도 돌릴 겸 시한이 멍하니 서 있을 때였다.

창천기사단원 몇 명이 지나가다 의아해하며 물었다.

"대장? 거기서 뭐 하는 겁니까?"

"수행."

"그냥 서 있는 게요?"

"에세드 말로는 그렇다던데."

통명스러운 시한의 대답에 기사단원들이 서로를 보며 고개를 끄덕였다.

"보기엔 뻘 짓 같지만……."

"에세드 부단장이 시킨 거라면……."

"뭔가 있긴 있는 거겠지?"

"그럼 열심히 하십쇼."

조금 뒤에 카렌도 슬쩍 찾아왔다. 시한을 아래위로 살피며 굉장히 의심스럽다는 눈초리를 보낸다.

"에세드가 이러래요?"

"응."

"…왜요?"

"나도 몰라."

이야기 듣고 알리타도 구경 왔다.
“뭐 하는 짓이에요, 이거?”
“지금 그걸 제일 알고 싶은 게 바로 나란다, 알리타.”
처음엔 다들 의아해했지만, 에세드의 조언에 따른 수행법이란 걸 알고 납득했다.
경지는 바락이나 성시한보다 낮지만 그는 창천기사단의 고유 투기술 대부분을 이론화한 뛰어난 무학자인 것이다. 그런 에세드가 시킨 거라면 뭐가 있어도 있겠지.
그렇게 성시한은 하루 종일 원 안에 서 있었다.
간신히 해가 졌다.
신음하며 시한은 제일 먼저 화장실부터 달려갔다.
“으, 오줌 마려!”
저녁 즈음 되니 너무 급해져서 투기 운용으로 오줌을 참는 괴상한 짓마저 해야 했을 정도였다. 겨우 급한 일을 해결하며 성시한은 고개를 절레절레 저었다.
분명 에세드는 이 수행법이 옳은 건지 아닌지 확인할 수 있는 건 시한 자신뿐이라고 했다. 그리고 하루 동안 시도해 본 느낌은…….
“진짜 쓸데없이 시간만 날린 기분인데.”

다음 날 아침.
해가 뜨자마자 성시한은 바로 좁은 원 안으로 들어갔다.
하루 종일 그곳에 머물며 투기와 마법 연습을 했다. 스트레칭이나 기존의 검술 수행도 하고, 때론 멍하니 서서 상념에 잠겼다. 그리고 해가 지면 원에서 벗어나 휴식을 취했다.

그렇게 사흘이 지났다.

"아, 그렇구나!"

마침내 성시한은 깨달았다.

"이제야 확실히 알겠어!"

그리고 에세드에게 달려가 외쳤다.

"이거 전혀 쓸모없는 짓이야, 에세드! 그냥 시간 낭비라고!"

"역시 그렇습니까?"

그럴 줄 알았다는 듯 바로 에세드가 다음 수행법을 꺼내 들었다.

"그런 이번엔 다른 방식을 시험해 봐야겠네요."

"잠깐? 그렇게 무책임하게 넘어갈 일이야, 이게?"

"그럼 어쩝니까? 저도 어느 게 옳은 건지 모른다니까요? 제 수준에선 이게 그나마 최선이에요."

"크윽……."

성시한은 어깨를 축 늘어뜨렸다. 슬프게도 반박할 수가 없었다.

"자, 그럼 수행법을 시도하러 갑시다, 대장!"

"그, 그래……."

에세드가 내세운 두 번째 수련법은 이것이었다.

"육체를 단련합시다!"

시한은 의문을 표했다.

"저기, 나 이미 충분히 육체 단련은 했는데?"

투기를 봉인한 채 헬스클럽도 꾸준히 다녔고 각종 무술 도장을 통해 기술 수행도 게을리하지 않았다.

"혹시 테라노어산(産) 스테로이드라도 구했어?"

"스테로이드가 뭡니까?"

"먹으면 근육 생기는 약."

정확히는 주사약이지만, 테라노어엔 아직 주사란 개념이 없어 저렇게 말한 시한이었다. 에세드가 눈을 반짝반짝 빛냈다.

"헉! 지구엔 그런 축복받은 약도 있습니까?"

"대신 부작용이 있어."

"뭔데요?"

"고자 되기."

이 역시 정확히는 고환 수축 및 여유증 등이지만 대충 퉁친 성시한이었다. 당연하게도 반짝이던 에세드의 눈빛이 순식간에 꺼져 버렸다.

"…맙소사! 그런 저주받을 사악한 약이 세상에 있다니."

"뭐, 투약을 잘하면 부작용을 피할 수도 있다곤 하지만……."

어쨌든 지금 중요한 건 이게 아니다.

"이제 와서 육체를 단련할 획기적인 방법이라도 있는 거야?"

에세드가 자신 있게 대답했다.

"획기적인 건 아니지만, 특이한 방법이긴 할 겁니다."

*　　　*　　　*

"허업!"

호흡을 조절하며 성시한은 연신 밧줄을 당겼다. 밧줄을 당기고 풀길 반복하며 이두와 삼두, 승모근와 광배근을 단련하는 것이다.

전통적인 무술 단련법이고, 요샌 크로스핏이 유행이라 헬스클럽에서도 종종 행하는 방식이다. 이것 자체는 그동안 시한도 자주 해온 수련법이었다.

단지 다른 부분이 있다면, 현재 그의 전신이 찬란한 황금빛으로 물들어 있다는 점이었다.

지금 시한은 무신급의 투기를 모조리 끌어낸 채 밧줄을 당기고 있는 것이다!

"타앗!"

웅웅웅웅!

가공할 투기 탓에 대기마저 진동하며 소음을 흘린다. 이 상태의 시한이라면 족히 톤 단위의 무게도 당길 수 있을 것이다. 당연히 어지간해서는 하중을 줄 수 없다.

그래서 현재 성시한이 쥔 밧줄 반대쪽에는, 투기를 전력으로 끌어낸 창천기사단 수십 명이 달라붙어 있었다.

"당겨!"

에세드의 신호에 따라 창천기사단이 일제히 밧줄을 당긴다. 그 압도적인 거력을 시한이 버텨낸다.

아무리 두꺼운 밧줄이라도 이 정도 거력을 버티기란 쉬운 일이 아니다. 밧줄이 팽팽히 당겨지며 새된 비명을 터뜨린다.

에세드의 목소리가 다시 한 번 울려 퍼졌다.

"줄 끊어집니다, 대장! 밧줄 강화 쪽 투기 흐름도 신경 써야죠!"

"아, 알았어!"

에세드가 말한 '특이한 육체 단련법'이 이것이었다.

아예 모든 투기를 발동한 상태에서 피지컬을 단련하자는 것.

"…하지만 보통은 투기를 안 쓰고 육체 자체를 단련하지 않아? 그게 올바른 방식이라고 들었는데."

이 방식은 엄청나게 비효율적인 것이다. 게다가 오히려 투기를 안 쓸 때에 비해 효과도 적다.

괜히 테라노어의 소드하이어들이 이런 식으로 훈련을 하지 않는 게 아니다. 다 오랜 경험을 통해 증명이 되었으니까 기피하는 것이다.

에세드도 그걸 모르진 않았다.

"저도 이게 비정상적인 방식이라는 건 압니다만, 그렇게 따지면 시한 대장의 존재 자체가 비정상이잖습니까?"

듣고 보니 또 그럴싸한 말이었다. 그래서 일단은 순순히 받아들였다.

에세드를 믿고 최선을 다해 훈련에 임한다!

"타아앗!"

덕분에 상대하는 창천기사단은 죽을 맛이었다.

"아으, 이게 대체 무슨 소용이 있는 겁니까?"

"힘들어죽겠네!"

"그냥 투기 봉인하고 하면 안 되는 거야?"

"아, 부단장이 안 된다잖아? 닥치고 줄이나 당겨!"

그렇게 성시한은 하루 종일 투기를 죄다 끌어낸 채 웨이트트레이닝에 열중했다. 창천기사단을 일종의 헬스 머신으로 삼은 셈이었다.

해가 저물었다. 파김치가 되어 집으로 향하며 시한은 몸 상태를 점검해 보았다.

전신 근육에 기분 좋게 알이 배어 있었다. 하지만 이는 지구에서 헬스클럽을 다닐 때도 항상 느끼던 것이었다.

의미 없이 멍 때리고 서 있던 것에 비하면 뭔가 훈련을 했다는 느낌이 들지만, 그렇다고 딱히 기존 수련법보다 낫다는 기분도 안 든다.

시한이 힘없이 물었다.

"이게 정말 효과가 있을까?"

에세드가 어깨를 으쓱였다.

"누누이 말씀드리지만, 저도 모른다니까요?"

사흘이 지났다. 창천기사단 전원의 전신 근육통을 대가로 성시한은 결국 깨달음을 얻었다.

"그렇구나! 이제 알겠다!"

그게 원하던 깨달음이 아니라서 문제였지만.

"에세드, 이것도 헛짓거리야! 전혀 의미 없어!"

"확실한 겁니까, 대장? 혹시 아직 뭔가를 못 느껴서 그렇게 여기는 게 아니고요?"

에세드의 의문에 성시한은 단호하게 대꾸했다.

"적어도 이런 짓거리로 피지컬이 단숨에 오를 리 없다는 건 확실해!"

에세드의 방식은 솔직히 말해서 그리고 획기적인 게 아니다. 경험 많은 소드하이어라면 충분히 떠올릴 법한 아이디어였다.

"그런데도 아무도 그 수법을 쓰지 않는다는 건, 쓸모가 없기 때문일 뿐이잖아!"

"그렇군요. 그러면 다음 방식을 시험해 봐야겠네요."

여전히 에세드는 태연했다.

시한이 치를 떨었다.

"…아, 진짜 이게 뭐 하는 짓이야?!"

창천기사단과 합류한 지도 슬슬 열흘째.

오늘도 알리타는 마을 공터에서 마력 컨트롤을 연습하고 있었다.

평소처럼 차분한 상태로 정신을 집중하며 주문을 영창한다. 하지만 그 주문은 이계소환술의 술식이 아니었다.

"불의 숨결이여, 내 손에 임해 작렬하는 화살이 되리! 파이어 애로우!"

네 줄기 불꽃의 화살이 허공을 갈랐다. 이내 목표로 삼은 바위를 뜨겁게 달구고 사라져 간다.

알리타는 기쁜 기색을 숨기지 않았다.

"됐다!"

적색 상아탑 3층 주문인 파이어 애로우를 무난하게 성공했다. 제대로 마력을 제어할 수 있게 된 것이다.

고작 열흘 만에 이룬 것이라고는 믿어지지 않는 진도다. 하지만 따져보면 이상할 것도 없었다.

제대로 길을 찾은 건 열흘 만이지만, 연습 자체는 벌써 1년 가까이 해왔으니까.

열흘 만에 성공했다기보다는 오히려 그동안의 고생이 이제야 보답받았다는 쪽이 옳다.

"헤헤."

싱글벙글 웃으며 그녀는 다른 마법도 시도해 보았다.

그동안 이론으로만, 이미지트레이닝으로만 익혔던 다양한 하층 마법들이 무리 없이 전개된다.

기쁘다. 드디어 제 몫을 하는 마기언이 되었다.

"그럼 이제……."

스펠북을 펼치며 이번엔 다른 마법을 시도했다. 성시한에게서 배운, 상아탑 외부의 주문이었다. 그녀에게 걸려 있던 마법 위로 더 강력한 마법의 힘이 덮어씌워진다.

차원간 변동력 차폐 마법이었다. 팔찌로 억제를 하고도 마력 운용으로 가능한 최하층 주문이 7층 수준이다 보니, 그동안은 알면서도 못 썼던 주문이다.

이젠 이것도 구사할 수 있다. 더 이상 며칠에 한 번씩 시한의 신세를 질 필요가 없어졌다.

그리고 이게 가능하다는 의미는 곧…….

"열려라, 이계의 문이여……."

이계소환술을 들키지 않고 쓸 수 있게 되었다는 소리이기도 하다.

잠시 후 직경 1미터 정도의 작은 차원 균열이 열렸다. 그 사이로 말과 개, 사슴을 섞어놓은 듯한 마물 하나가 튀어나왔다.

"크르르……."

알리타가 마물에게 손짓했다.

“이리 와.”

이계의 마물은 순순히 그녀의 명령에 따랐다. 첫 소환 때와 달리 모든 명령이 제대로 전달된다. 마력에 여유를 두고 일부러 약한 마물을 소환했기에 가능한 것이었다.

‘이거라면 그때처럼 피아를 구별 못 할 일도 없겠지?’

여전히 이계소환술에 대한 거부감은 남아 있지만, 그래도 보다 강한 힘을 손에 넣었다는 기쁨이 더 컸다.

‘마법만으로는 단기간에 강해지기 힘드니까.’

분명 알리타는 어지간한 고위 마기언을 능가하는 마력의 소유자이며, 이제 제어하는 방법까지 깨달았다. 하지만 이것이 바로 정식 마기언이 될 수 있다는 의미는 아니다.

아케인 계열 마법이야 워낙 술식이 쉬우니 충수 무시하고 익히는 것이 가능했다. 애당초 그럴 목적으로 만든 마법이기도 하고.

하지만 다른 마법은 착실히 밑에서부터 공부해 가며 실력을 키워가야 하는 것이다.

마력이 충분하고 스펠북에 주문 다 있다고 바로 고위 마기언이 될 수 있다는 소리는, 육법전서 다 샀고 학원도 끊었으니 바로 판검사가 될 수 있다는 소리나 다름이 없다.

당장 마법으로 강해지긴 힘들다.

역시 이계소환술을 주력으로 해야 한다.

‘그런데 지금 내가 지닌 건 총론뿐이라…….’

듀란의 노트를 꺼내보며 알리타는 고민했다.

원래 루스클란의 이계소환술에는 천년 동안 쌓아온, 실전에서 유용한 다양한 수법들이 있었다. 듀란의 노트에는 저런 내용까진 없는 것이다.

'그 실전용 수법을 익히면 지금보다 더더욱 강해질 수 있을 텐데.'

하지만 그녀에게 그 방법을 가르쳐 줄 혈족은 하나도 남지 않았다. 그렇다고 모든 걸 스스로 터득하기엔 너무 갈 길이 멀다.

그렇다면 누구에게 배워야 할까?

부담스러워하는 표정으로 알리타는 마을 쪽을 돌아보았다.

'역시 그들에게 묻는 수밖에 없나?'

현시대에 알려진 창천기사단의 주특기는 바로 초인급 소드하이어 발목 잡기다. 단장인 성시한이 워낙 초인급과 싸울 일이 많았으니까.

하지만 저것이 실제로 창천기사단이 제일 잘하는 일은 아니었다.

혁명전쟁 시절 성시한의 진짜 주된 임무는 루스클란의 마물을 상대하는 것이었다. 당연히, 그의 수하인 창천기사단도 언제나 이계 마물과 전투를 벌여야만 했다. 지금이야 시대가 바뀌어서 써먹을 일이 없어졌지만, 창천기사단의 최고 강점은 바로 이계 마물과의 풍부한 전투 경험인 것이다.

그리고 이는 곧 이들이 테라노어에서 제일 많은 루스클란의 이계소환술사와 싸워보았다는 의미도 된다.

알리타는 창천기사단을 찾아가 그들이 당한 수법에 대해 물었다.

"물론 당시의 일을 떠올리는 게 기분 좋을 리 없다는 건 알지만, 그래도 전 조금이라도 더 강해지고 싶어요. 그래서 시한의 도움이 되고 싶어요."

다행히 창천기사단원들은 별 거부감 없이 협력해 주었다.

"에이, 이미 지난 일인데 떠올리는 게 뭐 힘들다고?"

"기억나는 대로 최대한 알려주리다."

처음부터 이들이 이렇게 알리타에게 호의적이었던 것은 아니었다. 정체를 모를 때야 호의로 넘쳐흘렀지만, 루스클란 혈족이란 게 밝혀진 뒤엔 상당히 충격을 받기도 했다.

"맙소사, 알리타 양이 루스클란이었다고?"

"그것도 그, 씹어 먹어도 모자랄 광제의 친딸?!"

이들이 광제에게 지닌 증오는 십여 년의 세월 정도론 희석되기 힘든 것이다.

흔들리는 창천기사단의 분위기를 일신한 것은 카렌이었다.

"알리타와 광제의 죄가 무슨 상관이 있죠?"

"그래도 광제의 친딸 아닙니까?"

"우리가 루스클란 혈족과 맞서 싸웠었나요?"

"…싸웠잖습니까?"

"아니에요. 우리는 폭군과 맞서 싸웠습니다. 그 폭군이 루스클란의 이계소환술사였을 뿐이죠."

그녀는 명쾌한 해답을 지니고 있었다.

"지금 우리의 적은 릴스타인이고, 그는 마기언이죠. 그럼 릴스타인을 쳐부순 뒤 모든 마기언의 씨를 말려야 하나요?"

그리고 또 폭군이 나타난다면? 이번엔 그 폭군이 소드하이어라면?

"그럼 소드하이어란 이유만으로 죽어야 할까요? 하지만 당신들도 소드하이어잖아요? 그럼 자살이라도 할 셈인가요? 투기를 지닌 자신을 저주하며?"

광제의 죄와 알리타는 아무 관계가 없다.

카렌의 말에 흔들리던 창천기사단은 마음을 다잡았다. 애초에 그리 고지식한 성격의 집단도 아니었다.

"이계소환술이든 뭐든, 좋은 일에 쓰면 되는 거지, 뭘."

더 이상 알리타의 핏줄에 대해 신경 쓰지 않았다. 다들 기억이 닿는 대로 루스클란 술사들의 수법을 알려주었다.

모든 것을 일일이 받아 적어 정리하며 알리타는 새삼 카렌에게 고마워했다. 그녀가 아니었다면 이렇게 쉽게 받아들여지지는 않을 것이다.

'그런데 카렌 언니는 대체 어떻게 내 정체를 알고 있었던 걸까?'

*　　*　　*

마을에서 한참 떨어진 산속의 한 절벽.

검은 머리의 미녀가 말없이 밤하늘의 만월, 그리고 절벽 아래 펼쳐진 정경을 바라보고 있었다.

그저 대자연을 바라보고, 이 세상을 유지시키는 놀라운 여신의 위업을 살피며 그 속에서 섭리를 깨달아 자신의 힘으로 바꾼다.

문득 카렌이 허공에 짧은 펀치를 날렸다.

쩌엉!

대기가 찢어지며 파공음이 울려 퍼졌다. 그녀는 고개를 끄덕였다.

'좋아.'

안티프레이어의 핵을 이용한 이 마법 목걸이도 완전히 익숙해졌다. 이제 지닌 모든 기량을 문제없이 발휘할 수 있다.

'그렇다고 여기서 더 강해질 수 있는 건 아니지만…….'

성시한이나 알리타는 뭔가 방법을 잡은 모양이다. 솔직히 말하면 시한 같은 경우엔 계속 헛짓만 하고 있는 것 같지만, 일단 알리타는 착실히 강해지고 있다.

'알리타.'

그녀의 혈통이 주는 힘, 루스클란의 이계소환술 덕분에.

'광제의 딸이라…….'

광제의 딸이라는 것까진 몰랐지만 그녀가 루스클란 혈족이라는 건 알고 있었다. 처음 만났을 때 이미 눈치챘다.

기절한 채 고아원 침대에 누워 있을 때 흐릿한 의식 저편에서 시한과 알리타가 그런 대화를 나누었으니까.

"지금의 난 심장을 바치는 의식이 아니라 알리타, 네가 소환한 셈이잖아?"

일부러 티를 내지 않았다. 그녀가 성시한에게 중요한 인물인 만큼 비밀을 철저히 지킬 생각이었다.

하지만 굳이 알리타 본인에게까지 숨길 사안은 아니다. 카렌이 부끄러워했던 것은 다른 이유였다.

그 순간 깨달았기 때문이었다.

성시한이 알리타를 데리고 다니는 것은 그녀가 루스클란 혈족이기 때문이다. 단지 그 이유뿐이다. 두 사람 사이에 뭔가가 있어서가 아니다…….

이렇게 믿고 싶어 하는 자기 자신이 마음속 어딘가에 있었다는 것을.

'지금 이런 것에 정신을 팔릴 때가 아니잖아.'

릴스타인의 독기가 테라노어 전역에 퍼져 나갔다. 그 속엔 그녀가 보살펴야 할 수많은 신민 역시 포함되어 있었다.

"정신 차려, 카렌."

카렌은 가볍게 자신의 뺨을 두들겼다.

"너는 크론 리자테의 첫 번째 종이야."

그녀는 애써 마음을 다잡았다.

달의 교황이 개인적인 감정에 휘둘릴 순 없었다.

*　　　*　　　*

이번에 에세드가 꺼내 든 수련법은 이것이었다.

"투기를 전신에 두른 채, 평소처럼 생활하십시오. 무신기까지는 아니더라도 무신급 정도의 투기량은 되어야 합니다."

성시한은 잠시 놀랐다.

"이번엔 꽤나 정상적인 방법이네?"

투기를 끌어낸 채 격정을 가라앉히며 그 상태에 익숙해지는 수련은 기존 소드하이어들도 종종 행하는 것이었다. 시한 역시 왕년에 해본 적이 있었다.

"당연히 그런 평범한 방식은 아니죠."

에세드의 요구는 좀 더 과격했다.

"단순히 몇십 분 유지하라는 소리가 아닙니다. 생활 자체를 투기와 함께하라는 겁니다."

수행뿐 아니라 밥을 먹거나, 휴식을 취하거나, 책을 읽거나, 심지어 잠을 잘 때조차도 항상 무신급의 투기 상태를 유지하라는 것이다.

옆에서 듣고 있던 카렌이 황당하다는 표정을 지었다.

"다른 건 그렇다 치고, 투기를 전력으로 끌어낸 채 잠을 자라고요?"

투기를 전부 끌어낸다는 건 최대한 정신을 집중해 육체와 기맥을 활성화시킨다는 의미다. 그 상황에서 잠을 잔다는 건, 말하자면 전력 달리기를 하는 중에 숙면을 취하라는 소리나 같다.

"그건 불가능하잖아요?"

행군 도중, 혹은 가벼운 수련 도중 꾸벅꾸벅 조는 것이야 간혹 있는 일이지만 저건 아예 앞뒤가 맞지 않는다.

카렌이 에세드에게 미심쩍은 눈초리를 보냈다.

"잠이 들 리도 없을뿐더러, 설사 잠든다 하더라도 그 순간 끌어냈던 투기도 모조리 가라앉을 텐데요?"

반면 시한은 오히려 납득하는 얼굴이었다. 적어도 이제껏 했던 헛짓거리보다는 훨씬 그럴듯한 것이다.

"좋아, 이번에야말로 제대로 해봐야겠네."

여전히 카렌은 걱정하는 표정이었다.

소드하이어는 아니지만 그녀도 테라노어에서 다섯 손가락 안에 드는 고수 중의 고수였다. 아무리 생각해 봐도, 잘해야 아무 효과 없을 것이고 잘못되면 골병일 것 같았다.

"차라리 명상을 하거나 하는 게 낫지 않을까요? 어디 인적 드문 절벽 같은 데 혼자 가서……."

진지한 카렌의 제안에 에세드가 쓴웃음을 지었다.

"에이, 그거야 어디까지나 이야기에서나 나오는 거죠. 확실히 영웅담 같은 데서야 절벽을 지그시 내려다보다가 번쩍하고 깨달음을 얻곤 하지만, 그게 어디 현실성이 있습니까?"

카렌이 고개를 갸웃거렸다.

"전 그랬는데요?"

무술이나 신성술을 수련하며 벽에 가로막힐 때마다, 눈부신 만월을 보고 펼쳐진 대자연의 위대한 흐름을 느끼며 나아갈 길을 깨달았다.

"바락 할아버지도 비슷하던데, 레비나도 그렇고."

에세드와 성시한이 동시에 카렌을 물끄러미 바라보았다.

"……."

카렌은 머쓱해했다.

"왜, 왜요? 보통 이런 거 아니에요?"

에세드가 한숨을 푹 쉬었다.

"네, 그렇죠. 천재들은 보통 그렇게 하죠."

그 한숨엔 '아유, 저 재수 없는 천재들 같으니'라는 감정이 담뿍 담겨 있었다.

에세드도 어마어마한 재능의 소유자임엔 분명할 것이다. 그러지 않고서는 초인급의 경지에 오르지 못했겠지.

하지만 하늘이 내린 천재란 건 완전히 다르다. 그건 아예 상상의 범주 밖이다.

“아니, 그런 의미가 아니라…….”

물론 카렌이라고 저걸 몰라서 한 소리는 아니었다.

그녀가 보기엔 성시한의 능력 역시 충분히 천재의 반열에 속하는 것이다. 투기나 마력의 흐름을 보는 것처럼 확실히 느낄 수 있고, 고스란히 베낄 수 있는데 그게 천재가 아니면 뭐가 천재인가?

에세드는 피식 웃었다. 역시 카렌도 예전의 그와 같은 착각을 하고 있었다.

“그건 어디까지나 지구인인 시한 대장이 지닌 ‘기능’입니다.”

이미 성시한은 저 기능을 사용하는 수행을 오래토록 제대로 해왔다.

“지금 키워야 할 것은 어디까지나 무인(武人)인 시한 대장의 ‘재능’인 것이고요.”

*　　　*　　　*

성시한은 수행을 시작했다.

전신을 검푸른 심해의 투기로 물들인 채 검을 휘두르고, 투기술을 연습하고, 그 상태로 밥을 먹고, 일상생활을 행한다.

이게 초반에는 참 할 만했다. 문제는 집중력이 흩어지기 시작한 다음부터였다.

잠깐 멍해지는 동안 발동된 투기가 사그라진다. 언제까지고 무신급의 투기를 전개하는 것이 결코 쉬운 일이 아닌 것이다.

그때마다 옆에서 에세드가 칼같이 지적을 했다.

"대장, 투기 흩어집니다!"

알아보기도 참 쉬웠다. 그냥 시한의 전신에 둘러진 검푸른 빛이 고장 난 형광등처럼 깜빡깜빡하면 집중력 풀린 것이니까.

"아, 아차!"

억지로 투기를 다시 끌어 올리며 성시한은 식은땀을 흘렸다.

'이, 이거 절대 쉬운 게 아니잖아?!'

예전에도 했던 짓이라 별것 아닐 줄 알았다. 하지만 한계까지 버티는 것과 한계를 넘어서는 것은 전혀 다른 문제였다.

한 시간을 넘어서자 사지가 아파오기 시작했다.

두 시간째엔 극심한 두통이 닥쳐오고 전신이 벌벌 떨렸다.

세 시간이 넘어서는 순간 지옥이 펼쳐진다. 이미 투기량도 바닥을 보이고 있는데 그 바닥을 벅벅 긁어가며 정신력으로 버티고 또 버틴다.

처절한 비명이 마을 하늘 위로 울려 퍼졌다.

"아그그극!"

지나가다 그 모습을 본 알리타가 오만상을 찌푸렸다.

"저러다 죽는 거 아니에요?"

에세드는 태연했다.

"보통은 그런데, 저 양반은 못 죽지요. 육체나 정신보다 투기량이 월등히 높으니까. 저 짓만으론 죽고 싶어도 못 죽을 겁니다."

"…표정을 보면 죽도록 괴롭긴 한 것 같은데요?"

"오만상 찌푸릴 여력이 있으면 아직 죽을 일 없다는 소리입니다, 알리타 양."

사시나무처럼 바들바들 떨며 시한이 괴성을 질렀다.

"아으아악! 에세드! 정말 이러면 강해질 수 있기는 한 거야?"

"아, 계속 말하지만 전 모른다니까요?"

"젠장! 빈말이라도 응원 좀 해주면 어디가 덧나나?! 아파 죽겠는데!"

순간 에세드의 표정이 우울해졌다.

"저도 이제 곧 시달리러 가야 할 판인데, 응원할 마음이 나겠습니까?"

마을 저편을 바라보며 그는 한숨을 푹 쉬었다.

이제부턴 에세드, 그리고 창천기사단 전원의 수행 시간이었다. 그리고 그 수행은 결코 성시한의 수련에 못지않은 고난의 행군이었다.

*　　　*　　　*

마력 컨트롤을 깨닫고, 이계소환술의 실전 용법을 정립하며 알리타는 무서운 속도로 강해지고 있었다. 성시한 역시 아직 결과가 나오진 않았지만 열심히 수행 중이다.

둘 다 지금보다 더욱 강해지기 위해 노력하는 중이었다. 당연히 카렌이며 창천기사단도 놀고 있을 수만은 없다.

하지만 어떻게 해야 강해질 수 있을까?

사실 현시점에서 더 강해지기 힘들다는 점은 카렌이나 창천기사단이 저 두 사람보다 심하다. 그저 스스로를 되돌아보고 모자란 점을 개선하며 한 치라도 더 나아가기 위해 노력하는 수밖에 없는데, 그 정도로는 절망적인 현재의 국면을 타개하기 어렵다.

다행히 카렌은 돌파구를 찾았다.

마을 외곽, 사방에 거목들이 즐비한 숲속에 80인의 기사가 도열해 있었다. 에세드를 비롯한 창천기사단 80인 전원이었다.

다들 침을 꿀꺽 삼키며 이어질 '오늘의 수행'을 기다린다. 다들 표정에 각오와 공포가 공존해 있다.

그 앞에 서서 카렌이 조용히 기도를 올렸다.

"크론 리자테시여, 당신의 시험으로 내 적을 축복하소서!"

은빛 안개가 사방으로 퍼져 창천기사단을 뒤덮었다. 카렌의 비기, 플레이그 블레스였다.

당연히 신음과 비명이 뒤따랐다.

"아으윽!"

"아, 아파 죽겠네!"

그래도 다들 그럭저럭 몸을 가누고 있었다. 질병에 대항하는 투기 용법을 구사한 덕분이었다.

식은땀을 줄줄 흘리며 에세드가 검을 뽑았다.

"자, 다들 대련 시작!"

*　　　*　　　*

플레이그 블레스는 분명 카렌이 지닌 최강의 비기다. 그녀를 혁명 7영웅의 일원이자 테라노어에서 손꼽히는 강자로 만들어준 기술, 다른 신성술을 전부 합쳐도 이것만은 못하다.

하지만 약점도 명확했다.

바로 적아를 전혀 구별하지 못한다는 것.

약점이 명확한 만큼 카렌도 계속 개선책을 찾으려 노력했다. 만약 플레이그 블레스가 적아를 구별할 수 있게 된다면 무시무시한 효율을 보이게 될 것이다. 하지만 아무리 노력해도 방법을 찾을 수 없었다.

몰릴 대로 몰린 지금도 마찬가지였다.

지난 십 년간 찾지 못한 방법을 타이밍 좋게 이제 와서 발견할 수 있을 리가 없지 않은가?

그녀가 찾은 돌파구는 플레이그 블레스의 적아 구별법이 아니었다. 그리고 그 계기는 우드로우의 제안이었다.

“네? 일부러 질병의 축복을 펼쳐달라고요?”

“예, 카렌 님. 어차피 크림슨 나이츠와는 그 속에서 싸우게 될 테니까요. 카렌 님의 질병에 육체적으로 익숙해질 리야 없겠지만, 정신적으로는 익숙해질 것 아닙니까?”

실제로 무술 단련법 중엔 일부러 지칠 대로 지친 상태에서 전력을 다한 타격을 연습하는 경우가 있다. 그래야 전투 중에도 최선을 다할 수 있으니까.

“똑같이 아프다면, 자주 아파본 놈이 조금이라도 더 유리하지 않겠습니까?”

우드로우는 그냥 정신력을 단련하자는 의미로 꺼낸 제안이었지만, 여기서 카렌은 발상의 전환을 깨달았다.

‘잠깐……?’

확실히 플레이그 블레스는 자주 겪는다 해서 일반적인 질병처럼 저항력이 생기지 않는다. 끝없이 속성이 변화하는 여신의 질병인 것이다.

그런데 만약 질병의 축복을 대폭 약화시켜 똑같은 질병만을 고수할 수 있다면?

'위력은 그대로 유지하며, 속성 변화만 제어한다?'

플레이그 블레스는 신성력에 기반한 것이라, 평범한 질병처럼 한번 걸리면 아예 안 걸리는 식으로 면역이 생기진 않는다. 하지만 질병의 속성 자체는 지니고 있으니 저항력이 조금씩 늘긴 할 것이다.

그리고 질병의 속성을 하나로 통일하는 식의 운용은 가능할 것 같았다.

'이건 강화하는 게 아니라 오히려 약화시키는 것이니까.'

쉽게 말해서, 안 아프게 만들 순 없지만 덜 아프게 만들 수는 있다!

일단 방법이 떠오르자 카렌은 바로 수행에 들어갔다. 창천기사단을 모아놓고 계속 플레이그 블레스를 펼치고 제어하는 데 집중했다.

효과가 있었다.

플레이그 블레스에 자주 접할수록, 창천기사단 역시 점점 더 질병에 저항하는 정도가 높아졌다.

물론 크림슨 나이츠도 조건은 같다. 몇 번씩 당하면 창천기사단처럼 저항력이 생길 것이다.

'하지만 저쪽은 어차피 몇 번씩이나 싸울 일이 없잖아?'

겨우 대항할 방법이 생겼다. 희망을 느끼며 카렌은 기쁜 듯 웃었다.

그 아름다운 미소 뒤로, 우렁찬 비명이 메아리치고 있었다.

"아파……."

"으아아악!"

"언제쯤 이 고통에서 벗어나려나……."

"빌어먹을 릴스타이이이인!"

생활 투기 훈련 나흘째 되는 날.

성시한은 결국 앓아누웠다.

"아이고……."

이 수련법이 옳은지 그른지는 고민할 필요도 없었다.

확실하게 전신 통증이 증명해 주고 있었으니까.

워낙 혹독하게 무리해서 투기를 끌어낸 탓에 전신 기맥은 엉망진창에 육체는 탈진 상태, 근육은 퉁퉁 붓고 관절은 연신 삐걱댄다.

"아이고오……."

끙끙 앓는 시한에게 치유술을 펼치며 카렌이 에세드를 향해 쌍심지를 켰다.

"거봐요! 사람 골병만 들었잖아요? 내 이럴 것 같더라니!"

실로 무시무시한 눈빛이었다. 자애로운 달의 성녀가 저런 표정을 지을 수 있다는 걸 신민들이 알면 큰 충격을 받을지도 모르겠다.

하지만 불사의 마녀 시절부터 카렌을 알던 에세드에겐 꽤나 자주 본 눈빛이기도 했다. 그래서 그는 시큰둥하게 대꾸했다.

"그러게요."

"이게 지금 '그러게요'란 말로 넘어갈 일인가요?"

"적어도 이 수련법이 잘못되었다는 건 확실히 알게 되었잖습니까?"

"아니, 그러니까 처음부터 좀 제대로 된 방법을……."

따지려다 카렌은 그냥 입을 다물었다. 그게 뭔지 모르니까 에세드도 성시한도 이런 삽질을 계속하고 있는 것 아닌가?

"카렌 님이 계셔서 다행입니다. 회복 기간이 짧아질 테니까요. 몸을 좀 추스른 후 다음 수련법으로 넘어가지요."

"하아……."

한숨을 내쉬는 카렌의 등 뒤로, 시한이 연신 곡소리를 뽑아대고 있었다.

"아이고오……."

성시한이 골골대고 있는 동안에도 카렌과 창천기사단은 계속 훈련에 매진했다. 점점 창천기사단은 그녀의 플레이그 블레스에 적응하고 있었다.

하지만 어느 시점이 지나자 저항력이 더 성장하지 않았다. 아무래도 일반적인 질병이 아니다 보니 같은 기준이 적용되진 않는 것이다.

카렌과 창천기사단의 수뇌부는 따로 모여 고민에 빠졌다.

"플레이그 블레스 저항 훈련은 여기까지가 한계인 듯합니다."

에세드가 혀를 차며 말했다. 우드로우와 실피스가 말을 덧붙였다.

"그래도 다들 예전보다는 많이 익숙해졌습니다."

"지금의 창천기사단이라면, 질병의 축복 범위 내에서는 다섯 명이서 초인급 1명을 상대할 수 있을 거예요."

예전이라면 최소 열 명은 달라붙어야 초인급 1명의 발목을 간신히 잡을 수 있었다. 그것도 지구인 특유의 약점을 공략한 후에야 가능한 전과였다.

그에 비하면 확실히 유리해졌다. 이제 창천기사단 전원이 크림슨 나이츠 열댓 명 정도는 감당할 수 있는 것이다.

문제는 릴스타인의 크림슨 나이츠는 100여 명이나 된다는 점이었다.

창천기사단이 500명은 있어야 겨우 균형이 맞는다. 하지만 현재 이들의 정원은 80여 명뿐이다.

카렌이 아쉬워하며 물었다.

"시간을 끄는 게 아니라, 아예 반격을 노릴 수는 없을까요?"

비렛타가 어깨를 움츠리며 대꾸했다.

"애당초 전법의 목적 자체가 달라서……."

철저하게 방어 전법으로 나서기에 모자란 기량을 메우고 저런 결과를 내는 것이 가능했다. 상대를 이기려 들다간 거꾸로 허점이 생겨 창천기사단 쪽의 피해만 커질 것이다.

"…세상일 참 마음대로 안 되네요."

카렌은 암담해하며 천장을 바라보았다. 최선을 다했지만 역시 전력 차가 너무 극심해 격차를 좁히기가 쉽지 않다.

그때 밖에서 창천기사 한 명이 찾아왔다. 우드로우가 의아해하며 물었다.

"무슨 일이야, 라폴?"

"카렌 님께 상의하고 싶은 일이 있어서……."

우연히 크림슨 나이츠를 상대할 방안이 떠올랐는데, 이게 쓸모가 있을지 없을지 모르겠으니 일단 상의를 해보자는 것이 그가 찾아온 이유였다.

방 안으로 들어온 라폴이 조심스레 입을 열었다.

"거, 우리 창천기사단의 최고 강점은 결국 융통성이 좋다는 것 아닙니까?"

"그런데?"

"그래서 제가 좀 엽기적인 발상을 떠올려 봤거든요?"

라폴의 아이디어를 들은 카렌이 멍한 표정을 지었다.

"…어?"

다른 이들의 안색도 급격하게 변했다. 확실히 그들은 생각도 안 해본 발상이었다.

눈치를 보며 라폴이 물었다.

"이거 말이 되는 겁니까? 혹시 가능할까요?"

너무 당황해 말까지 더듬거리며 카렌이 대꾸했다.

"가, 가능해요. 이론상으로는."

그리고 저 발상이 현실화된다면…….

에세드가 무릎을 탁 쳤다.

"맙소사! 정말 창천기사단 80명만으로 크림슨 나이츠 100명을 상대할 수 있겠는데요?"

*　　　　*　　　　*

모두가 착실히 강해지고 있었다.

마력 제어가 가능해진 알리타는 착실하게 이계소환술의 기량을 높이는 중이었다. 카렌과 창천기사단 역시 새로운 수법을 개발함으로써 승리의 단초를 잡았다.

하이어 라폴이 무심코 떠올린 그 발상은 확실히 대단했다. 제대로 성공만 한다면 정말로 크림슨 나이츠를 상대할 수 있을 것이었다.

그렇다 해도 릴스타인, 그리고 그의 무신급 소드하이어들을 상대하기엔 여전히 부족하다.

저들을 상대할 자는 결국 한 사람밖에 없었다.

*　　　　*　　　　*

"아……."

성시한은 괴로워했다.

몇 번이나 기상천외한 수련법을 반복하고 또 반복했다. 그리고 매번 처절한 실패를 맛봤다.

그는 점점 지쳐갔다. 허무한 고행을 계속하는 것은 결코 쉬운 일이 아니었다.

아무리 힘들고 괴로운 수행이라도 견딜 수 있다. 그 수행의 보답을 받을 수만 있다면.

하지만 그저 허송세월로 시간을 낭비할 뿐이라면, 매번 그 사실을 깨닫게 된다면 정신적으로 너무 힘들다.

그럼에도 선택지가 없다. 어차피 정상적인 수행 방식으로는 단기간에 강해질 수 없으니까.

중국 쪽 속담에 군자의 복수는 십 년도 이르지 않다는 말이 있다. 하지만 이 격언은 성시한에겐 통용되지 않는다.

지구로 돌아갈 수 없게 되었으니, 테라노어 오지에 숨어 십 년간 수련만 매진했다 치자. 그래서 혹여 지금보다 좀 더 강해졌다 치자.

그럼 그 기간 동안 릴스타인은 놀고만 있을까?

'강해질지 어떨지는 모르지만, 적어도 놀고 있을 리는 절대 없지.'

성시한이라는 후환이 버젓이 존재하는데? 수단과 방법을 가리지 않고 그를 찾으려 할 것이며, 또한 꾸준히 대책을 마련해 놓겠지.

릴스타인 본인도 얼마나 더 강해질지 모른다. 게다가 십 년 뒤에도 무신급 소드하이어가 다섯 명뿐일 거란 보장은 어디에도 없다.

어쩌면 10명, 20명, 100명일지도 모른다!

"…지금밖에 없어."

오직 지금뿐이다.

지금 강해져서, 지금 승리해야 한다. 두고 보자며 결전을 미래로 미루어봐야 기다리는 것은 파국뿐이다.

그런데 강해질 수가 없다…….

문득 에세드의 말이 떠올랐다.

“시한 대장은 남들보다 훨씬 유리한 위치에서 출발했고, 훨씬 쉽게 경지에 도달했습니다.”

그 결과 테라노어인이라면 불가능한 수준의 힘을 얻었다.

“그리고 십 년 동안 그 유리한 위치를 최대한 활용할 수 있는 방법에 매진했지요. 분명 대장은 게으름을 피우지 않았습니다.”

혁명전쟁 시절의 성시한은 고작 3년 만에 무신급 소드하이어가 되었다. 하지만 깨달음의 경지로만 따지면 기껏해야 투사급 수준이었다. 지금처럼 달인급의 깨달음을 얻게 된 것은 분명 지난 십 년간 시한이 노력한 결과였다.

“그런데 말입니다. 사실 저도 지금 대장 나이 때 달인급은 되었거든요?”
“그야 에세드도 충분히 노력했으니까. 그리고 에세드가 나보다 더 머리도 좋고 자질도 뛰어나서…….”
“뭐, 그럴 수도 있겠죠.”

하지만 그 차이는 그리 크지 않다.

“제가 말씀드릴 수 있는 건 여기까지입니다. 여기서부턴 대장이 스스로 찾아야 할 문제예요.”

시한은 아직도 저 문제의 해답을 찾지 못했다. 신경질적으로 그가 검을 내던졌다.

"제기랄!"

황금빛으로 물든 장검이 대지와 충돌하며 대폭발을 일으켰다.

콰아아앙!

나무가 수십 자루씩 꺾이고 대지가 수십 미터 단위로 크게 파헤쳐졌다. 엄청난 위력이었다.

"하지만 릴스타인과 비교하면 하찮은 힘일 뿐이지."

맥없는 목소리로 중얼거리며 시한이 허공에 손짓했다. 날아간 장검이 힘없이 그의 손으로 되돌아왔다.

시간이 흘렀다.

해가 뜨고 달이 지고, 낮이 가고 밤이 왔다.

실패가 이어졌다. 좌절도 이어졌다.

좌절은 절망이 되고 절망은 의심을 부른다.

'이게 정말 올바른 수련법일까?'

사람인 이상 의심하지 않을 수가 없다.

'정말 에세드가 바락 영감님의 말을 제대로 이해하긴 한 걸까? 그냥 뭔가 착각하고 있는 것 아닐까?'

에세드는 단호하게 말했다.

"아닙니다."

목표가 뭔지는 안다. 단지 방법을 모를 뿐이다.

그리고 지금 제안한 모든 방법은 무학자로서 연구해 추려낸 수련법들이다. 개개의 수련법이 틀릴 수는 있어도, 추구해야 할 목표가 틀리진 않았다.

"이 점은 그저 시한 대장이 절 믿어주는 수밖에 없습니다."

"알았어……."

흔들리는 믿음을 애써 다잡고 다시 허송세월에 매진한다. 어느 순간 성시한은 수련법에 매진하는 것이 아니라, 그 방법의 단점만 찾고 있는 자신을 발견하고 화들짝 놀랐다.

"맙소사, 내가 뭐 하는 거야?"

이래서야 주객전도가 아닌가?

하지만 에세드는 그것도 나쁘지 않다고 했다.

"적어도 그 수련법이 틀렸다는 걸 알면 바로 다음 걸로 넘어갈 수 있을 테지요."

단점을 찾을 수 없다면 그게 옳은 길이니 계속 추구하면 되지 않겠느냐는 게 에세드의 생각이었다.

계속해 수련법을 바꾸고 또 바꾼다. 그때마다 착실히 육체와 정신이 마모된다.

의지가 흐려지고 집중력이 낮아지고 수련의 밀도가 점점 옅어진다.

그때마다 성시한은 애써 스스로를 채찍질했다.

"포기할 순 없어……."

궁지에 몰린 쥐가 어째서 고양이를 무는지 알 것 같은 기분이었다.

"무조건 강해져야만 해……."

창천기사단과 합류한 지 어언 30일째였다. 성시한이 이 쓸모없는 수련법들을 시작한 지도 비슷한 시간이 지났다.

오늘의 시한은 외곽의 도로변이 아니라, 자기 집 부엌에서 새로운 수행법에 열중하고 있었다.

이번에 에세드가 시킨 건 이런 것이었다.

"십이지검을 계속 유지한 채로, 손발을 쓰지 않고 십이지검과 투기염동만으로 모든 생활을 대신하는 겁니다!"

그래서 십이지검을 이용해 열심히 감자 깎고 양파 써는 중이었다. 어쨌든 수십 명의 인원이 숨어 있는 만큼 먹고는 살아야 하니까.

사흘째 이 짓거리에 매진하던 시한이 어느 순간 십이지검을 거뒀다.

이번에도 깨달을 수 있었다.

"이딴 짓으론 강해지지 않아!"

앞치마를 벗어 던지고 마당으로 나간 뒤 검을 뽑는다. 그리고 신경질적으로 투기를 뿜어 하늘을 크게 가른다.

"제기랄!"

우르릉!

뇌성이 울렸다. 하지만 마을은 조용했다. 성시한이 이런 반응을 보인 건 이번이 처음이 아닌 것이다.

'아, 대장 또 폭발했나 보다.'

'이번에도 실패인가 본데?'

'짜증 날 만하지, 뭘.'

다들 그러려니 하고 넘어갈 뿐이었다.

"어휴……."

한숨을 쉬며 시한은 투기를 거뒀다. 그러고는 빛을 잃은 평범한 철검을 내려다보며 씁쓸하게 웃었다.

"이번에도 마찬가지군."

에세드가 대체 뭘 바라는 건지는 여전히 모르겠다. 하지만 적어도 이 수련법이 잘못되었다는 건 확실히 알겠다. 투기의 흐름이나 육체와의 조화, 수련의 방향성 등을 종합하면 충분히 파악할 수 있다.

이번에도 건진 거라곤 하나뿐이었다.

"그래도 내가 왜 틀렸는지는 알았……."

그때였다.

순간 성시한의 눈앞에 번개가 내리쳤다.

"……!"

물론 정말 번개가 내리친 것은 아니지만 적어도 그에겐 분명 그렇게 느껴졌다. 검을 쥔 채 시한은 제자리에서 굳었다.

확고한 감각이 전신을 장악하며, 필설로 설명할 수 없는 무엇인가가 뇌리를 통해 하늘과 땅을 연결한다.

"아아……."

어째서 에세드가 이런 수련법을 시켰는지 알겠다.

이 수련법들이 무엇을 의미하는 것인지도 알겠다.

"하하……."

시한의 입에서 웃음이 터져 나왔다. 광소가 마당을 넘어 메아리쳤다.

"하하하하핫!"

시한의 웃음은 담벼락을 넘어 건너 집의 에세드에게도 들렸다. 평소와는 전혀 다른 반응에 그는 화들짝 놀라 집을 뛰쳐나왔다.

허겁지겁 마당으로 접근하니, 넋 나간 얼굴로 서 있는 성시한이 보였다.

에세드는 놀랐다.

'어?!'

평소의 시한이 아니었다.

표정이 다르다.

눈빛이 다르다.

뭐가 다르냐고 하면 딱히 설명할 순 없는데 분명히 달랐다. 잔잔한 투기가 성시한의 전신에 맴돌고 있었다.

태산처럼 굳건하면서도, 바람처럼 허무하며, 불처럼 일렁이고, 바다처럼 잔잔한 투기.

'맙소사? 이게 무슨 기운이지?'

바락과 비슷한 듯하면서도 뭔가 다르다.

그에게 다가가며 에세드가 조심스럽게 물었다.

"혹시… 벽을 넘으신 겁니까, 대장?"

"응."

"그럼… 깨달으신 겁니까?"

"응."

차분한 얼굴로 시한이 입을 열었다.

"바락 영감님이 왜 날샌 거인 운운했는지 알겠어."

바락은 날쌔지라고 하지 않았다. 날쌘 '거인'이 되라고 했지.

거인은 인간이 아니다. 하지만 동시에 인간과 같은 형태를 하고 있다.

이 비유를 통해서 바락은, 성시한이 지구인으로서의 능력마저 포함해 무인으로서의 조화를 이루라고 말하고 싶었던 것이다.

요약하긴 쉽지만 이 속에는 필설로는 전달할 수 없는 감각적인 의미가 깃들어 있었다.

그냥 무인으로서 조화를 이루라고 딱 잘라 말했다면 거인이라는 단어가 가지는 이중성이 제대로 전달되지 않는다. 그렇다고 저것까지 풀어서 설명해 버리면 '이중성'이란 단어에 매여 제대로 된 깨달음을 얻을 수가 없다.

저 비유에 접근하는 과정조차도 심기체의 조화를 이루기 위한 조건 중 하나이니까.

"왜 에세드가 그런 이상한 짓을 시켰는지 알겠고."

에세드의 수련법 중 옳은 것이 있는 게 아니었다.

그 모든 엉터리 수련법은 전부 하나의 목표를 향해 존재했다.

"시행착오……."

평범한 소드하이어라면 누구나 자연스럽게 행하는 것.

의심하고 확인하고 복습하고 재확인하는 과정이 필요했던 것이다. 그리고 성시한은 투기를 다루는 데 있어 저 과정이 극히 부족했다.

눈앞에 탄탄대로가 펼쳐져 있는데, 그냥 나아가기만 하면 목적지에 도달할 수 있는데 일일이 발밑을 확인하는 것이 어찌 쉬울까? 무신기에 접한 뒤 조금씩 비슷한 경험은 했지만 역시 충분하지 않았다.

"이미 알고 있음에도, 깨닫지는 못한 사실이었지."

그것이 장대한 실패의 반복과 무수한 고통을 통해 무의식에 확고히 자리 잡았다.

그리고 시한도 투기술이 아닌 다른 면에선 분명히 시행착오를 반복해 왔다. 모든 인간이 인생에서 겪을 수밖에 없는 것이 실패이자 시행착오이니까.

그 모든 것이 이제야 영혼 내에서 융합되었다.

"그래, 설명할 수 없었겠지."

에세드를 바라보며 성시한은 피식 웃었다.

"시행착오를 일부러 해서, 그걸 통해서 모자란 부분을 채우라고 이야기했다면 시행착오라는 단어에만 정신이 팔려 죽도 밥도 안 되었을 테니까."

"거기까지 깨달았다면……."

에세드가 조용히 예를 갖췄다.

"축하드립니다, 대장. 이제야 자신의 무위에 걸맞은 위치에 오르셨군요."

고작 한 달 만에 강해진 게 아니다.

무신급의 경지라곤 맛보지 못한 에세드와 깨닫지는 못했을지언정 십 년 넘게 그 경지를 체득하고 있던 성시한이 비슷한 나이에 비슷한 경지에 머무르고 있던 이유가 무엇일까?

이미 물은 몇 년째 고이고 또 고여 있었다. 그 막혀 있던 벽이 무너지며 한꺼번에 물살이 터졌을 뿐이다.

기대 어린 눈으로 에세드가 물었다.

"그럼 보여주시겠습니까?"
"응."
고개를 끄덕이며 시한은 장검을 들었다.
"갈고닦으려면 평생이 걸려도 모자라겠지만……."
검이 울기 시작했다.
"일단 뭐가 뭔지는 알겠으니까."

검의 울음소리를 들으며 성시한은 고개를 저었다.
"와, 나 그동안 진짜 아무것도 모르고 살았구나."
이제껏 몇 번이나 깨달음을 얻었다고 생각했다. 그걸 바탕으로 십이지검을 만들고, 무극천광을 만들고, 역(逆) 천외천을 만들었으며 검의 제전과 십이지검 팔방지격을 만들었다.
그래서 시한은 꽤나 자신이 경지에 올랐다고 생각했다.
'착각이었지.'
과거의 자신을 떠올려 보니 부끄럽기까지 하다.
'나 원 참, 뭔가 반짝 온 걸 가지고 조잡하게 재조합한 뒤 깨달음을 얻었다고 좋아하다니…….'
깨달음이란 그런 식이 아니다. 진짜 깨닫고 나니 알겠다.
말 그대로, 깨닫는 순간 당연해지는 것이다.
너무 당연해서 의심할 필요도 설명할 필요도 없다. 그렇기에 타인이 물어보면 설명할 수 없다. 왜 이해 못 하는지 의아해할 뿐이다.
원래 그런 거니까!
마음속으로 한 자루의 검을 그리며 시한은 혀를 찼다.

"…난 이제까지 한 번도 무신기를 쓴 적이 없었어."

십이지검? 무극천광?

"그딴 게 무슨 무신기야? 무신급의 투기량을 때려 박은 투기술일 뿐이지."

무신기는 베낄 수 없다. 베낄 수 없어야 무신기다.

그가 이제껏 터득한 무신기는 그저 비슷한 투기술을 만들어 낸 것일 뿐.

'바락 영감님이 왜 설명을 못 하는지도 알겠고.'

당장 시한도 이 감각을 설명하려면 '영혼의 울림을 느끼며 검의 울음과 공명해서 마음의 손으로 심중의 검을 잡으면 돼'라고 할 수밖에 없을 것 같았다. 스스로 생각해도 이게 뭔 개소린가 싶은데, 정말 저렇게밖에는 표현이 안 된다.

입술이 달싹이며 나직한 목소리가 새어 나왔다.

"무신기, 무극천검(無極天劍)."

찬란한 한 자루 빛의 검이 그의 손아귀에 잡혔다.

겉보기엔 평범한 황금빛 광검. 하지만 이 속엔 성시한이 평생 쌓아온 모든 무의 정수가 담겨 있다.

"이것이……."

시한은 자신 있게 말했다.

"내가 처음 펼친 진짜 무신기야."

Chapter 4

반격의 실마리

릴스타인은 의아해하고 있었다.

'이상하군.'

딱히 상황이 잘 풀리고 있는 것은 아니다. 여전히 성시한도, 용병왕 바락이나 창천기사단의 행방도 찾지 못했다.

'그런데 요즘 들어 왜 이리 밥맛이 좋지?'

식사 때마다 유독 입맛이 당긴다. 왕실 요리장의 솜씨가 하루아침에 일취월장했을 리는 없을 테니 딱히 음식 맛에 변화가 생겨서는 아닐 것이다.

그런데도 입 짧은 자신이 식사 때마다 그릇을 싹싹 비우는 것은 역시 기분 문제일 터, 하지만 아무리 생각해 봐도 기분이 좋을 이유가 없다.

'하긴, 기분이 나쁠 이유도 없긴 한가?'

문득 릴스타인은 빙그레 웃었다.

성시한이나 창천기사단의 탐색은 결국 시간이 해결해 줄 일이었다. 그 외엔 모든 것이 무난하게 진행되고 있었다. 만사가 척척 해결된다고 할 정도는 아니지만, 큰 변수 없이 예상 범주 내에서 처리되고 있다.

'그래, 난 지금 기분이 좋은 거군.'

모든 일이 잘 풀리고 있다. 그걸 느낀 무의식이 입맛으로 나타난 것이다.

납득하며 릴스타인은 중앙 홀을 향해 걸음을 옮겼다.

중앙 홀에는 정례 회의를 위해 많은 신하가 모여 있었다. 릴스타인이 왕좌에 앉자 회의가 시작되었다.

다양한 안건이 올라오고 갑론을박이 벌어지고, 그때마다 심사숙고 후 왕의 이름으로 처분을 결정한다.

그 속에는 릴스타인 행정부의 새로운 수장, 켈테론 후작의 모습도 있었다.

"위대하신 릴스타인 폐하께 고합니다!"

비굴하게 허리를 숙이며 켈테론이 안건을 발했다.

"이미 세상의 주인이 되신 폐하께서 어찌 왕의 칭호를 고집하신단 말입니까? 이미 만백성이 새로운 황제를 고대하고 있사옵니다! 어서 황제의 좌에 오르시는 것만이 만민을 위한 길이라 사료되옵니다!"

몇몇 신하가 찬성 의사를 표했다. 하지만 난감해하는 이들도 있었다. 기존 릴스타인 휘하의 노대신들이었다.

"아직 때가 이르다고 판단되옵니다, 폐하. 테라노어에 있어 황제란 존재는 거부감이 큽니다. 좀 더 두고 보며 민심을 다스리심이……."

테라노어인이 기억하는 황제는 곧 광제와의 동의어다. 민심을 생각하면 선불리 결정할 일이 아닌 것이다.

확실히 노대신의 발언은 객관적이고 냉정한 것이었다. 릴스타인이 미묘한 표정으로 물었다.

"흐음, 켈테론 후작. 그대는 정녕 짐이 황제를 칭하는 것이 필요하다 여기는가?"

"이미 폐하께선 테라노어의 주인이십니다. 황제의 자리에 오르는 것이야말로 대륙의 질서를 확립하고 백성들의 혼란을 줄이는 유일한 방법이 아니겠습니까?"

잠깐 한 호흡을 쉰 뒤, 빠르게 켈테론이 말을 이었다.

"민심은 새로운 황제의 존재를 애타게 갈구하고 있나이다. 물론 개중엔 무도한 생각을 품은 몇몇 역도도 당연히 있겠지요. 하나 이미 폐하께선 황제의 권위와 황제의 검과 황제의 운명을 모두 지니셨습니다. 한 줌 가치 없는 소수의 의견 따위에 귀 기울이는 것이야말로 오히려 백성들을 괴롭히는 일이 되지 않겠습니까?"

릴스타인 휘하의 충신들이 티 안 나게 눈살을 찌푸렸다.

'저게 뭔 소리야?'

뭔가 이런저런 수식어는 다 갖다 붙이는데 잘 들어보면 '어서 황제 되세요, 이유 불문하고 빨리 되세요'가 전부다.

'쯧쯧.'

'저 간신배 놈.'

'폐하께선 어찌 저런 놈을 행정관의 자리에 앉히셨단 말인가?'

'물론 일처리가 빠르다는 것은 인정하지만…….'

하지만 분위기가 이리 돌아가니 계속 반대하기도 어색했다.

실제로 켈테론의 말이 틀린 것도 아닌 것이다. 이미 릴스타인은 세상의 주인이 되었고, 민심이 받아들이든 말든 전부 뭉개 버릴 정도로 강력한 권력의 소유자였다.

반대 의견이 사그라지고, 동의하는 신하들이 속속들이 나타났다.

"켈테론 후작의 말이 옳사옵니다."

"황제의 좌에 오르소서!"

그 광경을 바라보던 릴스타인이 속으로 웃었다.

'아첨이 난무하는구만.'

기분 나빠 할 이유는 없었다. 애초에 이것이 그가 기대했던 분위기였으니까.

할 말 다 하고 조용히 물러나 서 있는 켈테론을 보며 릴스타인은 만족해했다.

'역시 저 인간은 쓸모가 있어.'

현재 켈테론은 릴스타인의 개인 서기관에서 행정부의 수장으로까지 승진해 있었다. 외부인, 그것도 적이었던 성시한의 최측근을 심복으로 삼은 걸로 모자라 상당한 권력까지 준 것이다.

당연히 기존 신하들은 불만과 불안을 표했다. 하지만 릴스타인은 그 의견들을 모조리 무시했다.

켈테론에겐 그 정도의 가치가 있었다. 일 잘하는 것도 잘하는 것이지만…….

'저 인간만큼 사람 속내를 잘 파악해 대신 떠들어주는 인간이 의외로 없단 말이지?'

무릇 일국의 군주쯤 되면 함부로 자신의 속내를 드러내지 못한다.

체면이 있지, 아무리 릴스타인이라도 '나 슬슬 황제 되고 싶으니까 다들 즉위식 준비하도록!'이라고 대놓고 요구하진 못하는 것이다.

밑에서 자꾸 황제 되라고 재촉하고, 그 경우 못 이기는 척 따르는 '연출'이 필요하다. 켈테론은 저런 면에서 꽤나 유능한 연출가였다.

"대신들의 뜻이 그러하다면 나 혼자 고집을 피울 수만도 없겠지."

못 이기는 척 릴스타인이 왕의 인장을 들었다.

"이후의 일은 켈테론 후작에게 일임하겠소."

"감사합니다, 폐하. 분골쇄신하여 따르겠나이다."

그렇게 짜고 치는 과정이 일단락된 후 다음 안건으로 넘어간다. 몇몇 안건을 지나쳐 켈테론이 한 번 더 '연출'을 시작했다.

"폐하께 감히 말씀드릴 것이 있습니다."

"무언가, 켈테론 후작?"

"무도한 반역자들에게도 은혜를 베푸시는 폐하의 자비로움은 탄복할 수밖에 없는 것이오나, 새로운 질서를 위해서는 때론 피 보는 것을 두려워해선 안 되는 법이라 하였습니다."

그의 안건은 이것이었다.

전 사파란 왕국 국왕 브렌탈과 백호기사단, 하이어 바로스와 흑사자 기사단을 슬슬 처리하자는 것.

대신들이 어이없어하며 켈테론을 노려보았다.

'와…….'

'저 인간…….'

딱히 켈테론이 틀린 말 한 것은 아니었다.

확실히 브렌탈이나 하이어 바로스 등은 여전히 릴스타인에게 고개를 숙이지 않았다. 이미 대륙을 평정했으니 후환을 막기 위해 저들을 처리할 필요는 있었다.

하지만 한때 한솥밥 먹던 동료였던 이가 할 소리는 아니지 않은가?

'저렇게 뻔뻔할 수가!'

'사람이 후안무치해도 정도가 있어야지!'

물론 릴스타인은 이번에도 만족스러워했다.

다른 대신들은 알면서도 함부로 저런 안건을 꺼내지 않는다. 지금이야 적이 되었다 해도 십 년 전엔 같은 혁명전쟁을 치른 전우였으니까. 되도록 조용히 넘어가길 바라는 것이다.

같은 이유로 릴스타인 자신이 꺼낼 수도 없는 발언이었다.

피도 눈물도 없는 냉혈한으로 보일 테니까.

역시 켈테론은 좋은 연출가였다. 아무런 언급도 하지 않아도 칼같이 자신의 속마음을 파악해 대신 떠들어준다.

"할 수 없겠지."

못 이기는 척 승낙하며 릴스타인이 명령했다.

"그 역시 그대에게 일임하겠다."

넙죽 고개를 숙이며 켈테론이 목청을 높였다.

"제국의 영원한 안녕을 위해 분골쇄신하겠나이다, 폐하!"

*　　　　*　　　　*

확실히 켈테론은 유능했다. 브렌탈과 바로스를 처리하자는 안건을 채 올리기도 전에, 이미 그에 필요한 상세한 계획을 모두 수립한 후였다.

릴스타인의 집무실을 찾아 보고서를 올리며 켈테론이 의기양양하게 말했다.

"이대로라면 아무 문제 없이 그들을 처리할 수 있을 것입니다요!"

그리고 릴스타인은 잠시 말문을 잃었다.

"……."

그 서류는 대략 1,800여 장 정도 분량으로 구성되어 있었다.

'뭐, 뭐가 이렇게 많아?!'

도대체 뭔 내용인가 싶어 대충 훑어보니 브렌탈과 하이어 바로스, 그리고 두 기사단을 처리하며 생기는 부작용을 막기 위한 온갖 후속 조치로 가득하다.

기존 사파란 왕국과 라텐베르크 왕국의 반심을 고려한 새로운 군사 배치와 그에 따른 예산 이동, 그리고 저들과 연계된 육왕국의 귀족 세력에 대한 견제를 위한 행정 체계의 개편, 민심을 다스리기 위한 선전 작업 및 혁명전쟁 시절 저들과 친했던 기존 릴스타인 왕국 인사들에 대한 감시 체계 설립을 위한 조직 구성까지…….

"…저들을 문제없이 처리하려면 이 정도로 품이 드는 건가?"

어이없어하는 릴스타인의 질문에 켈테론이 눈을 깜빡였다.

"예? 아, 그야 당연히……."

워낙 켈테론의 일처리가 철저하다 보니 생긴 일이었다.

만일의 만일의 만일까지 고려해, 모든 생각할 수 있는 변수를 전부 계산한 뒤에 어떤 문제도 생기지 않을 계획을 짜 온 것이다.

"좀 줄일깝쇼? 사실 뒷생각 안 하면 이렇게까지 할 필요도 없긴 합니다."

무심코 릴스타인은 그렇게 하라고 할 뻔했다. 이래서야 그가 신경 써야 할 일도 너무 늘어나는 것이다.

이어진 켈테론의 말 때문에 그러지 못했지만.

"젝센가드 땐 그렇게 했었습니다만……."

"…윽."

아무리 그래도 젝센가드처럼 바보짓을 할 수야 없다. 릴스타인이 한 번 더 서류를 훑어본 뒤 한숨을 내쉬었다.

"아니, 그냥 그들은 당분간 살려두는 게 낫겠군."

"그렇습니까?"

켈테론이 노골적으로 아쉬워하는 표정을 지었지만 릴스타인은 무시했다. 켈테론이 다른 서류를 꺼내 들었다.

"그럼 이건 어떻게 할까요? 실은 이것도 다음 정례 회의 때 올릴 안건이었습니다만……."

그것은 성시한을 수색하기 위한 새로운 방식이었다.

"시한 님은 어쨌든 카렌 님과 함께 움직일 것 아닙니까?"

그러니 달의 교단 프린이나 프레이어들을 공개 처형 함으로써 카렌을 끌어내, 성시한도 함께 끌어내자는 계획이었다.

릴스타인이 눈을 가늘게 떴다.

이 방식은 그도 생각하고 있던 것이었다. 너무 과한 수법이라 저지를까 말까 고민 중이었을 뿐.

"이 시점에서 이 이야기를 꺼낸다는 건, 이 방법도 뭔가 뒤처리가 골치 아프다는 말을 하고 싶은 건가?"

"아무래도 달의 교단을 직접 건드리는 건 브렌탈이나 바로스를 처리하는 것보다 손이 많이 가는지라……."

카렌을 끌어내기 위한 계획에 따른 관련 서류가 대략 2,000장 정도였다. 릴스타인이 질린 표정을 지었다.

"이것도 이렇게까지 뒷수습할 일이 많은가?"

"당장은 그렇습니다. 반년쯤 뒤라면 스무 장 남짓으로 줄어들겠지만요."

이 안건들의 부작용은, 시기에 맞지 않는 일을 억지로 서둘러 하려다 보니 생기는 문제들이 대부분이다. 시간을 두면 저절로 없어지는 것이다.

"애초에 시한 님의 존재를 염두에 두지 않으면 전부 상관없어질 변수들인지라……."

"확실히 그렇겠군."

서류를 검토한 뒤 릴스타인은 결론을 내렸다.

'일 더 못 늘려!'

독재자의 아이러니랄까? 모든 것을 전부 파악하고 확인하려니 업무량이 많아도 너무 많다. 물론 신뢰할 수 있는 신하들에게 맡기고 차후 검토만 해도 되기야 하겠지만, 그걸 못 하니까 독재자인 법이지.

제국이 자리를 잡은 후라면 확실히 일이 줄겠지만 지금은 때가 아니었다.

"숙청과 처형 계획은 취소한다. 시한 녀석을 붙잡는 것을 최우선으로 하라."

"알겠습니다……."

실망한 켈테론을 향해 릴스타인이 내심 미안해하는 표정을 지었다.

"고생해서 계획을 짰을 텐데 헛수고가 됐군."

이걸로 대략 3,800장 정도의 서류가 종잇조각이 된 것이다. 켈테론이 재빨리 표정을 관리했다.

"폐하를 섬기는 일에 어찌 헛수고가 존재할 수 있겠나이까?"

실소를 흘리며 릴스타인이 손을 저었다.

"아침은 됐다, 물러가게."

"예, 폐하."

머리를 조아린 채 켈테론은 뒷걸음질로 집무실을 나섰다. 아무도 없는 복도로 나선 뒤 그가 한숨을 내쉬었다.

'휴우, 릴스타인 폐하가 성실한 분이라 다행이구만.'

켈테론의 보고서에 거짓은 단 한 줄도 없었다. 가장 완벽하게, 부작용 없이 저 사안들을 처리하려면 정말로 저 정도 후속 조치는 취해야 했다.

자신의 업무실로 돌아가며 켈테론은 뒷머리를 벅벅 긁었다.

'이걸로 브렌탈이랑 바로스는 살렸고, 카렌 님 탐색도 막았

고……. 다음은 아칸트리아 자치령과 라텐베르크 귀족들 건인가? 아, 바쁘다, 바빠.'

*　　　　*　　　　*

성시한이 벽을 허물고 새로운 경지에 들어섰다.

그 소식을 듣고 모두 크게 기뻐했다. 이제야 겨우 희망이 생긴 것이다.

무극천검을 얻고도 성시한은 사흘 정도 더 연무관에 처박혔다. 명상을 통해 자신이 깨달은 것을 정립해야 한다는 것이다.

다시 모습을 드러낸 시한을 향해 알리타가 물었다.

"그럼 이제 더 강해진 거예요?"

성시한이 어깨를 으쓱였다.

"뭐, 이제야 무신기가 뭔지는 알겠어."

"그럼 깨달음도 무신급의 경지에 오른 거군요?"

"어, 그건 아닌 거 같아."

"네?"

"설명은 못 하겠는데, 어쨌든 내가 아직 무신급이 아니란 건 알겠더라고."

알리타는 의아해했다.

"무신기가 뭔지 알겠다면서요? 그럼 무신급 소드하이어인 거 아니에요?"

"그게 그렇게 간단한 건 아닌가 봐? 바락 영감님은 답을 알고 있으려나……."

허허로운 미소를 지으며 성시한은 손가락을 허공에 빙빙 돌렸다. 황금빛 기류가 가볍게 피어오르다 사라졌다.

도무지 이해 못 하겠다는 얼굴로 알리타가 다시 물었다.

"그럼 깨달음은 아직 초인급이라는 거예요?"

"그 정도는 또 아니고……."

성시한은 연신 머리를 긁적였다.

"그냥 무신기가 뭔지 알겠다는 건데……. 그러니까 그냥 검이 뭔지 알겠다는 느낌이랑 비슷하달까? 왜, 그런 거 있잖아? 왜 해가 뜨는지는 몰라도 해가 뜬다는 건 확실히 알 수 있는? 뭐 그런 느낌이거든, 이게?"

어이가 없어 알리타는 시한을 흘겨보았다.

"무슨 소리예요, 도대체?"

반면 카렌은 오히려 이해가 가는 모양이었다.

"그러니까, 이제야 달이 진정으로 밝다는 걸 느꼈다, 뭐 그런 느낌인 거죠?"

"응, 그거. 카렌은 이해해 주네. 이게 참 설명이 힘들어서."

고개를 절레절레 저으며 알리타가 중얼거렸다.

"다른 건 몰라도, 정말 벽을 허물긴 허문 모양이네요."

"왜?"

"시한도 다른 고수들처럼 뜬구름 잡는 소릴 하기 시작했어요."

"그런가? 내 딴엔 명확하게 말한다고 한 건데."

하여튼 이제야 알파 시리즈를 상대할 방법이 생겼다. 창천기사단 역시 크림슨 나이츠를 상대할 비장의 한 수를 챙겼다.

하지만 여전히 모자라다.

인간을 아득히 초월한 릴스타인의 마력, 그 비밀을 파악하지 않는 한 여전히 승산은 없다.

그런데 대체 그 비밀을 어떻게 찾아야 하나? 과연 그 비밀을 알고 있는 사람이 있기나 할까?

시한은 쓴웃음을 지었다.

"릴스타인의 성격상 자신의 비밀을 타인과 공유할 리 없을 테니……."

결국 결론은 하나뿐이었다.

"최대한 숨어 다녀도 모자랄 판에 알아서 릴스타인의 턱밑까지 기어들어 가는 미친 짓을 저지를 수밖에 없다는 거네."

*　　　*　　　*

릴스타인은 마기언이고, 마기언이라면 보통 자신의 연구 자료를 객관적으로 정리해 놓는 법이다. 그러니 그의 비밀 역시 그 연구 자료 속에 내재되어 있을 것이다.

문제는 그 연구 자료가 위치한 장소가 필라 오브 임페라토르, 아마도 현 테라노어에서 가장 삼엄한 경계 태세를 갖추고 있을 곳이란 점이었다.

알리타가 인상을 썼다.

"너무 무모하잖아요? 걸리면 그냥 끝인데요?"

성시한이 고개를 끄덕였다.

"당연히 무모하지. 사실 예전이었다면 아예 가능성도 없었어."

알파 시리즈와 크림슨 나이츠 일부는 항시 필라 오브 임페라토르에 주둔하고 있는 것이다. 운 좋게 릴스타인의 눈은 피한다 해도, 무신급과 초인급 소드하이어가 득실거리는 적진 한복판을 잠입하는 것은 자살 행위나 다름이 없다.

"그나마 지금은 좀 상황이 나아졌지만."

성시한이 벽을 넘으며 알파 시리즈를 상대할 수 있게 되었으니, 이제 겨우 시도할 만한 여건이 마련되었다.

카렌이 진지한 표정으로 말했다.

"물론 위험한 짓이라는 점은 변함이 없죠. 무턱대고 들이댈 순 없어요."

필라 오브 임페라토르에 대한 전반적인 정보가 필요하다. 그리고 그 정보를 입수하는 것은 함부로 시도할 행위가 아니다. 정보를 수집하는 과정에서 이쪽의 정보가 새어 나가게 되니까.

실제로 저 이유로 그동안 시한 일행의 종적이 계속 파악되지 않았는가?

잠시 생각하더니 시한이 입을 열었다.

"정보를 얻을 방법이 있어."

다들 놀라며 그를 바라보았다. 성시한이 신중한 어조로 말을 이었다.

"이제까진 내 힘이 모자라서 별 의미가 없었지만 말이지."

* * *

투기가 깃든 창날이 허공을 꿰뚫는다. 화려한 칼날의 궤적이 뒤를 잇는다.

"타아앗!"

그렇게 한참 동안 콘라드는 연무를 이어갔다. 투기검이 연신 대기를 찢고 돌풍을 일으키며 유려한 살의의 춤을 펼쳤다.

오른손의 방패로 착실히 몸을 보호하며 왼손의 단창을 정교하게 조작한다. 딱히 왼손잡이도 아니면서 주가 된 오른손에 방패를 들었다는 것은 공격보다 방어에 훨씬 치중한다는 의미다. 호전적인 실피스와 달리 그는 조심성이 많은 성격인 것이다.

마침내 콘라드가 마지막 투기를 떨쳐냈다.

"천강기, 수호!"

콰아앙!

폭음과 함께 반투명한 투기의 장막이 방패 앞을 가로막았다.

"후우우……."

호흡을 가다듬으며 콘라드는 투기를 거뒀다.

"슬슬 옛날 감각은 돌아온 것 같은데……."

문득 그는 아쉬운 표정을 지었다.

"그래도 에세드 그 친구에 비하면 많이 모자라나."

혁명전쟁 시절엔 에세드와 큰 실력 차가 없었던 콘라드였다. 하지만 은퇴한 지 십 년이 지난 지금은 꽤나 격차가 벌어진 것이다. 초인급의 경지에 든 에세드에 비해 그는 여전히 달인급의 끝자락에 머무르고 있었다.

"하기야 당연하겠지. 들인 노력이 다르고 투자한 시간이 다른데."

문득 궁금해진다. 십 년 전 검을 놓지 않고 꾸준히 무의 길을 계속 걸었다면, 자신도 에세드처럼 초인급의 경지에 도달할 수 있었을까?

그래도 후회는 없다.

에세드가 벽을 넘는 동안, 그는 그까짓 초인급의 경지 따위보다 훨씬 소중한 것들을 손에 넣었으니까.

평화로운 삶과 가족, 특히 사랑하는 아이들을.

'하지만 상황이 이리되었으니 더 이상 애들 돌보고 있을 순 없겠지.'

콘라드는 마을 저편을 바라보았다.

슬슬 시한 대장도 다시 움직이려 하고 있었다. 예전과 달리 극도로 불리한 상황. 강자가 한 명이라도 더 필요한 시기인 만큼 콘라드도 더 이상 이곳에 잠적해 있을 수만은 없다.

아직 어린 아이들을 두고 부모가 둘 다 떠나 버리는 짓은 결코 하고 싶지 않지만, 세상일이란 건 언제나 뜻대로 되진 않는 법이다.

'아이들은 마을 사람들에게 부탁해야겠군.'

무장을 거두고 콘라드는 뒷마당을 나섰다.

슬슬 정기 상단이 마을로 찾아올 때였다. 창천기사단의 일도 중요하지만, 마을 촌장으로서의 책임도 방기할 순 없는 것이다.

'그러고 보면, 이번 상단 건이 끝나면 당분간 촌장 업무도 안녕이겠어.'

*　　　　*　　　　*

팔로트 마을 어귀에서 한 무리의 상인들이 짐을 풀고 있었다.

마을 사람들을 이끌고 그들에게 다가가던 콘라드가 살짝 긴장한 표정을 지었다.

평소 찾아오던 드랄 상단이 아니었다. 깃발이 달랐다.

'저 문장은?'

셀레트 백작가의 문장이었다. 릴스타인 왕국에 본가를 둔, 테라노어 전역에 대규모 상단을 지닌 재력가 가문이다.

'셀레트 백작가의 상단이 이런 시골에 어쩐 일이지?'

물론 드랄 상단이 이 일대 교역권을 독점하고 있다거나 한 것은 아니니 다른 상단도 원한다면 얼마든지 찾아올 수 있다. 저 상단이 셀레트 백작가 본가도 아니고, 그냥 분가의 작은 상행일 뿐이니 딱히 어색하다고 볼 수도 없다.

하지만 콘라드 입장에선 경계치 않을 수 없었다.

평소라면 그냥 새로 상로를 개척하려는 것이겠거니 하고 넘어갔겠지만, 지금은 마을 뒷산에 절대 들켜선 안 될 이들이 숨어 있는 것이다.

'설마 뭔가 새어 나갔나?'

애써 태연을 유지하며 콘라드는 상단에 다가갔다. 상단의 책임자가 앞으로 나와 그를 맞이했다.

"팔로트 마을의 촌장이십니까?"

"콘라드라고 합니다. 드랄 상단은 어찌 된 겁니까?"

책임자는 40대 후반의 인상 좋은 중년인이었다. 그가 너털웃음을 지으며 대답했다.

"세상이 바뀌었잖습니까? 드랄 상단도 마냥 제자리만 지키긴 어렵겠지요. 그래서 당분간 저희와 제휴하게 되었습니다."

인사말이 오가고 평소처럼 거래가 시작되었다.

거래는 자연스러웠다. 겉보기엔 전혀 수상한 부분이 없었다.

그러나 콘라드는 예리한 눈으로 상단 한쪽을 바라보고 있었다.

'누구지, 저 소녀는?'

십 대 중반 정도로 보이는 한 소녀가 상단 사이에 끼어 있었다. 타는 듯한 붉은 머리에 적갈색 피부를 지닌 예쁘장한 소녀였다.

상행 업무에 참가하는 것은 아니고 그냥 뒤에서 구경만 하고 있는데. 복장도 엄청나게 고급이고 다른 상인들도 그녀를 지극히 조심스럽게 대한다.

'일단 상황만 보면 셀레트 백작가의 귀한 아가씨인 것 같은데…….'

그렇다고 보기엔 나이에 비해 실력이 너무 뛰어나다. 달인급 소드하이어인 콘라드이기에 보자마자 알 수 있었다.

겉보기엔 평범해 보이지만 의외로 골격이 좋다. 자세도 바르다. 사소한 것에서 티가 날 정도면 상당히 제대로 된 수행을 해왔다는 의미다.

'전신 기맥이 안정되어 있어. 종자급 소드하이어의 경지에 들어선 지 오래되었다는 증거군.'

고작 십 대 중반의 소녀가 저 정도 경지에 오르려면 뛰어난 자질과 훌륭한 가르침, 많은 경험을 동시에 쌓아야 한다. 쉽게 보기 힘든 재능인 것이다.

'아, 뭐 지금도 뒷산 가면 쉽게 볼 수 있긴 하다만.'

문득 콘라드는 실소했다.

생각해 보니 창천기사단이라면 누구나 저 정도 재능은 지니고 있었다. 괜히 대륙 최강의 기사단 소릴 듣고 사는 것이 아니다.

어쨌든, 대륙 최강의 기사단과 비견되는 시점에서 충분히 평범한 소녀는 아니었다. 슬그머니 콘라드가 책임자에게 물었다.

"저분은 뉘신지……?"

"아, 저희 마님의 외손녀분이십니다. 원래는 라텐베르크 왕국의 크럼블 가문에 계셨는데 요새 외가에 몸을 의탁하고 계시지요. 이번엔 간만에 바람이나 쐴 겸 따라 나오신 겁니다."

"아, 크럼블 가문……."

고개를 끄덕이며 콘라드는 내심 머리를 굴렸다.

'크럼블 가문? 이상하다? 왜 이름이 낯익지? 내가 어디서 이 이름을 들었던가?'

그때 붉은 머리의 소녀가 콘라드에게로 다가왔다. 조심스레 콘라드의 눈치를 보더니 슬그머니 말을 건다.

"콘라드 촌장님이시죠?"

"그렇습니다만……."

높으신 귀족 아가씨가 일개 촌장에게 왜 굳이 말을 거나? 콘라드는 말미를 흐렸다. 소녀가 정중히 자신을 소개했다.

"셀레트 백작가의 디나 크럼블이라고 합니다."

"아, 예."

"잠시 단둘이서 말씀을 나눌 수 있을까요?"

마을 어귀에서 잠시 벗어나 나무 아래 단둘이 선다. 의아해하며 콘라드가 물었다.

"제게 무슨 용건이라도?"

조금 뜬금없는 질문이 돌아왔다.

"혹시 제 이름을 들어보신 적이 있나요?"

"죄송합니다. 전 미천한 농사꾼일 뿐이라 존귀한 분의 성함을 들어본 적이 없군요."

잠시 소녀가 눈을 크게 뜨더니 키득거리며 웃었다.

"아니, 제가 무슨 유명인이라는 소리는 아니에요."

그리고 손을 저으며 나직이 말을 잇는다.

"제 마스터의 일행들은 분명 유명인이지만요."

콘라드의 표정이 점점 기묘해졌다.

'마스터도 아니고, 마스터의 일행들이 유명하다는 건 또 무슨 소리야?'

그러나 이어진 소녀의 말에는 안색이 바뀔 수밖에 없었다.

"제 마스터의 성함은 알리타 렐칸. 이계구원자 성시한 님의 동료 중 한 분이었지요. 혹시 그분들의 소식을 알고 계신가요, 하이어 콘라드?"

*　　　*　　　*

"디나!"

"마스터!"

두 소녀가 서로를 얼싸안고 반가운 미소를 짓는다. 분명 가슴 따듯해지는 광경이었다.

하지만 에세드는 그 모습을 마냥 훈훈하게 볼 수만은 없었다.

"오랜만이군, 디나 양."

"네, 하이어 에세드."

"무사한 걸 보니 실로 기쁘다만, 묻지 않을 수 없군. 도대체 우리 위치를 어떻게 파악한 거지?"

천하의 릴스타인의 눈조차 속이고 숨어 있었다. 그런데 고작 해야 알리타의 종자였던 소녀가 정확하게 창천기사단의 은거지를 파악해 찾아온 것이다. 에세드 입장에선 등골이 서늘해질 일이었다.

웃으며 디나가 입을 열었다.

"전 지금, 반(反)릴스타인 연합의 전령이기도 하니까요."

라텐베르크나 사파란, 이나시우스 교국의 귀족들이 마음까지 꺾여 릴스타인을 따르는 것은 아니다. 그저 힘 앞에 굴복했을 뿐이지 여전히 반격의 기회를 노리고 있었다. 대놓고 드러내지 못할 뿐 성시한의 귀환을 기다리는 이들도 많다.

릴스타인도 아직까진 저들을 함부로 내치지 못했다.

육왕국의 귀족들은 한때 혁명전쟁의 전우들이었으며, 새 시대가 열린 이후에도 국가를 초월해 가문끼리 혈연으로 연결되어 있다. 당장 디나의 크럼블 가문만 해도 외가는 릴스타인 왕국의 명가, 셀레트 백작가인 것이다.

지위와 권력을 잃긴 했지만 가문 자체는 건재하다. 그런 이들이 은밀히 모인 집단이 바로 반릴스타인 연합이었다.

"연합 회주님이 제 아버지시죠."

디나의 설명에도 에세드는 표정을 풀지 않았다.

정말 중요한 것은 릴스타인을 반대하는 세력이 존재한다는 것이 아니라, 저 세력이 과연 무엇을 할 수 있느냐였다.

"이해하기 힘들군. 크럼블 백작에게 릴스타인의 눈을 속이고 우리 위치를 파악할 정도의 정보력이 남아 있었단 말인가?"

"그게……."

멋쩍어하며 디나가 머리를 긁었다.

"제 아버지는 그냥 감투만 쓰신 거고, 실제로 모든 계획을 도맡아 하시는 분은 따로 계시니까요. 절 여기에 보낸 것도 그분이고요."

디나가 팔로트 마을을 찾은 지 사흘 뒤.

릴스타인 왕국 수도, 델스트로이의 한 저택에서 시한 일행은 반릴스타인 연합의 진짜 '회주'를 만났다.

주위를 모두 물린 뒤 은밀하게 만난 그는, 성시한을 보자마자 안면에 반가운 기색을 가득 띠고 있었다.

"오오! 시한 님께서 무사하신 것을 보니 이 켈테론, 실로 기쁘기 짝이 없……."

불이 날 정도로 열렬히 손을 비비는 염소수염의 중년 사내를 바라보며 시한은 혀를 찼다.

"혹시 그 대사, 무슨 자동 완성이야? 엄청 자연스럽게 나오는데? 첫 단어 치면 알아서 재생되기라도 하나?"

"…자동 완성이 뭡니까?"

"아, 그냥 다시 보니 반갑다고."

카렌과 알리타, 에세드는 모두 어이없다는 표정을 짓고 있었다. 이곳에 오며 이미 듣긴 했지만, 그래도 직접 눈으로 보니 영 현실감이 없다.

에세드가 더듬거리며 물었다.

"켈테론 당신, 배신한 것이 아니었나?"

이계구원자의 최측근이었던 창천재상 켈테론이 릴스타인의 새로운 심복이 되었다는 것은 꽤나 세상에 퍼진 이야기다. 그 비열한 행위에 에세드며 다른 창천기사단이 꽤나 이를 갈기도 했다.

그리고 그때마다 성시한은 묘한 미소만을 지어 보일 뿐 딱히 아무 말도 하지 않았었지.

"처음부터 이러기로 한 겁니까, 시한 대장?"

"응."

어깨를 으쓱이며 시한이 피식 웃었다.

"처음부터 상황 위험해지면 바로 전향하기로 되어 있었어. 생각을 해보라고. 켈테론보고 목숨까지 걸어가며 나한테 충성하라는 게 말이 돼? 누울 자리를 보고 발을 뻗어야지."

도대체 켈테론을 믿는 건지 아닌 건지 애매한 말이었다. 어쨌든 성시한도 켈테론도 서로를 전혀 의심하는 기색이 없으니 문제는 없는 듯하다. 참 신기한 주종 관계랄까?

그제야 납득이 갔다는 듯 에세드가 말했다.

"그럼 우리 위치를 파악한 것도 켈테론, 그대였군."

확실히 켈테론의 능력이라면 철저하게 은신한 창천기사단이라도 찾을 수 있었을 것이다. 그런 의도로 한 말이었는데…….

"아니요."

켈테론은 바로 부인했다.

"제가 한 건 창천기사단의 위치를 숨긴 겁니다."

슬프게도, 진실은 에세드의 예상보다 좀 더 위험했다.

"아니, 솔직히 그걸 숨은 거라고 할 수 있습니까? 찾는 데 사흘도 안 걸렸거든요?"

사람 숫자가 자그마치 80여 명이다. 이 대인원이 흩어지지도 않고 똘똘 뭉쳐서 마을 하나 차지하고 주저앉았다.

에세드 딴에는 나름 기책을 쓴답시고 한 짓이지만, 상식적으로 안 걸릴 수가 없는 것이다. 릴스타인 왕국의 정보부도 원래대로였다면 일주일도 되지 않아 위치를 파악할 수 있었다.

"열심히 가짜 정보 넣어가며 저쪽 교란시키느라 얼마나 힘들었는데……."

구시렁대며 켈테론이 에세드를 흘겨보았다. 딱히 반박할 말이 없기에 에세드도 한발 물러섰다.

"그, 그런가? 그건 미안하군……."

뭔가 생각이 난 듯 카렌이 입을 열었다.

"그래서 우리 위치도 그렇게 쉽게 파악이 된 거였군요. 어쩐지……."

분명히 철저히 숨어 다녔는데도 이상할 정도로 계속 위치가 들통났었다. 성시한과 켈테론이 사전에 미리 상황을 맞춰놓았다면 이해가 간다.

"하긴, 그쯤은 해야 릴스타인의 신뢰를 얻을 수 있었겠지요."

납득하며 카렌이 고개를 끄덕이려는데, 시한과 켈테론이 동시에 손을 저었다.

"응? 아냐, 그건."

"그땐 정말 어디 계신지 몰랐습니다. 함부로 연락을 취하기엔 너무 상황이 위험했지요."
카렌의 눈이 동그래졌다.
"그럼 어떻게?"
"정말 들통난 거야."
"정말 찾은 건데요."
"……."
카렌뿐 아니라 알리타와 에세드도 말문을 잃었다. 새삼 느끼는 것이지만, 참 재주도 좋다.
"맙소사, 혁명전쟁 때도 그렇게까지 쫓긴 적은 없었는데……."
송구스러워하며 켈테론이 변명을 해댔다.
"할 수 없었습니다요. 그 정도까지 안 했으면 릴스타인이 절 믿지 않았을 테니."
"뭐, 결과적으로는 잘된 일이지만……."
소파에 털썩 주저앉으며 시한이 새삼스러운 눈으로 켈테론을 바라보았다.
"그래도 이 정도까지 릴스타인의 신임을 얻을 줄은 몰랐어. 대체 무슨 수를 쓴 거야?"
"그래서 제가 예전에 말씀드렸잖습니까?"
순간 켈테론의 입가에 의기양양한 미소가 떠올랐다.
"폭살기 그거, 팔아먹기 참 좋다고."

켈테론이 폭살기의 진실에 대해 알게 된 것은 꽤나 예전의 일이었다.
초반엔 허튼짓하면 폭살기 터뜨리겠다며 은근슬쩍 켈테론을 협박하기도 했던 성시한이다. 하지만 그에 대한 신뢰가 깊어지며 점점 더 이상 신경을 안 쓰게 되어버렸다.

'내버려 둬도 잘하는데, 뭘.'

나중에는 폭살기를 걸었다는 사실조차 까먹어 버린 것이다. 그야 실제론 걸지도 않았으니 그럴 법도 하다.

그 점을 켈테론은 불안해했다.

폭살기가 걸려 있어야 성시한이 의심하지 않을 것이고, 그래야 켈테론도 불필요한 의심을 받을 거란 걱정 없이 마음껏 일을 할 수 있다.

어느 날 그가 조심스레 시한에게 물었다.

"저기, 시한 님."

"응? 왜?"

"저, 폭살기 갱신 안 하십니까요?"

이 폭살기란 게 한번 걸어두면 대체 얼마나 효과가 지속되는지는 켈테론도 모른다. 그래도 상식적으로 몇 달에 한 번 정도는 새로 걸어야 할 것 같은 것이다. 마법은 보통 그런 식이니까.

"아, 그거?"

이야기를 들은 성시한이 대수롭잖게 대꾸했다.

"그러고 보니 내가 말을 안 했네. 사실 폭살기 같은 거 없어."

"네?"

놀란 켈테론에게 시한은 폭살기의 유래에 대해 알려주었다. 진실을 접한 켈테론은 기겁했다.

"아니, 그런 중요한 비밀을 제게 말씀하셔도 되는 겁니까? 저를 대체 어떻게 믿고요?"

여기서 성시한은 '지금의 그대는 충분히 신뢰할 수 있다. 이 비밀을 말해주는 것이야말로 켈테론, 그대에 대한 나의 신임을 의미하는 것이다!' 따위의 대답은 하지 않았다.

"듣고 보니 그렇네?"

그저 머리를 긁으며 멋쩍어할 뿐이었다.

"그렇게 믿었던 친구들한테 배신당해 놓고, 또 이렇게 사람 믿는 건 역시 내가 문제인가? 좀 더 사람을 의심해야 하나? 그런데 이미 말해 버렸잖아?"

그 어수룩한 모습에 켈테론은 잠시 말문을 잃었다. 하지만 이내 피식 웃어버렸다.

쓸데없이 장광설을 떠드는 것보다, 저 모습이 오히려 자신에 대한 성시한의 신뢰를 확실히 느끼게 해준다.

"감사합니다, 시한 님."

"…뭐가?"

"그냥 이것저것요."

쑥스러워하며 켈테론은 슬쩍 말을 돌렸다.

"그나저나 폭살기의 진실이 그것이라면, 게다가 릴스타인도 그 사실을 알고 있다면 꽤 유용하게 써먹을 수도 있겠군요."

"응? 그걸 써먹을 수가 있어?"

의아해하는 시한을 보며 켈테론이 어깨를 으쓱였다.

"물론 써먹을 날이 안 오길 바라야겠지만 말입니다."

*　　*　　*

혹여 상황이 위험하게 돌아갈 때를 대비해 성시한은 이미 켈테론에게 언질을 주었다.

"만일의 경우엔 위대하신 릴스타인 폐하 만만세를 외치면서 잽싸게 전향하라고. 전에 우리끼리 이야기했던 대로."

배신해도 괜찮다. 적당히 릴스타인과 성시한 사이에서 줄타기하며 상황을 지켜보기만 해도 이해한다. 그저 능동적으로, 적극적으로 성시한의 적이 되지만 말아라.

'뭐, 그 와중에 간간히 릴스타인의 정보 좀 빼내주면 더 좋고.'

이것이 과거 시한과 켈테론이 맺은 약속이었다.

"시한 님이 저를 이렇게까지 알아주시는데, 저도 나름대로 성의를 다해얍지요."

이왕 전향하는 것, 확실하게 릴스타인의 신임을 얻을 생각이었다. 하지만 릴스타인처럼 의심이 많은 인물의 신뢰를 얻는 것은 결코 쉬운 일이 아니었다.

"단순히 폭살기의 위협 때문에 억지로 시한 님을 섬겼다고 하기엔, 그동안 너무 깊게 개입해 있었으니까요."

켈테론이 그간 해온 일은 마음에도 없는데 억지로 행했다기엔 지나치게 효과가 좋은 것들뿐이었다. 누가 봐도 본인이 진심으로, 적극적으로 움직였음이 분명한 것이다.

믿고 따르던 이를 배신할 정도로 확실한 이유가 필요했다. 그리고 폭살기의 진실은 릴스타인의 경계심을 낮추기에 충분한 명분이었다.

히죽 웃으며 켈테론이 말했다.

"적당한 표정 연기로 양념을 좀 쳤더니, 그제야 믿어주더군요."

"대단하군."

성시한은 헛웃음을 흘렸다.

하기야, 무려 초인급 소드하이어인 젝센가드의 감각마저도 속여온 연기력이었다. 아무리 릴스타인이라도 넘어가지 않을 수 없었겠지.

잠시 엉뚱한 호기심도 들었다.

'켈테론이라면 레비나의 안목조차도 속일 수 있지 않았을까?'

뭐, 이제 와서 확인할 방법은 없지만.

어쨌든 덕분에 돌파구를 찾을 방법이 생겼다. 릴스타인 휘하에서 켈테론의 지위는 결코 낮지 않다. 상당한 기밀 정보도 접할 수 있을 것이다.

내심 기뻐하다 말고 문득 성시한이 물었다.

"아, 그런데 왜 먼저 연락한 거야?"

원래 약속은 시한이 그를 찾을 때까지 마냥 숨죽이고 기다리는 것이었다. 켈테론 쪽에서 먼저 움직이다 혹여 행적을 들킬 위험성이 있으니까.

"그리고 왜 굳이 디나를… 아직 어린아이에게 너무 위험한 일을 맡긴 것 아닌가?"

"어쩔 수 없었습니다. 워낙 중요한 일이다 보니 신뢰할 수 있는 사람이 너무 적어서 말이죠."

창천기사단의 위치를 알면서도 숨기고 있었다? 릴스타인에게 들통이라도 나면 바로 목이 날아갈 위험한 짓이다. 아무나 부릴 순 없는 것이다.

"그래도 믿을 만한 수하들이 전혀 없진 않았을 텐데?"

"그렇긴 한데……."

켈테론이 계면쩍은 듯 뺨을 긁었다.

"정확히 말하면, 창천기사단에게서 신뢰를 받을 수 있는 사람이 그 아이밖에 없었습니다."

전령의 조건은 단순히 켈테론이 믿을 수 있다는 점뿐만이 아니다. 숨어 있는 창천기사단도 그 전령을 신뢰할 수 있어야 한다.

"디나가 아니라 그냥 제 수하 중 한 명을 보냈으면 창천기사단이 믿었겠습니까? 슥 목 베어버리고 잠적했겠죠."

"창천기사단이 그 정도로 악당들은 아니지만… 확실히 그냥 순순히 믿지는 않았겠군."

납득하며 시한이 다시 물었다.

"하여튼, 왜 먼저 연락한 거지?"

벽을 넘었으니 슬슬 성시한도 켈테론을 찾을 생각이긴 했다. 하지만 켈테론의 정보력이 아무리 뛰어나도 시한의 개인 수행 스케줄까지 파악할 리는 없을 터, 뭔가 다른 이유가 있지 않고서야 굳이 위험을 무릅쓸 리 없다.

과연, 그의 질문에 켈테론이 안색을 굳혔다.

"상황이 안 좋게 돌아가고 있어서 말입니다."

잠시 테이블을 뒤지더니 켈테론이 한 무더기의 서류를 가져왔다.

"이건?"

"릴스타인이 제작 중인 색출 결계에 관련된 자료입니다. 성시한 님을 직접적으로 찾을 수 있는 마법이라더군요."

성시한의 안색도 급격하게 굳었다.

"전 마기언이 아닌지라 이 자료들이 뭘 의미하는지는 모릅니다. 하지만 적어도 완성까지 사흘이 채 남지 않았다는 건 알 수 있지요."

릴스타인의 추후 일정을 통해 파악한 것이었다. 행정관이기에 알 수 있는 사항이랄까?

"워낙 기밀 자료라 외부로 유출하기엔 위험이 너무 컸습니다. 차라리 시한 님을 찾는 쪽이 리스크가 적었지요."

서류를 넘기며 켈테론은 진지하게 말했다.

"이 색출 결계에 대한 대책부터 마련하셔야 합니다. 그렇지 않으면 시한 님의 모든 행적이 전부 드러나게 될 겁니다."

색출 결계에 대한 자료를 저택 외부로 빼낼 순 없다. 워낙 관리가 철저한 기밀 자료다. 필요한 정보를 빼내 대책을 세운 다음 재빨리 원래 장소로 갖다놓아야 하는 것이다.

그래서 시한 일행은 당분간 켈테론 저택 내의 하인들 숙소에 숨어 있게 되었다. 이미 켈테론이 그에 대한 준비를 다 해놓은지라 외부인에게 들킬 가능성은 없었다.

저택 한편의 켈테론 개인 집무실.

켈테론은 밤이 늦은 지금도 업무에 한창이었다. 릴스타인이 그에게 보내는 신임은 어디까지나 철저한 업무 처리 능력에서 나오는 것이니 한시도 쉴 틈이 없었다.

'뭐, 적성에 맞는 일이라 별로 힘들 것은 없지만.'

그렇게 한창 서류를 뒤적거리던 중이었다.
갑자기 집무실 문이 조용히 열렸다.
"…헉!"
흠칫 놀라며 켈테론은 뒤를 돌아보았다. 하녀나 하인들은 이렇게 무례하게 대뜸 그의 집무실로 들어오지 않는다.
검은 머리의 아름다운 여인이 그를 바라보고 있었다.
"아, 카렌 님."
안도의 한숨을 쉬며 켈테론이 물었다
"무슨 일이십니까?"
"켈테론 공."
잔잔한 목소리로 카렌이 입을 열었다.
"잠시 단둘이 이야기를 나눌 수 있을까요?"
동시에 켈테론은 사색이 되었다. 갑자기 식은땀을 줄줄 흘리며 온몸을 부들부들 떤다.
"네? 서, 설마 저를……."
순간 어이없어하며 카렌은 잽싸게 말을 이었다.
"…딱히 무슨 짓을 하겠다는 게 아니에요."
"아, 예."
하긴, 상황이 너무 섬뜩해서 그렇지 따져보면 카렌이 켈테론을 굳이 해코지할 이유는 없다.
'그렇다면 굳이 이 야심한 시간에 혼자 찾아온 이유가?'
의아해하며 켈테론이 자리를 마련했다.
"우선 앉으시지요. 차 같은 걸 마련하지 못해 죄송합니다. 상황상 하녀들을 부를 수 없어서……."

"상관없어요."

소파에 앉은 카렌이 가라앉은 눈으로 켈테론을 노려보기 시작했다. 자기도 모르게 켈테론이 침을 꿀꺽 삼켰다.

카렌이 입을 열었다.

"왜 당신은 시한을 배신하지 않았죠?"

"네? 제가 어찌 감히 시한 님을 배신하겠습니까요?"

"틀에 박힌 대답을 듣고자 하는 것이 아니에요."

그녀의 눈빛이 매섭게 빛났다.

"이 상황에서까지 시한에게 충성을 다하는 이유가 뭐죠? 당신은 그런 성격이 아니라고 생각하는데?"

과거 성시한이 켈테론에게 요구한 것은, 어디까지나 적당히 몸 사리면서 정보만 좀 건네달라는 것이었다. 애당초 많은 것을 바라지도 않았다.

지금의 켈테론이 시한에게 보이는 충성은 과한 면이 있는 것이다.

'혹시 시한의 편을 드는 척하면서 릴스타인을 위해 함정을 파는 게 아닐까?'

이것이 카렌이 의심하는 부분이었다.

"음, 그게……."

잠시 머뭇거리더니 켈테론이 진지한 표정을 지었다.

"솔직히 말씀드리지요, 카렌 님. 전 시한 님을 위해 최대한 조력을 할 생각이지만, 제 목숨을 걸 생각까진 없습니다."

만일의 사태에 대비해 핑계는 전부 마련해 놓았다. 설령 켈테론이 성시한에게 정보를 건넨 것이 발각되거나 해도 최소 죽을 일은 없었다.

카렌도 그 점은 인정했다.

"하지만 목숨 외에는 전부 걸 생각인 것 같던데요?"

죽을 일이야 분명 없겠지. 하지만 더 이상 릴스타인의 신임도 받지 못할 것이고, 지금 얻은 지위나 권력도 모두 잃은 채 하급 귀족으로 전락하게 될 것이다.

정말 양쪽에서 줄타기를 하려 한다면, 릴스타인이 최종 승리자가 될 경우 그의 심복으로 살아갈 정도의 발판은 마련해야 한다. 그것이 켈테론답다.

지금의 켈테론은 성품에 어울리지 않게, 지나치게 시한 편을 들고 있는 것이다.

"왜죠?"

그러자 켈테론이 머쓱해하는 표정을 지었다.

"어, 그게… 저 같은 놈이 할 법한 말이 아니긴 한데……."

뺨을 긁으며 말을 흐린다. 정곡을 찔려서 핑계를 찾는다기보다는, 뭔가 할 말은 분명 있는데 이를 어찌 표현해야 할지 애매해하는 모습이었다.

"…릴스타인보단 시한 님이 더 마음에 들거든요."

"단지 그 이유? 당신같이 계산적인 사람이 그런 감정적인 선택을 한다고요?"

"하긴, 카렌 님은 이해하지 못하실 겁니다. 오히려 릴스타인이라면 저를 이해해 줄지도 모르겠군요."

문득 켈테론의 입가에 온화한 미소가 떠올랐다.

"전 분명 계산적인 인간입니다. 그리고 저나 릴스타인처럼 계산적인 인간들은, 이성에 따라 감정을 움직이는 것이 능숙한 법이지요."

그토록 친하게 지내고 마음을 주었던 이라 할지라도, 상황이 바뀌고 멀리할 이유가 생기면 바로 마음을 접는다. 평범한 이들이라면 한동안 감정에 휘말려 흔들리겠지만 이들에겐 그런 '쓸데없는' 감정 소모가 없다.

그렇기에 합리적이고, 냉혹하며, 때론 사악해 보일 정도로 냉철한 판단을 내리는 것이 가능하다.

"하지만 계산적인 인간이라 해서 감정이 전혀 없는 것은 아니지요. 때론 이성으로 감정을 제어하지 못하는 경우도 있습니다."

예를 들면 죽음의 공포를 앞둔 경우라든가.

"이 경우엔 오히려 평범한 이들보다도 더 감정을 제어할 수 없게 되어버립죠."

공포 같은 극단적인 감정뿐만이 아니다. 때론 그것이 호의나 호감이 될 수도 있다.

이성적으로 판단해 호감을 버려야 한다는 결론이 내려졌음에도 불구하고, 감정이 제어되지 않는 경우.

별 이유 없이도 감정을 움직이는 이들은, 그렇기에 딱히 아무 짓도 하지 않아도 시간이 흐르면 스스로를 다스릴 수 있다. 하지만 계산적인 이들은 다르다. 이들은 제어할 수 없는 상황이 생길 경우 전혀 스스로를 다스릴 수 없게 되어버린다.

"맹목적인 충성이라든가, 뭐 이런 것과는 다릅니다. 그냥 아무리 이유를 대고 또 대도 마음이 그쪽으로 안 움직일 뿐입니다."

계산적인 인간들이 이런 사태를 조우할 경우의 선택지는 하나뿐이다.

"차분하고 냉철하게, 자신의 감정을 인정하고 그 기준에 맞춰 최대한 상황을 해결하길 선택하지요."

카렌은 눈살을 찌푸렸다.

켈테론이 무슨 말을 하고 있는 건지 쉽게 와 닿지 않았다.

"…이해가 잘 안 가는 말이로군요."

"그럴 거라 생각합니다."

켈테론은 쓴웃음을 지었다.

"카렌 님은 마음이 따듯한 분이니까요."

역시 일반적인 감성을 지닌 이들은 켈테론이나 릴스타인 같은 부류를 이해하지 못한다. 이들은 애초에 타인에게 이해받지 못하는 감각을 타고 태어난 이들이다.

그리고 그렇기에 다른 식으로 에둘러 표현하는 것에도 익숙하지.

"쉽게 말씀드리자면 이런 겁니다. 릴스타인과 성시한 님, 둘 중 하나를 택해야 하는 것 아닙니까?"

켈테론이 어깨를 으쓱였다.

"저와 릴스타인은 동류입니다."

지닌 능력이나 성품은 하늘과 땅만큼 차이가 나겠지만, 사고방식은 분명 비슷하다.

"그리고 저는, 절대 저 같은 놈을 선택하지 않습니다."

그제야 카렌의 입가에도 미소가 떠올랐다.

켈테론을 신뢰할 만한 충분한 이유였다.

다음 날, 켈테론은 은밀하게 시한을 찾아 물었다.

"색출 결계를 막을 방법은 찾으셨습니까? 시간이 좀 촉박한지라……."

이 기밀 서류는 오래 빼돌릴 수 있는 것이 아니다. 한시바삐 원래 장소에 돌려놓아야 하는 것이다.

시한이 고개를 저었다. 밤새 들여다본 덕분에 결론을 이미 내린 상태였다.

"없더군, 그런 방법 따위."

"네?"

색출 불가능한 차원 간 변동력 차폐 마법을 탐색 가능하게 만든 결계를, 다시 탐색 불가로 바꾸는 또 하나의 이중 술식을 짜야 한다?

"이걸 내 수준으로 어떻게 다시 뜯어고쳐?"

워낙 사파란이 만들어놓은 주문의 완성도가 높았다. 천하의 릴스타인조차도 그 술식을 우회하기 위해 몇 날 며칠이 걸렸을 정도다.

"무조건 발각될 수밖에 없어, 이건."

"어, 그럼 어찌해야……."

당황하던 켈테론의 표정이 묘해졌다. 어째 성시한의 안색이 태연해 보였다.

"막을 방법은 없지만, 대책이 없는 건 아니더라고."

짐짓 쓰게 웃으며 시한이 중얼거렸다.

"예전에 레비나가 자주 하던 말이 있었지. 이제 와서 레비나의 가르침을 써먹자니 좀 웃긴다는 생각도 들지만……."

마법은 속일 수 없다.

하지만 그 마법을 사용하는 릴스타인은 분명 인간이다.

"인간은 속일 수 있지."

Chapter 5

작업 개시!

일곱 개의 크리스털이 박힌 원형의 마법진.

솟구친 청색의 빛이 허공에 응집해 커다란 지도가 되었다. 북해와 서해, 남해 군도와 동쪽의 황무지 경계까지 전부 비춘 테라노어 전도였다. 동부 황야 너머는 인간의 발길이 닿지 않으니, 실질적으로 인류의 영역을 전부 담았다고 해도 무방하리라.

빛의 지도를 바라보며 릴스타인은 뿌듯한 듯 웃었다.

"겨우 완성했군."

성시한의 마력 패턴에 맞춘, 차원간 변동력 차단 마법을 탐색하는 색출 결계였다.

이걸 완성하는 데 근 몇 달이 걸렸다. 바쁜 일정 중에 시간을 내느라 얼마나 고생했던가?

'중간에 게으름 피우지 않았다면 더 빨리 완성할 수도 있었겠

지만 말이지.'

릴스타인이 마력을 끌어 올려 결계를 작동시켰다.

"전개, 천안(天眼)의 시(示)."

결계 주위로 복잡한 섬광 문자가 떠올라 마법 문양을 형성했다. 그리고 기이한 진동음이 사방으로 울렸다.

웅웅웅!

지도의 한 지역에 붉은 점이 떠올라 명멸하기 시작했다. 테라노어 동부, 아칸트리아 자치령과 이나시우스 교국의 경계에 위치한 타렐 황야였다.

릴스타인의 미소가 짙어졌다.

"거기 숨어 있었어, 시한?"

색출 결계는 제대로 작동했다. 이제 남은 것은 알파 시리즈와 크림슨 나이츠를 이끌고 본인이 직접 성시한을 찾아가는 것뿐.

"후후후."

웃으며 릴스타인이 막 몸을 돌리려던 때였다.

순간 그의 안색이 굳었다.

"…어?"

빛의 지도에 또 하나의 붉은 점이 나타났다. 테라노어 북부, 테오란트 왕국이었다.

'뭐지? 아, 혹시 그 알리타라는 소녀와 따로 움직이고 있는 건가?'

잠깐 놀랐지만 릴스타인은 이내 납득했다.

성시한이라면 알리타에게도 차원간 변동력 차단 마법을 걸었을지 모른다. 그렇다면 동시에 두 곳에서 마법이 감지되는 일도 충분히 있을 수 있다.

'이런, 그럼 양쪽 모두 찾아봐야 하는 건가?'

뭐, 그리 큰 문제는 아니다. 그냥 순서대로 붙잡아 버리면 되니까.

그러나 이어진 사태엔 릴스타인도 냉정을 잃을 수밖에 없었다.

지도 위에 또다시 붉은 점이 나타난 것이다. 이번엔 테라노어 남부, 카니사 군도 쪽이었다.

'또?'

그걸로 끝이 아니었다.

지도 위로 계속해 붉은 점이 늘어난다. 동부, 서부, 남부, 북부에 중부 라텐베르크까지. 테라노어 전역이 붉은 점이 계속해 나타난다.

어느새 1,000여 개가 넘는 무수한 붉은 점이 빛의 지도 전체를 뒤덮고 계속해 명멸하고 있었다.

"뭐야, 이건?"

식은땀을 흘리며 릴스타인은 빛의 화면을 바라보았다.

어이없게도 그 붉은 점 중 100여 개는 필라 오브 임페라토르 내부에도 위치해 있었다.

'설마 내가 뭘 실수했나? 그래서 크림슨 나이츠나 알파 시리스에게 건 차원간 변동력 차단 마법도 감지하는 건가?'

릴스타인은 이내 그럴 리 없다는 결론을 내렸다.

그의 마법에 실수는 없었다. 그리고 만약 실수가 있다 하더라도, 그 경우라면 필라 오브 임페라토르에 찍힌 붉은 점이 100여 개씩이나 되는 것이 말이 안 되었다.

알파 시리즈야 전원 왕궁에 대기 중이지만 크림슨 나이츠는 30기 정도만 필라 오브 임페라토르에 배치되어 있었다. 나머지는 성시한 체포를 위해 델스트로이 외곽에 주둔 중이었다.

'정말 저들의 위치가 파악되는 거라면 점 숫자도 30여 개 정도여야 말이 되지.'

그렇다면 이 현상은 대체 왜?

릴스타인은 서둘러 결계를 벗어났다. 한시바삐 이 사태를 파악해야 했다.

*　　　　*　　　　*

필라 오브 임페라토르의 모든 전력이 총동원되어 조사에 나섰다. 덕분에 릴스타인은 반나절 만에 진상을 파악할 수 있었다.

파악된 '진상' 앞에서 그는 허탈하게 웃었다.

"하, 하하하……."

대여섯 마리의 부엉이가 새장에 갇혀 날개를 퍼덕이고 있었다. 테라노어에서 주요 연락 수단으로 쓰이는 전서 부엉이들이었다.

그리고 현재 색출 결계는 저 부엉이들을 '검색 대상'으로 인식해 붉은 점을 찍어놓은 상태.

"이런 수작을 부렸단 말이지?"

간단한 이유였다.

이 전서 부엉이들에게는 성시한의 마법, 차원간 변동력 차폐술식이 걸려 있는 것이다. 색출 결계의 탐색 조건과 정확히 일치

한다.

분명 시한은 릴스타인의 색출 결계를 피할 방법은 찾지 못했다. 하지만 숨는 것만이 색출을 피하는 유일한 방법은 아니다.

반대로, 아예 검색 대상을 왕창 늘려서 무엇이 진짜인지 감추어도 되는 것이다. 일명, 숲속에 나뭇잎을 숨기는 수법이었다.

"게다가 전서 부엉이라니……. 이래서야 대륙 어디에서든 마법을 걸 수 있잖아?"

대상 선택도 나무랄 데가 없다.

단순히 주변 인간에게 차폐 술식을 건 것이라면 지금처럼 대륙 전역에 붉은 점이 흩어져 있진 않았을 것이다. 저 차폐 술식의 유효 기간은 고작해야 5일에서 6일 정도니까.

아무래도 성시한이 숨어 있는 곳 주변이 상대적으로 붉은 점의 빈도수가 높을 것이고, 그를 바탕으로 릴스타인 역시 간접적으로 위치를 파악할 수 있었을 터였다.

그러나 전서 부엉이는 그 특성상 며칠 안에 대륙 전역으로 퍼진다. 그리고 릴스타인 왕국의 행정부가 있는 곳이면 전서 부엉이도 존재한다.

시한이 대륙 어디에 숨어 있든 인근 도시로 숨어들어 전서 부엉이에 마법을 걸어두면 며칠 안에 사방팔방으로 퍼져 버리는 것이다.

릴스타인은 고민했다.

'어쩌지? 이대로 5, 6일쯤 시간을 두고 새롭게 붉은 점이 생기는 장소를 파악해 볼까?'

차원간 변동력 차폐 마법은 시간제한이 있다. 그러니 새로 붉은 점이 생기는 그 순간을 포착한다면 성시한의 현 위치도 파악할 수 있을 것이다.

하지만 이 방법에도 심각한 문제가 있었다.

'시한 녀석이 마법을 언제 갱신할지 어떻게 알고?'

이 결계 술식은 워낙 복잡해 다른 마기언에게는 맡길 수 없는 것이다.

즉, 릴스타인 본인이 직접 나서서 국왕의 업무도 때려치우고 밤잠도 안 자가며 24시간 내내 색출 결계 돌리며 화면에 붉은 점 뜨기만을 하염없이 기다리고 있어야 한다는 소리다.

'아무리 나라도 그건 무리지.'

새장 안에 갇힌 부엉이들을 바라보며 릴스타인은 인상을 썼다.

"이거 골치 아프게 됐네."

이래서야 성시한이 델스트로이로 숨어들어도 진짜인지 아닌지 확인할 수가 없다.

경계 태세를 강화하고 수도 내에 위치한 모든 붉은 점을 철저히 단속한다? 상대가 인간이라면 그 수법도 가능하겠지만 동물이라면 솔직히 불가능하다.

지금이야 전서 부엉이에 마법을 걸었다지만, 만약 쥐나 고양이 같은 동물에게 걸어버린다면?

'수백에 달하는 미끼를 인력으로 전부 찾는 것은 무리지.'

지금도 필라 오브 임페라토르의 모든 미끼를 찾지는 못했다. 표본 삼아 전서 부엉이 대여섯 마리를 잡아 온 것이 전부다.

"제대로 당했군……."

인정할 수밖에 없었다. 이걸로 색출 결계는 무용지물이 되었다.

아쉬워하며 릴스타인이 혀를 찼다.

'차라리 시한 녀석이 지구로 돌아갔다면 간단히 특정 지을 수 있을 텐데.'

테라노어에서 3년 가까이 살았던 성시한은 그만큼 테라노어의 기운에 물들어 있었다. 그 이질성을 이용해 콕 짚어 소환 대상으로 삼는 것이 가능하다. 뭐, 예전에는 아예 지구에 존재하질 않아 실패했지만.

하지만 이 방식은 차원 너머, 멀리서 관조하는 수법이기에 같은 차원 내에 존재할 땐 사용할 수가 없다.

'그렇다고 내가 지구로 가서 테라노어를 관조할 수도 없고.'

이론상 가능이야 하겠지만, 그러기 위해선 지구에 4대 상아탑이나 루스클란의 유적 같은 거대한 마법 설비가 존재해야 한다.

결국 전통적인 방법밖에 남지 않았다.

경계를 강화하고 사람을 부려 수색하며 성시한의 움직임을 파악하는 방법뿐이다.

"영리한데, 시한?"

릴스타인은 색출 결계 가동을 중지했다.

그래도 혹시 모르니 계속 가동할까 하는 생각도 들었지만, 이 색출 결계 작동은 공짜가 아니다. 마력과 자원을 엄청나게 잡아먹는 무용지물을 계속 유지할 이유는 없다.

"제길, 헛수고만 했군."

욕설을 내뱉다 말고 릴스타인의 안색이 잠시 굳었다.

'가만, 그 녀석이 이런 식으로 대처했다는 건…….'

자신이 이렇게 나올 줄 미리 알고 있었다는 소리도 된다.

'…정보가 새는 건가?'

*　　　　　*　　　　　*

켈테론은 감탄을 터뜨렸다.

"대단하십니다, 시한 님! 기막힌 계책을 쓰셨군요!"

성시한은 머쓱해했다.

다른 사람도 아니고 켈테론에게서 속임수를 칭찬받고 있으니 기분이 묘하다. 포크레인 앞에서 삽질한다는 게 이런 기분이려나?

"에이, 이 정도는 켈테론 자네도 충분히 떠올릴 수 있지 않았겠어?"

"전 무리입니다. 아무래도 분야가 달라서요."

진심인지 아첨인지는 모르겠지만, 어쨌든 켈테론의 말대로 시한의 계책은 훌륭하게 릴스타인의 색출 결계를 막았다. 적어도 운신의 자유는 확보한 셈이었다.

시한이 긴장한 어조로 말했다.

"뭐, 진짜 문제는 지금부터 시작이지만."

필라 오브 임페라토르에 잠입해 릴스타인의 비밀을 캐내야 한다.

"제가 나름대로 알아본 필라 오브 임페라토르의 경비 전력입니다."

켈테론이 서류를 한 무더기 꺼내 시한에게 건넸다.

"알파는 결코 릴스타인의 곁을 떠나지 않습니다. 반면 베타부터 엡실론까지는 위치가 유동적이지요."

평소엔 필라 오브 임페라토르 경계를 맡다가, 성시한의 위치가 파악되면 그때 움직이는 식이었다.

"그리고 크림슨 나이츠 30기가 항시 탑 내부에 상주해 있고요."

탑 외부 경비는 홍룡기사단이 맡고 있으며, 필라 오브 임페라토르에서 일하는 마기언 150여 명도 경계 전력의 일부라 했다.

인적 자원 외에도 켈테론의 서류엔 필라 오브 임페라토르 곳곳에 설치된 마법진이며 경비용 결계의 종류와 위치가 상세하게 기록되어 있었다.

"정말 대단하네요."

서류를 훑어보던 카렌이 혀를 내둘렀다.

"이건 군사기밀이라 아무리 신뢰를 받는다 해도 행정관의 위치에선 파악하기 힘들 텐데……."

릴스타인이 켈테론에게 이렇게까지 큰 권한을 주었단 말인가?

의아해하는 카렌을 향해 켈테론이 히죽 웃었다.

"릴스타인은 폭군이지만 암군은 아닙니다. 당연히 저한테도 그 정도의 권한은 없지요."

현명한 왕이라면 신하에게 과한 권력을 주지 않는 법이다. 실제로 혁명전쟁 시절부터 릴스타인을 섬긴 심복 중의 심복, 하이어 엔다윈이라 해도 지닌 권한과 접할 수 있는 정보는 분명 제한되어 있다.

"하지만 경비병들도 밥은 먹고 살아야 하는 것 아니겠습니까? 마법진이나 경계 결계 같은 것도 촉매나 마법 금속 같은 자원이 수시로 들어가고요."

물자를 대는 입장에서 역으로 추산하면 숫자는 뻔히 나오는 것이다.

“일단 외부 경계는 홍룡기사단이 맡고 있으니 충분히 파고들 수 있을 겁니다.”

켈테론의 말에 시한이 자신 없어 하는 표정을 지었다.

크림슨 나이츠만은 못하겠지만 홍룡기사단도 결코 만만치는 않다. 명색이 일국의 왕실 기사단인 것이다.

“대놓고 모조리 베어버리며 쳐들어간다면야 별로 어려울 게 없겠지만, 안 들키고 잠입하는 건 좀……. 제정신 아닌 크림슨 나이츠보다 정신 멀쩡한 홍룡기사단이 오히려 속이기는 더 어려울걸?”

하지만 켈테론은 아무 문제 없다는 반응이었다.

“상관없습니다. 알아서 문을 열어줄 테니까요. 홍룡기사단원 중 믿을 만한 아군이 한 명 있거든요.”

* * *

색출 결계 대책을 처리하자마자 성시한 일행은 바로 켈테론의 저택을 빠져나왔다.

하루 이틀 정도라면 모를까, 아무리 잘 감춘다 해도 시간이 지나면 꼬리를 밟히는 법이다. 정체불명의 외지인과 접촉한다는 사실이 들통나면 켈테론의 입지가 흔들리게 된다.

다행히 델스트로이에는 켈테론 저택 말고도 믿을 만한 은신처가 한 곳 더 있었다.

디나의 외가, 셀레트 백작가였다.

켈테론과 달리 디나는 십 대 소녀일 뿐이다. 알리타의 종자이긴 했지만 워낙 비중이 낮다 보니 이계구원자의 동료라는 인식도 거의 없다.

갑자기 곁에 못 보던 이들이 나타나도 딱히 의심 살 일은 없는 것이다. 성시한과 에세드는 디나의 개인 호위, 알리타와 카렌은 시녀로 위장해 몸을 숨겼다.

그러던 어느 날, 백작가에 귀한 손님이 찾아왔다. 신장 2미터에 달하는 거구의 젊은 기사와 평범한 인상의 한 노인이었다.

노인이야 평범한 시중인이라지만 젊은 기사는 위세 높은 홍룡기사단의 일원이었다. 백작가의 노집사는 최대의 예우를 다해 그를 맞이했다.

"방문해 주셔서 영광입니다, 하이어 제논."

* * *

"제논!"

"시한!"

서로의 어깨를 움켜쥔 채 두 사람은 미소를 교환했다. 먹먹한 목소리로 제논이 중얼거렸다.

"여기서 기다리면 만날 수 있을 거라 생각했습니다."

"무사해서 정말 다행이야."

안도의 한숨을 내쉬며 성시한은 고개를 돌렸다. 그리고 백발의 노인을 보며 빙긋 웃었다.

"아, 영감님도요."

바락은 인상을 썼다. 시한의 태도를 보면, 바락에 대해선 별로 걱정하지 않은 듯하다.

"너무 푸대접하는 거 아니냐?"

"에이, 설마 영감님이 뭔 일 당했을 리가 있겠어요?"

"에라이……."

투덜대며 시한을 바라보던 바락의 표정이 문득 묘해졌다.

"어, 네 녀석……."

머리부터 발끝까지 한 번에 훑어보더니, 놀란 표정을 숨기질 않는다.

"한 꺼풀 벗었네?"

"그게 보여요?"

"나 정도 되면 대충 알지."

강해졌다.

아니, 정확히 말하면 강했어야 할 놈이 이제야 제 위치에 섰다.

"이젠 수준 떨어진다고 구박도 못 하겠구먼."

고개를 절레절레 저으며 바락이 툴툴거렸다.

"그렇게 잔소리를 해도 한 귀로 듣고 한 귀로 흘리더니, 호되게 당하고 나서야 정신 차린 게냐? 쯧쯧."

"할 말 없네요, 하하."

바락의 말도 틀린 것은 아닌지라 시한은 그저 웃기만 했다. 여하튼 다시 제논을 만나니 새삼 안심이 된다. 카렌과 알리타, 에세드 역시 환한 표정이었다.

어느 정도 분위기가 가라앉자 방 한쪽에 서 있던 사내가 입을 열었다. 두건을 깊게 눌러쓴 사내였다.

"자, 그럼 모두 모였으니……."

그가 주변을 힐끔거리더니 두건을 걷었다. 기름을 발라 멋을 낸 염소수염이 드러났다.

"계획을 짜볼까요?"

정체를 감추고 이 자리까지 온 켈테론이었다.

*　　　　*　　　　*

홍룡기사단으로 복귀한 제논의 현 직책은 이것이었다.

필라 오브 임페라토르 외성, 남문 경비대장.

의외란 표정으로 시한이 물었다.

"1년 넘게 자리 비웠다가 복귀한 건데 용케 중책을 맡았네?"

"실은 별로 중책도 아닙니다."

제논이 쓴웃음을 지었다.

"필라 오브 임페라토르 외곽은 총 8문으로 이루어져 있거든요."

여덟 개나 되는 관문 중 하나의 책임자일 뿐인 것이다. 그리 비중이 높은 직위는 아니랄까?

"딱히 경쟁자도 없었고요."

애초에 왕실 기사단이 경비병 노릇이나 할 만큼 한가하지 않다. 필라 오브 임페라토르를 중히 여기는 릴스타인이 홍룡기사단을 배치하긴 했지만, 기사들 입장에선 그리 매력적인 임무가 아닌 것이다.

게다가 어차피 진짜 중요한 탑 내부 경계 경비는 크림슨 나이츠가 도맡아 하고 있으니, 울타리 지키는 번견 취급 당하는 기분도 든다.

"오히려 1년 넘게 자리 비운 탓에 남들이 기피하는 임무를 맡은 셈인가?"

"그렇죠, 뭐."

어쨌든 결과적으론 매우 유리하게 되었다.

"제논 군이 있으니 일단 탑 외곽은 무리 없이 돌파할 수 있습니다."

말을 이으며 켈테론은 진지한 표정을 지었다.

"문제는 내부입니다."

탑 내부엔 항시 서른 명의 크림슨 나이츠가 상주해 있으며, 델스트로이 외곽에 주둔 중인 나머지 크림슨 나이츠 70명 역시 유사시에 바로 투입되는 구조다. 필라 오브 임페라토르 자체가 릴스타인 왕성 내에 위치해 있으니 투입하는 데 드는 시간적인 딜레이도 거의 없다.

"또한 베타부터 엡실론까지, 4인의 무신급 소드하이어도 문제죠."

성시한 탐색이 주 임무인 감마와 델타, 엡실론 역시 평소엔 필라 오브 임페라토르 경비에 투입되어 있는 것이다.

"그들이라면……."

뭔가 떠오른 카렌이 조심스레 물었다.

"시한을 발견했다고 거짓 보고를 올려서 전력 일부를 빼내면 되지 않을까요?"

켈테론이 고개를 저었다.

"세 가지 이유로 그건 곤란합니다."

성시한의 위치를 파악했다는 거짓 보고를 올리자는 카렌의 제안에 켈테론은 조목조목 반박을 시작했다.

"첫 번째, 릴스타인은 그렇게 허술하지 않습니다."

이계구원자 수색대 운용은 단순히 '폐하! 목표물 발견했습니다!', 'OK! 군대 출동!' 같은 단순한 방식이 아니다.

"어떤 식으로 시한 님이 움직였으며, 어떤 식으로 발견되었고, 현재 위치의 예상 경로는 무엇이며, 무슨 목적으로 현 위치에 숨어 있는지에 대한 예측 등 모든 제반 사항 역시 보고서에 수록되어야 합니다."

그리고 그 자료는 다시 다른 정보부와 교차 검토해 확인된다.

릴스타인은 모든 정보를 철저히 검토하는 성격이다. 보고서 마지막 한 줄만 읽고 덜렁 믿을 만큼 어리석진 않은 것이다.

"거짓 보고를 올리려면, 정말 그 위치에 시한 님이 가 있어야 합니다. 그래야 앞뒤를 맞출 수 있어요."

저 시점에서 더 이상 거짓 보고도 뭐도 아니게 된다.

"시한 님이 미리 다른 지방에 모습을 드러냈다가 다시 델스트로이로 돌아오는 방법도 있긴 하겠습니다만, 이러면 시간이 안 맞습니다."

성시한이 돌아올 때쯤엔, 이계구원자 수색대도 돌아올 것이다. 필라 오브 임페라토르에 잠입해야 하는 시한이 지금 델스트로이를 떠날 순 없다.

"물론 세상일은 모르는 것이니, 혹여 운 좋게 릴스타인을 속일 수 있을지도 모르겠습니다만……."

켈테론이 쓴웃음을 지었다.

"설령 속이는 데 성공한다 해도, 제 목은 날아가겠지요."

이것이 반대하는 두 번째 이유였다.

수색대가 정해진 장소에서 성시한을 찾지 못한다면, 애초에 그 지방에 있지도 않았다는 사실을 알게 되면 제일 먼저 의심받는 것은 보고를 올린 켈테론이다.

"그렇겠네요."

카렌은 고개를 끄덕였다. 켈테론을 잃는 것은 득보다 손해가 훨씬 크다. 충분히 납득할 수 있는 이유였다.

"그리고 마지막 세 번째입니다만……."

실은 이게 제일 중요했다. 켈테론이 빙그레 웃었다.

"굳이 시한 님이 나설 필요가 없거든요."

이미 그는 대안을 마련해 놓은 것이다.

"시한 님이 아니더라도, 알파 시리즈와 크림슨 나이츠가 동원되어야 할 만큼 비중이 높고 강력한 미끼가 있으면 되는 것 아니겠습니까? 예를 들어 또 한 명의 무신급 소드하이어라든가……."

모두의 시선이 자연스럽게 바락에게로 향했다. 허리춤의 칼자루를 툭 치며 바락이 말했다.

"과연, 내가 나서도 되는구먼?"

"바락 님을 상대하려면 저쪽도 무신급 소드하이어 한 명에 크림슨 나이츠 20기는 필요하겠지요. 하지만 릴스타인의 성격상 확실히 처리하고 싶어 할 테니 전력을 딱 맞춰서 운용하진 않을 겁니다."

아마도 델타와 엡실론, 그리고 크림슨 나이츠 20기 정도가 투입될 것이란 게 켈테론의 예상이었다. 충분히 전력을 줄일 수 있는 셈이다.

"물론 바락 님이 상대라면 릴스타인이 직접 나서지는 않을 겁니다. 하지만 이건 별로 큰 문제가 아니니까……."

그리고 바락이 미끼가 되어주면 유리한 점이 또 하나 있었다.

"겸사겸사 제 문제도 처리할 수 있게 되거든요."

창문을 통해 켈테론이 힐끔 왕성 쪽을 바라보았다.

"색출 결계 건 때문에 지금쯤 릴스타인이 저를 의심하고 있을 테니 말입니다."

*　　*　　*

릴스타인은 자신의 집무실에서 40대 중반의 중년인과 독대하고 있었다. 왕실 정보부의 수장, 레트릴이었다.

릴스타인이 그를 앞에 둔 채 올라온 서류를 찬찬히 읽어간다. 색출 결계의 기밀 유출 경로를 조사한 보고서였다.

"음……."

서류를 훑어본 릴스타인이 고개를 갸웃거렸다.

'켈테론은 아니었나?'

성시한의 대응에 놀란 그가 제일 먼저 의심한 것은 당연히 켈테론이었다.

적색 상아탑의 마기언들은 오랜 세월 그의 수하로 충실히 일하고 있었으니, 최근 전향한 켈테론이 가장 의심스러울 수밖에 없는 것이다.

바로 레트릴을 불러 뒷조사를 맡겼다. 하지만 조사 결과는 예상외였다.

정보가 새어 나간 건 릴스타인 왕국이 아니라 머나먼 북부, 테오란트 왕국 지방이었다.

이유를 알아챈 릴스타인이 혀를 찼다.

"단순히 판을 너무 키운 탓이었군."

분명 색출 결계 자체는 필라 오브 임페라토르에 설치되어 있다. 하지만 색출 범위를 대륙 전역으로 넓히기 위해선 테라노어 동서남북에 따로 대규모 마법 중계기를 설치해야 한다.

저 과정에서 정보가 새어 나간 것이다.

딱히 누군가가 의도적으로 정보를 유출한 것도 아니었다. 마법 중계기를 제작, 설치하는 과정에서 인근 지역민들을 교류하다 보니 어쩔 수 없이 생긴 일이었다. 워낙 공사가 대규모다 보니 필연적으로 드러날 수밖에 없는 허점이랄까?

'영토가 갑자기 넓어지니 이런 문제도 생기나.'

왕국의 규모는 대륙 전체가 되었는데, 일처리는 육왕국 시절처럼 한 것이 문제였다. 필라 오브 임페라토르야 철저한 기밀 유지가 가능하겠지만 저런 변방에까지 비슷한 수준의 보안을 기대할 순 없는 것이다.

릴스타인의 눈치를 보며 레트릴이 조심스레 말했다.

"켈테론 후작을 제가 별로 좋아하진 않습니다만……. 굳이 그 자가 아니더라도, 이계구원자가 정보를 얻을 방법은 많았을 겁니다."

"그런 것 같군."

지금의 켈테론이 굳이 위험을 감수할 이유는 없다. 릴스타인도 성시한 못지않게 그를 중히 쓰고 있고 그만큼의 대가를 돌려주고 있다.

게다가 그가 내비친 배신감은 분명 진심이었다. 그 정도 사람 보는 눈은 있다고 자부한다.

"알았다. 그럼 이만 물러가도록."

"예, 폐하."

알현을 마친 레트릴은 자신의 업무실로 돌아왔다.

그곳에는 이미 선객이 있었다. 차분한 얼굴의 염소수염 사내가 질문을 던졌다.

"폐하를 뵙고 왔소, 레트릴 공?"

"그렇소, 켈테론 공."

의자에 털썩 주저앉으며 레트릴이 퉁명스레 뇌까렸다.

"폐하께서도 더 이상 그대를 의심치 않으실 거요."

"고맙소."

레트릴이 릴스타인에게 올린 정보 자료는 사실 그가 수집한 것이 아니었다.

현재 정보부는 총력을 다해 용병왕 바락과 창천기사단을 찾고 있었다. 이대로라면 지위를 잃을 판이니 레트릴도 필사적이었다. 여기에 추가 업무를 할 겨를은 없었던 것이다.

켈테론이 때맞춰 조력을 더해주지 않았더라면 꽤나 상황이 불편해졌을 것이다. 하지만 레트릴은 딱히 고마워하는 기색이 아니었다.

미심쩍은 듯 켈테론을 노려보며 레트릴이 물었다.

"…정말 당신이 범인인 건 아니겠지?"

켈테론이 어깨를 으쓱거렸다.

"내가 왜 그런 위험한 짓을 하겠소? 라텐베르크에 있을 때에 비해 지금의 내가 부족해 보이오?"

"아니, 충분히 잘해먹고 있더군."

레트릴의 눈빛에 경멸이 스쳐 지나갔다.

"하지만 스스로 떳떳하다면 굳이 이럴 필요도 없지 않겠소?"

도둑이 제 발 저린 것 아니냐는 질문이었다. 켈테론은 코웃음을 쳤다.

"허? 다른 사람도 아니고 정보부의 수장께서 그런 말씀을 하신단 말이오?"

레트릴은 순간 얼굴을 붉혔다. 확실히 정보를 다루는 이가 떠들기엔 너무 순진한 소리였다.

"내가 왜 폐하를 속이겠소? 하지만 이런 의심을 사게 될지도 모른다는 염려는 당연히 해야지."

켈테론이 너스레를 떨었다.

"아무리 믿을 만한 신하라 할지라도 항시 의심하는 것이 군주의 덕목인 법. 좋은 신하라면 그런 왕의 의심을 성심성의껏 풀어줄 의무가 있는 것 아니겠소? 난 그저 진실을 폐하께 자연스럽게 전해 드리고자 했을 뿐이라오."

레트릴의 표정이 살짝 풀렸다. 같은 신하 된 입장에서 충분히 이해할 수 있었다.

레트릴이 켈테론에게 손을 내밀었다.

"어쨌든 난 약속을 지켰소. 이제 그대가 약속을 지킬 차례요."

"물론이오."

켈테론이 품에서 한 뭉치의 서류를 꺼내 건넸다.

"이것이 용병왕 바락의 현재 위치요."

내심 레트릴은 감탄했다. 자신은 그토록 수색해도 못 찾았던 바락의 위치를 대체 어떻게 파악한 걸까?

'마음에 안 드는 인간이지만, 확실히 능력은 있단 말이지.'

이걸로 릴스타인의 눈치를 덜 볼 수 있게 되었다. 무능하단 소리도 더 이상 듣지 않게 되리라.

서류를 받아 들며 레트릴은 안도의 한숨을 크게 내쉬었다.

*　　　*　　　*

켈테론에 대한 릴스타인의 의심은 풀렸다.

필라 오브 임페라토르의 병력을 분산시키는 데도 성공했다.

또한 정보부의 수장인 레트릴에게 신세를 지워 인맥을 다지고 그의 약점도 잡았다. 동시에 바락의 정보를 자연스럽게 릴스타인에게 전하는 것도 성공했다.

이 모든 걸 켈테론은 단 한 수로 전부 처리해 버렸다. 그야말로 두 마리도 아니고 한 방에 여러 마리 토끼를 잡은 셈이었다.

성시한이 혀를 내두르며 감탄을 흘렸다.

"허, 그것참 잘도 맞춰놓았네?"

"별것 아닙니다. 나랏일 해먹으려면 이 정도는 상식이죠."

"아니, 나도 여러 귀족들 만나봤지만 이렇게까지 하는 인간들은 없던데?"

"상식 있는 인간은 의외로 만나기 힘든 법 아니겠습니까?"

말하는 걸 보니, 켈테론도 내심 자신의 일처리에 자부심은 느끼고 있는 것 같았다. 바락을 돌아보며 켈테론이 말했다.

"그럼 이제 바락 님만 믿겠습니다요."

"걱정 말게나."

이미 바락은 여행을 떠날 채비를 갖추고 있었다. 의심 많은 릴스타인을 납득시키려면 정말로 보고서에 적힌 그 위치에 본인이 가 있어야 하는 것이다.

바락 정도로 강력한 전력이 빠진다는 것은 시한 일행 입장에서도 아쉬운 일이지만…….

"어차피 이번 작전에 나는 별 도움이 안 되지 않느냐?"

성시한과 카렌, 바락이 한꺼번에 필라 오브 임페라토르로 돌격해 닥치는 대로 썰어버리면 분명히 이들을 막을 이는 별로 없을 것이다. 지형지물을 이용해 각개격파를 노린다면, 어쩌면 알파 시리즈와 크림슨 나이츠도 전부 상대할 수 있을지 모른다.

하지만 그러다가 릴스타인이 직접 나타나면 만사 끝장인 것이다. 그의 방대한 마력만은 여전히 대항할 방법이 없다.

애초에 저거 대항할 방법을 찾겠다는 게 이 작전의 목표가 아닌가?

그런 만큼 이 작전은 안 들키는 것이 제일 중요하다. 그런데 바락은 딱히 잠입이나 은신술 따윈 익히지 않았다.

"용병 노릇 하면서 기본적인 건 배웠지만 아무래도 수준이 낮지. 차라리 이쪽이 내 입맛에 맞는다."

문득 성시한이 걱정스러운 기색을 비쳤다.

"조심하세요, 미끼 노릇도 위험하긴 마찬가지니까."

알파만큼 못하지만 델타와 엡실론 역시 무신급 소드하이어, 그것도 혁명전쟁 시절의 시한에 육박하는 수준이었다. 거기에 초인급이 20명이라면 아무리 용병왕 바락이라도 승산이 없다.

그러나 바락은 딱히 근심하지 않았다.

"에이, 정말 기습당하는 거라면 나도 위험하겠지. 하지만 언제, 어디로 공격해 올지 뻔히 아는데 뭐가 문제겠느냐?"

기습이란 느닷없이 당했을 때 가장 피해가 큰 법이다. 이미 알고 있으면 기습의 묘도 사라진다. 사전 정보가 전부 유출된 상태니 바락의 기량으로 치고 빠지며 상대를 교란하는 것은 그리 어렵지 않을 것이다.

"그래도 방심하지 마시구요. 무인의 최대의 적은 방심이라는 게 영감님이 제게 가르쳐 준 것 아니었어요?"

"허, 살다 보니 네 녀석이 나를 가르치는구나. 그래, 옳은 말이지. 방심하지 않으마. 그러니 너무 걱정 말거라."

다음 날, 바락은 바로 저택을 떠났다. 그리고 미리 계획한 대로 정해진 루트를 통해 움직이며 간간이 모습을 드러냈다.

그 모든 과정은 레트릴의 보고서에 적힌 그대로였다.

릴스타인은 교차 검증을 통해 레트릴의 정보가 신뢰도가 높음을 확인했다. 그리고 곧바로 병력을 움직였다.

켈테론은 의기양양하게 말했다.

"바락 님을 체포하기 위해 델타와 엡실론이 크림슨 나이츠 20기를 이끌고 출격했습니다."

정확하게 켈테론이 예상한 그대로였다.

성시한을 상대로 할 때와 달리 감마는 투입되지 않았다. 아무래도 바락이 시한보다 상대적으로 약한 데다가 곁에 카렌도 없으니, 무신급 소드하이어를 셋이나 보낼 필요는 없는 것이다.

"그리고 이것이 필라 오브 임페라토르의 내부도입니다."

켈테론이 테이블에 몇 장의 지도를 펼쳤다. 순간 시한이 놀라 물었다.

"헉? 이건 또 어떻게 구했어?"

탑 내부 구조도는 기밀 중의 기밀일 터였다. 릴스타인이 저런 중요한 비밀을 허술하게 다룰 리가 없다.

켈테론이 어깨를 으쓱였다.

"당연히 정확한 건 아닙니다. 탑을 드나드는 적색 상아탑의 마기언들 몇몇을 매수해서 대략적으로 복원한 것뿐이죠."

아무리 적색 상아탑의 마기언들이 릴스타인에게 충성을 다한다 해도, 결국은 먹고사는 문제에서 자유롭지 않은 한 명의 인간일 뿐이다. 살다 보면 돈 필요한 일이 안 생길 수가 없다.

"이러다 릴스타인에게 들키는 거 아냐?"

"오랫동안 속이진 못하겠죠. 하지만 그때쯤이면 결판이 나지 않겠습니까?"

성시한이 이기든, 릴스타인이 이기든 하겠지.

"그래도 매수한 마기언 중 누군가가 릴스타인에게 알릴 수도 있잖아?"

"그래서 따로 핑계는 대두었습니다."

켈테론이 탑의 내부도를 입수하려 한 이유는 어디까지나 '중요한 건물의 내부 구조를 파악해, 추가로 소모될 물자를 미리 사재기하기 위해서'였다. 지위가 높고 욕심이 많으며 개인 상단을 따로 꾸리는 소인배 귀족이라면 자연스러운 일이다.

"매수당한 입장에서도 릴스타인을 직접적으로 배신하는 것이 아니니, 굳이 위험을 감수하면서까지 알릴 리가 없지요."

내부도 여기저기에 마킹을 하며 켈테론이 설명을 이었다.

"이것이 현재 필라 오브 임페라토르의 경비 전력입니다."

크림슨 나이츠 30기가 탑 곳곳에 주둔 중이고 600여 명의 정예병이 추가로 경비 태세를 갖추고 있었다. 베타와 감마는 따로 정해진 위치가 있는 것이 아니라 수시로 탑 전체를 순찰한다고 했다.

"입수한 정보만으로는 릴스타인의 주 연구실이 어디인지 알 수 없었습니다만……."

켈테론이 내부도 중 일부를 가리켰다.

"경비 태세를 보면, 어디가 중요한지는 대충 나오죠."

탑 하층부에 크림슨 나이츠 전원이 배치되어 있었다. 심지어 저 지역엔 아예 경비 병력에 일반 병사 자체가 없다.

"척 봐도 뭔가 중요한 장소 같잖습니까?"

"그렇구만."

매사 철저한 릴스타인의 성격이 오히려 약점이 되었다고 하겠다. 이래서 세상 모든 일에는 장단점이 있다는 것이다.

"탑 외곽 쪽은 홍룡기사단이 경계를 서고 있습니다만, 이쪽은 신경 쓸 필요가 없을 테죠."

"어차피 제논이 문 열어줄 테니까 말이지."

또한 내부도 곳곳엔 릴스타인이 설치해 놓은 온갖 마법 결계 역시 수록되어 있었다.

"결계의 정확한 위치나 숫자까진 모릅니다. 하지만 어떤 결계가 어느 층에 설치되어 있는지 정도는 파악할 수 있었습니다."

내부도를 훑어보며 성시한은 눈을 빛냈다.

"좋아."

켈테론의 정보는 분명 완벽하진 않았다. 하지만 예전엔 이보다 더 적은 정보로 루스클라니움도 몰래 숨어들어 갔었다.

"이 정도면 승산이 있어."

Chapter 6

필라 오브 임페라토르

필라 오브 임페라토르 잠입을 위해 켈테론은 다양한 정보와 계책을 준비했다. 하지만 제일 중요한 것은 사실 릴스타인 본인을 어떻게 피하느냐는 것일 터다. 릴스타인과 직접 대치하면 승산은 제로니까.

그럼에도 그는 릴스타인 건에 대해선 별로 신경 쓰지 않았다.

"그냥 자리 비울 때를 노리면 그만인데요, 뭘."

"자리 비울 때가 언제인지는 어떻게 알고?"

성시한의 의문에 켈테론은 고민할 필요도 없다고 했다.

"릴스타인은 왕이잖습니까?"

군주는 행보가 가벼울 수 없다. 그의 움직임 하나하나에 많은 부하들이 따라 움직이며, 그에 따라 국가 일정이 좌지우지된다.

"국왕쯤 되면 일정이라는 게 몇 달씩 딱 정해져 있으니까요."

설령 일정이 변한다 해도 그것은 전부 국가 정세에 따른 일이다. 얼마든지 미리 예측할 수 있는 것이다. 상식적이라면, 일국의 왕쯤 되는 이가 나라꼴이 어떻게 되든 신경 안 쓰고 멋대로 여기저기 시찰 다닐 수는 없다.

"물론 젝센가드는 나라꼴 상관없이 기분 내키는 대로 움직였었습니다만……."

"확실히 릴스타인은 그런 성격은 아니지."

릴스타인이 자비로운 왕은 아닐지 몰라도, 성실한 왕임에는 분명하다. 언제나 신중하게 움직이고 모든 일을 계획적으로 행하며, 변수가 생기면 합리적인 대처를 통해 해결한다.

일국의 왕으로서는 꽤나 훌륭한 자세라 할 수 있겠지만…….

"그것이 릴스타인의 단점이지요."

세상에 완벽한 장점이란 존재할 수 없다. 단순히 장점 때문에 생기는 부작용으로서의 단점뿐만이 아니라, 관점에 따라선 장점이 그대로 단점이 되기도 한다.

매사 계획적으로 움직이는 상대는 그만큼 예상하기도 쉬운 것이다. 괜히 켈테론이 릴스타인은 별문제 아니라며 단언한 것이 아니었다.

"4일 뒤, 이나시우스 교국 시찰을 위해 릴스타인이 왕성을 비웁니다."

이미 켈테론은 저 시기를 맞춰 바락이라는 패를 움직여 놓았다. 테라노어라는 거대한 체스 판에서 먼저 한 수를 둔 셈이다.

날짜를 계산하며 그가 단언했다.

"그때가 절호의 기회입니다."

*　　　*　　　*

해가 저물어가는 늦은 저녁.

서서히 어둠이 깔리는 델스트로이의 중앙 거리를 세 남녀가 걷고 있었다. 천변기와 신성술로 외모를 위장한 성시한과 카렌, 그리고 알리타였다.

잠입 멤버로 시한은 이 두 사람을 선택했다.

달의 여신이라 간략하게 불리긴 하지만 원래 크론 리자테는 '밤과 어둠과 달의 여신'이다. 달의 교단 신성술에도 어둠 속을 암약하는, 은신 및 잠입에도 응용할 수 있는 다양한 용법이 있는 것이다.

물론 정상적인 성직자가 몰래 숨어 다닐 일은 보통 없을 테니 정식으로 전수되는 기술은 아니었다. 하지만 카렌 자신만은 그런 수법에도 익숙했다.

'카렌도 십 년 전 질리도록 숨어 다녔으니까 말이지.'

용병으로 고용된 바락이나 전쟁이 시작된 뒤 합류한 에세드와 달리 그녀는 이쪽 방면에도 제법 조예가 깊은 것이다.

알리타 역시 잠형기가 슬슬 경지에 다다랐다. 소드하이어로서는 아직 기사급에 머물고 있지만 암살자로서는 충분히 믿을 만했다.

원래 테라노어의 고위 암살자라고 해봐야 대부분 투사급이나 기사급 수준이다. 레비나의 부하 중 가장 뛰어난 암살자였던 블랙조차도 소드하이어의 경지는 고작 달인급 초입이 아니었던가?

은신 및 잠입에만 한정하면 잠형기는 저 정도 수준으로도 충분히 위력을 발휘한다.

아무리 그래도 상대가 무신급과 초인급인 만큼 불안한 점이 없는 것은 아니었지만, 알리타에겐 저 리스크를 감수할 만한 가치가 있었다.

'수 틀어지면 이계 마물 잔뜩 부르고 튈 수 있잖아?'

이계소환술이라는 강력한 무기가 생긴 만큼 그녀의 전력을 빼놓을 순 없었다.

세 사람은 계속 걸음을 옮겼다.

어느 정도 걷다 보니 거리 저편에 거대한 건물이 모습을 드러냈다. 카렌이 중얼거렸다.

"슬슬 보이네요."

이들의 목적지, 필라 오브 임페라토르였다.

붉은 마탑이 서 있던 왕실 정원을 통째로 부지로 사용해 올린 것으로 그 규모가 거의 왕성 두세 개를 합친 수준이다.

압도적일 정도로 거대한 건물이었지만, 알리타는 고개를 갸웃거렸다.

"의외로 별로 높지는 않네요?"

거의 10층 높이에 달하는 탑을 보고 하는 말로는 어불성설이겠지만, 시한 역시 동의했다.

"그러게? 차라리 밤의 눈동자가 더 높겠는데?"

높이 자체는 밤의 눈동자의 2/3 정도? 4대 상아탑과 비교해도 그렇게 큰 차이는 없어 보였다.

카렌이 나직이 말했다.

"대신 면적은 훨씬 넓네요."

분명 구조상 탑이긴 한데, 높이에 비해 지름이 굉장히 넓어 족히 수백 미터에 달한 듯 보였다. '기둥'이라는 명칭을 지니고 있지만 실제 형태는 기둥보다는 차라리 나무 그루터기? 이쪽에 가깝다.

'밤의 눈동자가 주상 복합 아파트였다면, 이건 대형 몰이라는 느낌이군.'

필라 오브 임페라토르를 요모조모 살피며 시한이 입을 열었다.

"릴스타인 성격에 굳이 필요 이상으로 예산을 쓰진 않았겠지. 원래 건물이란 건 높아질수록 비용도 기하급수적으로 늘어나니까."

밤의 눈동자 같은 경우엔 종교적인 이유로 그 정도 높이를 유지할 필요가 있었다. 높은 탑과 거대한 건축물을 세우는 것에는 지배자의 위엄을 드러내는 목적도 있는 것이다.

"하지만 릴스타인은 굳이 건물 층수 올려서 위엄을 보여야 할 만큼 아쉬운 처지가 아니잖아?"

본인이 인류 최강의 마기언이고, 휘하에 무신급과 초인급 소드하이어도 득실거린다. 이 시점에서 이미 왕의 위엄은 차고도 넘친다.

"어쨌든 엄청 거대한 건물이네요. 몰래 숨어들어 가긴 쉽지 않겠는데요?"

"애초에 쉬울 거란 기대는 하지도 않았어."

카렌과 대화를 나누는 성시한은 계속 필라 오브 임페라토르로 접근했다. 어느새 탑 외곽을 두르는 거대한 성벽 아래까지 왔다.

알리타가 문득 물었다.

"그런데 일단 잠입에는 성공했다 치고 그다음에는 대책이 있는 거예요? 릴스타인이 자신의 연구 자료를 그냥 덩그러니 놔뒀을 리는 없을 것 같은데요?"

마기언의 연구 자료란 건 무슨 도서관 책자처럼 대충 서류화해 책장에 꽂혀 있는 식이 아니다.

연구 자료를 책의 형태로 보관하는 전통적인 마기언들은 자신의 마도서에 전부 저주를 걸어둔다. 자신의 개인 마탑이 있는 고위층쯤 되면 아예 온갖 방어 술식이 걸려 있는 정보 저장용 아티팩트를 사용하기도 한다.

알리타의 의문에 시한이 대꾸했다.

"그래, 아마 릴스타인도 저런 아티팩트를 쓰겠지. 저게 훨씬 편리하니까."

릴스타인의 비밀을 캐고 싶다면 우선 저 정보 저장용 아티팩트에 접근해 방어 술식부터 풀어야 한다.

그런데 시한의 실력으로 릴스타인의 마법을 과연 파훼할 수 있을까?

"못 풀지."

성시한은 단언했다.

"내가 뭔 재주로 릴스타인의 술식을 해독해 파훼하겠어? 죽은 사파란이라도 며칠은 걸릴걸?"

마력을 눈으로 보는 것처럼 확실하게 느낄 수 있는 시한이라도 마도구에 걸린 마법은 해독할 수 없다.

정확히 말하면, 따라 할 순 있지만 그게 뭔지를 모르니 응용이 불가능하다. 단순히 '약점이 보인다!', '거기냐! 찔러주마!' 하고 슥 쑤시면 상황이 종료될 만큼 마법은 간단하지 않은 것이다.

그래서 크림슨 나이츠에 걸린 정신 지배 마법의 마력 흐름을 파악하고도 감히 건드리지 못했다. 지배의 홀을 손에 넣었을 때도 마찬가지였다.

똑같이 따라 할 수야 있겠지만 그래봤자 똑같은 마법을 다시 거는 것밖에 되지 않으니까. 심지어 성시한을 섬기는 것도 아니고, 릴스타인을 섬기는 정신 지배 마법을 다시 거는 식이니 아무짝에도 쓸모가 없다.

"그럼 어쩌려고요……?"

"루스클란 유적에서 써먹었던 방식을 재활용해야지, 뭐."

시한의 능력으로 릴스타인의 마법을 응용하는 것은 무리다. 하지만 릴스타인이 했던 짓을 고스란히 재현하는 것은 가능하다.

그래서 루스클란의 고대 유적, 왕의 심장에서 그의 과거 행적을 재생해 초대 황제의 수기도 읽을 수 있었던 것이다.

"릴스타인이 최근에 자신의 마력에 관련된 연구를 하고 그걸 기록했다면, 똑같이 따라 할 수는 있어."

어이없어하며 알리타가 되물었다.

"…그러니까, 릴스타인이 최근에 자신의 마력에 관련된 연구를 하지 않았다면 아무것도 못 알아낸다는 소리네요?"

혹시 릴스타인이 근래 너무 바빠서 마법 연구를 미뤄두었으면 어쩌려고? 그럼 기껏 위험을 무릅쓰며 잠입해 놓고 아무것도 못 건지게 된다.

성시한의 계획은 전적으로 릴스타인의 협조(?)를 가정하고 있는 것이다.

"맙소사, 너무 운에 맡기는 거 아니에요?"

"꼭 그런 것만은 아니야."

시한이 빙그레 웃었다.

"생각해 봐. 릴스타인이 그 성격에 알리타 같은 변수가 생겼는데 그걸 최우선으로 확인하지 않을 것 같아? 이제껏 항상 문제가 생기면 그것부터 해결하던 녀석이?"

알리타의 이해 못 할 이계소환술을 파악하기 위해서라도 최근에 관련 연구를 했을 가능성은 매우 높다. 그 과정에서 마력에 관한 비밀을 캐낼 수 있을 것이란 게 시한이 기대하는 바였다.

"물론 허탕 칠 가능성도 없는 것은 아니야. 하지만 그것까진 어쩔 수 없잖아?"

모든 계획이 완벽하기를 바라는 건 강자만이 누릴 수 있는 특권이다. 그리고 릴스타인에 비하면 지금의 성시한은 분명 약자다.

"혁명전쟁 시절 그랬던 것처럼……."

그 사실을 겸허히 인정하며 시한이 중얼거렸다.

"최선을 다하고, 나머지는 하늘에 맡기는 수밖에."

* * *

외벽을 따라 걸음을 옮기다 보니 어느새 커다란 관문이 나왔다.

탑의 남문이었다.

2층 높이의 커다란 관문엔 4명의 경비병이 철통같은 경계를 서고 있었다. 문지기는 일반 병사지만 그 뒤를 지키고 있는 이들은 이름 높은 홍룡기사단이었다.

최대한 태연을 가장하며 시한 일행은 남문으로 향했다.

문 안팎으로 여러 명의 사람이 줄을 선 채 순서를 기다리는 중이었다.

남문 안쪽은 업무를 끝내고 퇴근하는 마기언들이고, 바깥쪽은 내일 쓸 물자를 반입하거나 기타 잡무를 행하려는 시종들의 줄이었다.

꽤나 번잡한 분위기였다. 하루 일과가 끝나는 저녁 시간 때라 출입 인구가 상당한 것이다.

일부러 이 시간대를 노린 이유이기도 했다. 자고로 나무는 숲에 숨기는 법이니까.

늘어선 줄 앞에서 붉은 망토를 걸친 기사 둘이 줄 선 사람들을 일일이 확인한다. 막 한 명을 들여보낸 뒤 기사가 손짓을 하며 소리쳤다.

"다음 사람!"

"예, 나리!"

보따리를 짊어진 덩치 좋은 장정이 잽싸게 기사 앞에 섰다. 기사가 위엄 있게 말했다.

"출입증을 제출하고 용건을 말하라."

"마기언 드라드의 심부름입니다. 연구용 촉매를 운반하기 위해 왔습니다, 여기 출입증이……."

주뼛거리며 장정이 작은 패를 건넸다. 확인한 뒤 기사가 고개를 끄덕였다.

"확인되었다. 들어가도록."

그리고 잠시 목을 매만지며 작게 투덜거린다.

"거참, 어쩌다 왕실 기사씩이나 되어서 이런 문지기 역할이나 하게 되었나?"

문지기 역할이란 것이 마냥 천한 지위는 아니다. 조선의 광화문 같은 사례도 있듯이, 왕성의 문지기쯤 되면 일국의 왕실 기사단이 맡는 법이며 이는 충분히 명예로운 일이다. 국왕을 지키는 임무이니까.

그런데 필라 오브 임페라토르는 분명 중요한 장소지만, 국왕도 왕비도 왕족도 없다. 전통적인 기사라면 아무래도 마음에 들어 할 수가 없었다.

남문 반대편에서 같은 업무를 진행하던 거구의 기사가 눈을 흘겼다.

"이 역시 중대한 일입니다, 하이어 바라탈. 투덜대지 마시죠."

"역시 하이어 제논은 고지식하시구려. 뭐, 그게 장점이겠지만."

그렇게 줄을 서서 잠시 기다리다 보니 시한 일행의 차례가 왔다. 성시한이 출입용 패를 슥 내밀었다.

출입증은 진짜였다. 켈테론 정도 솜씨라면 진짜 출입증 구하는 건 별로 어려운 일이 아니다.

"확인되었소."

출입 기록 역시 나중에 제논이 슬쩍 누락시키면 전혀 흔적이 남지 않을 터였다.

하지만 이 정도로 끝날 것이면, 굳이 제논이 안에서 내통할 이유도 없다. 그냥도 충분히 통과할 수 있었을 테니까.

그의 역할은 지금부터 시작이었다.

하이어 바라탈을 돌아보며 제논이 말했다.

"잠시 탑 안쪽에 다녀오겠습니다, 중요한 일이라 끝까지 확인해야 한다는군요."

평소에도 흔히 있었던 일이라 바라탈은 전혀 의심하지 않았다.

"다녀오시오."

그렇게 제논은 시한 일행을 대동해 탑 안쪽으로 향했다.

그 이후는 일사천리였다. 남문 경비대장이 직접 신분을 증명하니 의심을 받을 리가 없었다.

40명의 병사와 10명의 홍룡기사단원이 눈을 부릅뜨고 있는데도 산보하듯 간단히 지나쳐 버린다.

원래대로라면 한참 걸렸을 경계를 간단히 돌파하며 성시한이 혀를 내둘렀다.

"야, 진짜 편하네."

그렇게 외성을 벗어나 시한 일행은 탑 바로 밑까지 도달했다. 시종들이 사용하는 문 하나를 열쇠로 열어주며 제논이 말했다.

"제 임무는 여기까지군요, 시한."

제논이 시한과 함께 탑 안쪽으로 갈 수는 없었다.

어차피 그 덩치로 은신 및 잠입이 가능할 리도 없고, 또 만일의 경우를 대비해 퇴로는 확보해 놓아야 하는 것이다. 그러려면 계속 남문 경비대장으로 일하고 있어야 한다.

문 안으로 들어가며 시한이 감사를 표했다.

"수고했어, 제논."

문을 닫으며 제논이 조용히 대꾸했다.

"그럼 무운을."

문이 완전히 닫히고 어둠이 깔렸다. 이미 이 장소를 쓰는 시종들은 전부 퇴근한 것이다.

함부로 불을 켤 수 없으니 성시한과 알리타는 야명기를 운용했다. 카렌 역시 달의 신성술로 밤눈을 밝혔다.

서서히 사방의 윤곽이 드러난다.

고요한 석실 안을 바라보며 시한은 침을 삼켰다.

"이제부터가 진짜군."

*　　　*　　　*

횃불이 통로를 지나친다. 순찰 중인 경비병 두 명이 들고 있는 횃불이었다.

주위를 유심히 살피며, 혹여 의심스러운 소리라도 들리지 않는지 경계하며 계속 걸음을 옮긴다.

사방은 고요했다. 들리는 것이라곤 오로지 두 경비병의 발소리뿐이었다.

"조용하군."

"그야 당연하지. 누가 감히 이곳에 숨어들어 오겠어? 뛰어난 도둑일수록 마기언의 연구실은 노리지 않는다는 말도 있잖아?"

마탑엔 분명 값비싼 보석 같은 마법 촉매나 도구 등이 즐비하다. 마기언들에겐 황금 같은 귀금속이나 보석도 사치품이 아니라 일종의 소모품인 것이다. 그러니 도둑들 입장에선 잘만 하면 팔자 고칠 수 있는 장소이기도 하다.

그렇지만 뛰어난 도둑은 절대 마기언의 탑을 노리지 않는다.
살짝 사회성이 결여된 마기언들은 결코 침입자의 인권 따위를 고려치 않는다. 게다가 방어 결계의 생산자 측인 만큼 어지간한 귀족 저택 이상으로 경계가 철저하다.
팔자 고칠 확률보다 인생 종 칠 확률이 월등히 높은 것이다.
"그냥 마탑도 아니고, 대륙 최강의 플로어 마스터가 세운 탑인데 말이야."
"그래도 방심 말게. 그러다 목 날아가면 누가 책임질 건가?"
"하긴 그렇지."
릴스타인은 부하들의 실패에 그리 관대하지 않았다. 부르르 떨며 두 경비병은 그대로 통로를 지나쳤다.
횃불의 불빛이 사라지고 다시 어둠이 드리웠다. 어둠 속에서 세 사람의 그림자가 나타났다.
성시한과 카렌, 알리타였다.
지나간 경비병들을 보며 시한이 긴장한 표정을 지었다. 소드 하이어도 아닌 주제에 두 경비병 모두 감각이 좋았다.
"이야, 밤의 눈동자보다 수준이 월등히 높은데? 이거 잠시 한눈팔았다간 바로 들키겠네."
밤의 눈동자의 주인, 카렌이 살짝 투덜거렸다.
"릴스타인이야 죄지은 게 많으니까 그렇겠죠. 저는 딱히 침입자 걱정 안 하고 살았거든요?"
"아니, 교국 수준이 떨어진다는 게 아니라……."
머쓱해하며 시한이 걸음을 옮겼다.
"그냥 방심하면 안 되겠다고."

*　　*　　*

켈테론의 조사에 따르면 필라 오브 임페라토르 최고 등급 기밀 장소는 총 세 곳이었다.

첫 번째는 최상층.

색출 결계를 비롯해 온갖 실무적인 용도의 아티팩트들이 설치된 장소였다. 탑의 방어 시스템 역시 이곳에 위치하고, 4대 상아탑과 연계하는 다양한 술식들이 배치되어 있다. 전함으로 치면 함교와 같은 장소라 하겠다.

두 번째는 필라 오브 임페라토르 중심에 위치한 또 하나의 중앙 탑이었다.

필라 오브 임페라토르는 마치 시폰 케이크처럼 중앙이 뻥 뚫려 있는 형태다. 그곳에 따로 정원이 조성되고 작은 탑이 또 하나 세워져 있는 것이다.

이곳의 용도는 알려져 있지 않다. 타인의 출입이 엄금된 장소이며, 심지어는 릴스타인 본인조차도 거의 출입을 하지 않는다.

그래서 마기언들 중엔 대체 저기가 뭐 하는 곳인지 궁금해하는 이들도 많았다.

일단 기존의 붉은 마탑을 대체하는 곳은 아니었다. 크기가 훨씬 작았다. 고작해야 2층 정도 높이, 한국 경주의 첨성대 정도였다.

실제로 안에서 뭔가를 할 만한 규모가 아닌 것이다. 기껏해야 비밀 창고 정도?

하지만 성시한은 오히려 저 중앙 탑의 비밀에 대해 알고 있었다.

레비나 덕분이었다.

"루스클란의 유적과 연결된 공간 통로가 거기 있다고 했지."

유적으로 갈 일이 없으면 공간 통로 쓸 일도 없으니 그동안 릴스타인이 사용하지 않은 것도 당연하다. 그렇다고 허투루 다루기엔 워낙 중요하니 당연히 금지로 지정해야겠지.

세 번째가 필라 오브 임페라토르 지하 구역이었다.

이곳은 용도는 물론이고 구조 역시 전혀 노출되지 않았다. 필라 오브 임페라토르에서 일하는 적색 상아탑의 마기언들도 여기까지 출입한 적은 없었다. 그 때문에 켈테론도 지하층만은 아무런 정보도 입수하지 못했다.

그야말로 완벽한 미지의 장소.

"그래서, 이 지하 구역이 바로 우리의 목표입니다."

시한도 동의했다.

"규모로 보나 경계 태세로 보나, 릴스타인의 주 연구실은 이쪽일 수밖에 없겠군."

지도를 살피며 성시한이 지하층까지 향하는 루트를 머릿속으로 그려볼 때였다.

"일단 잠입에 있어서 중요한 전제 조건이 두 개 있습니다, 시한 님."

켈테론이 신중한 어조로 입을 열었다.

"절대 마법을 써서는 안 됩니다."

"에이, 그거야 상식이지."

마법 사용을 감지하는 결계는 테라노어 경비 시스템의 전통이라 할 수 있었다.

"뭐가 써도 되는 마법인지 아닌지는 나도 잘 알아."

외부로 마력 파장이 퍼지는 직접 공격 마법이나 원거리 마법은 걸린다. 정신계 마법이나 스스로에게 거는 신체 능력 증폭 마법 등은 사용할 수 있지만, 이 역시 목표와의 직접 접촉을 통해 마력 파장이 돌출되는 걸 막아야 한다.

"그러실 거라 생각했습니다. 실은 두 번째가 진짜입죠."

켈테론의 눈빛이 진지해졌다.

"절대 살인을 해서는 안 됩니다."

저 천하의 간신배가 갑자기 생명의 존귀함 따위에 눈을 떠 저런 소릴 하는 건 아니었다.

"정확히 말하면 '일정 질량 이상의 대형 생명체의 사망'이 필라 오브 임페라토르 내에서 일어나면 안 됩니다. 결계가 그 현상을 감지하고 바로 경고를 발하니까요."

굳이 저런 조건을 걸어둔 이유는 간단하다.

쥐나 새 등의 작은 동물이 죽는 것까지 파악하면 하루 종일 경고음이 울려 퍼지는 것이다. 인간이란 게 의외로 상당히 대형 생물체라, 저 정도면 어지간해서는 어긋날 리가 없다.

이번엔 시한 역시 놀란 표정을 지었다.

"그런 것도 마법으로 가능해? 루스클라니움에도 그런 식의 결계는 없었던 것 같은데?"

"릴스타인이 최근에 새로 개발한 마법이라고 들었습니다. 당연히 십 년 전엔 없었겠지요."

"아, 그런가."

근심하며 성시한이 다시 질문했다.

"기절하는 경우에도 걸려, 혹시?"

그렇다면 잠입 자체가 불가능해진다. 아무리 그라도 경비를 전혀 건드리지도 않고 움직일 순 없다.

"그건 아니더군요. 아무리 릴스타인의 마법이 뛰어나도 그렇게까지 예민하진 못한 모양입니다."

"그나마 다행이군."

시한이 한숨을 내쉬었다.

"어쨌든 아무도 죽이면 안 된다, 이거지?"

물론 되도록 살인은 피할 생각이었다. 하지만 '되도록' 피하는 것과 '무조건' 안 되는 것은 난이도 차이가 극심하다. 피치 못할 경우에도 경비병을 처리할 수 없게 되는 것이다.

물론 방어 결계는 저것뿐만이 아니다. 저건 그냥 탑 전체에 패시브로 깔려 있는 것이고, 그 외에도 온갖 다양한 결계들이 각 구역마다 설치되어 있다.

"진짜 쉽지 않겠군."

성시한은 혀를 내둘렀다.

"역시 릴스타인이야. 편집증 하나는 알아줘야 한다니까?"

뭐, 실제로 적이 많으니 편집증이라고만 할 수도 없을 것 같았다. 켈테론이 피식 웃었다.

"이래서 사람은 죄 짓고 살면 안 된다니까요?"

기가 막혀 시한이 투덜거렸다.

"…켈테론, 자네가 할 소린 아닌 것 같은데?"

*　　　*　　　*

소리 없이 발걸음을 옮긴다. 고요 속을 세 명의 그림자가 은밀히 지나친다.

갑자기 발소리가 들렸다.

뚜벅뚜벅.

'순찰이다!'

시한이 손짓을 했다. 카렌과 알리타가 잽싸게 벽 안쪽으로 몸을 붙였다.

잠형기를 끌어내 어둠을 두른 뒤 구석진 곳으로 향해 순찰이 지나가길 기다린다.

횃불의 불빛이 통로 저편에서 비쳤다. 뒤이어 무뚝뚝한 표정을 지은 건장한 경비병 두 명이 모습을 드러냈다.

저들은 수다조차 떨지 않고 착실히 주위를 살피고 있었다. 통로 구석구석을 횃불로 확인하는 것이, 이러다간 잠형기의 어둠이라도 들킬 것 같았다.

'기절시켜야 하나?'

잠시 시한이 고민하던 때였다. 알리타가 천장으로 손짓을 했다.

운 좋게도 천장에 굴곡이 보였다. 저 사이에 찰싹 달라붙으면 시선을 피할 수 있을 터였다.

세 사람이 바로 몸을 날렸다. 동시에 경비병이 코너를 돌아 통로로 진입했다.

뚜벅 뚜벅 뚜벅.

발소리와 함께 횃불의 불빛이 통로 위로 드리운다. 그냥 멍하니 들고만 있는 것이 아니라 수시로 횃불을 이리저리 옮기니 불빛도 따라서 통로 구석구석까지 비춘다.
심지어 이 경비병들은 심리의 사각인 천장조차도 놓치지 않았다. 시한 일행이 몸을 숨긴 천장도 마찬가지, 굴곡의 음영이 아니었다면 들켰을 것이다.
불빛이 바닥과 구석, 천장까지 전부 밝힌다. 경비병들은 확신했다.
'이상 없군.'
발소리가 점점 멀어지기 시작했다. 횃불의 불빛 역시 통로 저편으로 사라졌다.
다시 어둠이 깔리자 세 사람이 천장에서 뚝 떨어졌다.
자세를 바로잡으며 시한이 작게 투덜거렸다.
"기감이 둔해지니 진짜 불편하네."
기감을 사용하는 소드하이어들은 시야의 사각에 위치한 적의 존재도 느낄 수 있다. 경지가 높은 이들은 심지어 벽이나 천장 너머의 기척마저 감지할 정도다. 성시한쯤 되면 수백 미터 밖의 투기마저 감지하기도 한다.
그럼에도 지금 시한은 저 경비병들의 발소리가 들릴 때까지 접근을 눈치채지 못했다.
필라 오브 임페라토르 전체에 방대한 범위의 '기감 방해 결계'가 설치되어 있는 것이다.
인간의 기척과 유사한 마력 파장을 수시로 뿜어내는 이 결계 속에선 소드하이어의 기감이 무용지물이 된다. 사방이 다 인기척으로 느껴질 테니까.
'하긴, 루스클라니움도 이랬지.'

언제 강력한 소드하이어가 황제 목 따러 올지 모르니, 제국 시절에도 주요 장소에는 필수로 깔아두는 결계였다.

'뭐, 밤의 눈동자엔 없었지만.'

확실히 필라 오브 임페라토르는 밤의 눈동자와는 비교할 수 없을 정도로 경계 태세가 엄중했다.

'당장 광화철 활용부터가 수준이 달라.'

밤의 눈동자 잠입 당시 성시한은 잠형기를 이용해 간단히 광화철을 베고 침투할 수 있었다. 하지만 여기선 그런 수법이 불가능했다.

광화철로 이루어진 창살이 밤의 눈동자처럼 독자적으로 설치된 것이 아니라 다른 창살과 연동되어 하나가 파괴되면 다른 쪽에서 경계음을 발한다.

동시에 창살 10개를 부수지 않으면 발각되는 걸 피할 수 없는 것이다. 그런데 창살 10개를 동시에 부술 정도면 어차피 발각은 되게 마련이지.

"거참, 테라노어도 발전이 없다고 무시했었는데……."

문득 시한이 혀를 내둘렀다.

"테라노어가 발전이 없는 게 아니라, 그냥 밤의 눈동자만 발전이 없었던 건가?"

듣고 있던 집주인(?)이 발끈했다.

"저런 결계가 얼마나 유지비가 비싼데요? 신민들을 생각하면 그런 낭비를 할 순 없어요."

카렌이 굳이 왕성 경비 태세에 크게 신경 쓰지 않은 이유도 있긴 했다.

"나야 뭐, 어차피 목 좀 베인다고 큰 문제 생기는 것도 아니고."

다른 국왕들과 달리 그녀에겐 강력한 재생력이 있는 것이다.

혹여 침실까지 자객의 침투를 허락해 목이 베였다고 치자. 다른 왕들이라면 서거로 이어지겠지만 카렌은 그냥 잠에서 깨어날 뿐이다.

"자객이야 그렇다 치고, 도둑은 경계할 필요가 있지 않아?"

"왕실 금고나 기밀 자료실 쪽은 따로 신성 결계를 쳤었으니까요. 당시 시한도 그쪽을 노렸으면 그렇게 수월하진 않았을걸요?"

"그랬나?"

어깨를 으쓱거리며 성시한은 계속 걸음을 옮겼다.

은밀히 침투하는 주제에 이렇게 주절주절 떠들어도 되나 싶지만, 현재 시한 일행의 대화는 전부 카렌의 신성술로 보호받고 있었다. 큰 소리를 내지만 않으면 소리가 밖으로 퍼지진 않는다.

그 와중에도 시한 일행은 착실히 탑 내부로 이동하고 있었다.

경비병이 보이면 어둠에 몸을 숨기고 빠져나가거나, 의식을 돌려 빈틈을 노렸다. 그렇게 아무도 안 건드리고 탑 남쪽 구역을 무사히 빠져나왔다.

동쪽 구역으로 이어지는 교차 지점을 바라보며 성시한이 흠칫 놀랐다.

'어라?'

반경 30미터 정도 되는 커다란 공간이었다. 원형 공간 좌우로 남쪽과 동쪽 구역을 잇는 통로가 연결되고, 그 한가운데 두 명의 경비병이 눈을 부릅뜬 채 사방을 경계하고 있었다.

여기까진 분명 켈테론의 정보대로였다.

'그런데 이렇게 밝다는 말은 없었잖아?'

사방이 환했다. 횃불이 아니라 마력 등불, 그것도 굉장히 고위의 마법이 걸린 등불이라 광량이 장난 아니었다. 거의 현대 지구의 전등 수준이었다.

'누가 봐도 잠형기 대책이군, 이거.'

이래서야 어둠으로 감싸고 움직일 수가 없다. 아예 공간에 그림자 자체가 없는데?

시한은 고민했다.

루스클라니움 침투 때도 비슷한 상황에 처하긴 했지만, 그땐 나름대로 대책이 있었다. 루스클라니움은 황성이고, 당연히 치장을 위해 사방에 조각상이며 화려한 기둥 같은 조형물로 장식되어 있었다. 그래서 그 그림자와 그림자 사이로 움직일 수 있었다.

하지만 여긴 아무것도 없다. 정말 실용적인 이유로 통로만 뻥 뚫어놓은 것이다.

그나마 다행인 점은 반대편 통로는 도로 어둡다는 점이었다. 아무리 릴스타인이라도 저런 마법 등불을 모든 구역에 전부 달 만큼 예산이 남아돌진 않는 모양이었다.

어쨌든 이래서야 몰래 지나가긴 텄다.

'어쩌지? 이번에야말로 기절시켜야 하나?'

그러기엔 거리가 애매했다.

시한이나 카렌쯤 되면 상대를 기절시키는 힘 조절쯤은 얼마든지 할 수 있다. 하지만 10여 미터 이상 떨어져 있으면 이야기가 좀 다르다.

인간은 신체 조건이 제각각이다. 얼마만큼 힘을 조절해야 죽지 않고 기절만 할지는 전적으로 상대에게 맞춰야 한다.

가까운 거리라면 차분히 관찰해 호흡과 자세, 육체 상태를 파악한 뒤 뒷목 탁 치는 걸로 간단히 기절시킬 수 있겠지만 10미터는 너무 멀다.

'위험을 감수해야겠군.'

시한이 카렌과 눈짓을 교환했다. 그렇게 두 사람이 막 몸을 날리려던 찰나였다.

알리타가 속삭이며 둘을 만류했다.

"잠깐만요. 제가 해볼게요."

"응? 방법이 있어?"

시한의 의문에 그녀가 말없이 고개를 끄덕였다. 그리고 잠형기를 운용하며 코너 저편의 경비병들을 차갑게 노려보았다.

갑자기 알리타가 오른발을 내밀어 바닥을 꾹 눌렀다. 은밀한 투기가 바닥을 타고 잠깐 흘러가더니 이내 자취를 감췄다.

'……?'

시한과 카렌이 의아해하는 표정을 지었다. 그때였다.

"으……."

"으으음……."

멀쩡히 서 있던 경비병들이 희미한 신음을 흘리며 묘한 표정을 지었다.

"갑자기 배가 아픈데……."

"자네도 그런가? 나도 마찬가지인데."

"혹시 저녁때 먹은 게 잘못된 거 아냐?"

"그러게? 취사병 놈들이 상한 걸 썼나?"

잠시 후, 경비병 중 한 명이 고개를 저었다.

"어우, 못 참겠는데. 나 잠시 뒷간 좀 다녀오겠네."

"잠깐! 나도 터지기 직전일세! 그때까지 못 기다려!"

"그럼 어쩌자고? 둘 다 여길 비우자고?"

식은땀을 흘리며 경비병들은 말없이 서로를 바라보았다.

엄격한 군기와 닥쳐온 항문의 위기를 저울질한다.

결론은 금방 나왔다.

"에이, 설마 고작 몇 분 만에 뭔 일 생기겠나?"

경비병들이 허겁지겁 자리를 비웠다. 공간이 텅 비었다.

더 이상 거리낄 것이 없었다. 순식간에 시한 일행은 교차로를 지나 동쪽 구역에 진입했다. 다시 어둠 속에 몸을 숨기며 시한이 물었다.

"잠형기에 이런 용법이 있었어? 레비나가 쓰는 건 못 봤는데?"

이런 기막힌 수법이 있다면 왕년에 레비나가 도둑질할 때 안 써먹었을 리가 없다.

과연, 알리타가 고개를 저었다.

"연습하다가 우연히 개발한 거예요."

원래 개발하려던 기술은 잠형기의 은밀성을 이용해 투기로 상대의 내부를 공격하는 침투경의 일종이었다. 실패한 탓에 결과적으로 내장을 살짝 마사지하는 걸로 끝나 버리긴 했지만.

"정말 쓸모가 있을 줄은 몰랐죠. 투기나 마력을 지닌 상대에겐 안 통하거든요."

새삼스러운 눈으로 시한은 그녀를 바라보았다. 어쨌든 새로운 용법을 창안했다는 소리잖아?

'실은 내가 제일 재능 떨어지는 거 아냐, 이거?'

하여튼 탐나는 수법이었다.

"나중에 나도 좀 가르쳐 줘."

"그냥 보고 따라 하면 되잖아요?"

"별거 아닌 줄 알고 유심히 안 봤어."

"…참 가르쳐 줄 마음 안 드는 이유네요."

"미, 미안."

이후 동쪽 구역을 통과하는 것은 별문제가 없었다. 무난히 순찰과 경비병의 눈을 피해 지나갈 수 있었다.

그렇게 지하층으로 이어지는 북쪽 구역까지 도착했다.

"켈테론의 정보에 따르면……."

어둠 너머를 바라보며 성시한이 중얼거렸다.

"이 구역부터는 투기술 사용도 걸린다고 했었지?"

*　　　*　　　*

지하층과 직접 이어지는 북쪽 구역은 투기 감지 결계가 설치되어 있었다.

이 구역의 경비병 일반 병사들이지 소드하이어가 아니다. 즉, 이 구역에서 투기를 쓰는 이가 나타나면 무조건 침입자인 것이다.

그래서 성시한과 알리타는 잠형기를 풀었다. 이대로 잠형기를 건 채 진입하면 바로 걸린다.

"여기서부터는 카렌이 나서야겠네."

"네, 시한."

카렌이 다루는 그림자는 투기술이 아니라 달의 신성술에서 비롯된 것이었다. 이 구역에서도 쓸 수 있는 것이다. 하지만 잠형기만큼 다용도는 아니라서 시한과 알리타의 모습까지 감추진 못했다.

"잠시 기다려요."

두 사람을 놔둔 채 카렌이 움직였다.

섬섬옥수가 다가온다. 여인이 가녀린 팔목을 뻗어 뒤에서부터 껴안는다. 풍만한 가슴의 탄력이 등을 통해 여실히 느껴진다.

사내 입장에선 꽤나 기분 좋은 상황일 것이다. 특히나 껴안는 여인이 대륙 삼 대 미인 중 하나로 칭송받는 절세미녀라면 더욱 그렇겠지.

하지만 그 여인의 팔뚝이 경동맥을 강하게 조르고 있다면 절대 기분 좋을 리 없다.

"으……."

잠시 후 혼절한 경비병이 바닥에 털썩 쓰러졌다. 그리고 먼저 기절한 동료의 몸 위에 착실히 포개어졌다.

'좋아.'

두 경비병을 빠르게 제압한 뒤 카렌이 등 뒤로 손짓했다. 그녀에게 다가가며 알리타가 물었다.

"얼마나 기절해 있을까요, 이들?"

"길어야 한 시간 정도겠죠."

"시간이 촉박하네요."

기절한 경비병들을 벽에 기대어 앉히며 성시한은 혀를 찼다.

“이 결계가 탑 전체에 설치되어 있었다면 정말 골치 아팠겠어.”

다행히 투기 감지 결계는 북쪽 구역, 지하층과 연결되는 계단 쪽에만 설치되어 있었다. 워낙 제작에 필요한 촉매가 귀하다 보니 릴스타인도 고작 한 개밖에 못 만들었다는 모양이었다.

“아무리 마력이 하늘에 닿고 권세가 대지를 뒤덮는다 해도, 무에서 유를 창조할 순 없는 노릇이죠.”

중얼거리며 카렌이 다시 움직였다. 시한과 알리타도 조심스레 뒤를 따랐다.

비슷한 상황이 반복되었다. 기절하는 병사들의 수가 늘수록 시한의 안색도 굳어갔다.

‘이거 참, 꼬리가 길면 밟히는 법인데…….’

릴스타인이 없다고 이 탑이 만만하다는 건 절대 아니다.

켈테론 덕분에 릴스타인의 일정을 파악해 자리 비운 틈을 노릴 수 있었다. 이걸로 일단 발각된다 해도 릴스타인 본인과 마주칠 일은 없게 되었다.

그렇다 해도 여전히 필라 오브 임페라토르엔 두 명의 무신급 소드하이어와 30명의 초인급 소드하이어, 55명의 전투 마기언이 버티고 있는 것이다.

‘뭐, 그 정도라면 어떻게든 빠져나갈 순 있겠지만.’

시한도 이제 벽을 넘었고, 알리타의 이계소환술도 있으며, 카렌 역시 충분히 강하다.

하지만 들키는 시점에서 릴스타인의 정보 입수 따윈 날아가 버리게 된다. 탑이 발칵 뒤집어졌는데 느긋하게 정보 탐색이나 하고 있을 여유가 있을 리 없다.

또한 필라 오브 임페라토르에 이상이 생길 경우 델스트로이 주둔군 4,000과 마법병단 450명에 크림슨 나이츠 50명과 홍룡기사단까지 몰려와 포위망을 구축하게 되어 있었다.

저쯤 되면 현재의 시한 일행이라도 빠져나갈 자신이 없었다.

'게다가 릴스타인 쪽 문제도 사실 좀 찜찜해.'

마법을 잘 모르는 켈테론이야 릴스타인 본인은 별문제 아니라고 했지만, 성시한은 안심하지 않았다.

'중앙탑의 공간 통로가 마음에 걸린단 말이지.'

레비나의 정보대로라면 저 공간 통로는 오직 적색 상아탑과 루스클란의 지하 유적만을 연결할 뿐이다. 그러니 이나시우스 교국으로 향한 릴스타인이 저 공간 통로를 통해 바로 돌아올 수는 없다.

'그렇지만 저건 어디까지나 레비나가 파악한 정보일 뿐이잖아? 지금의 릴스타인이 어디까지 공간 통로를 이용할 수 있을지 어떻게 알고?'

그간 릴스타인의 행보를 보면, 확실히 자신이 원하는 장소로 아무렇게나 휙휙 공간을 이동할 순 없는 듯하다.

저게 가능했다면 예전에 켈테론이 시한의 위치를 파악했을 때 직접 나섰을 것이다. 먼 거리를 순식간에 이동할 수 있다면 굳이 바쁜 업무에 신경 쓸 이유가 없다.

그런데 귀환도 불가능한 건지는 확신이 없는 것이다!

차원 이동에서 제일 힘든 부분은 차원문을 여는 게 아니라 차원 좌표를 고정시키는 쪽이다. 차원이 아닌 공간의 문제이긴 하지만, 현재 필라 오브 임페라토르의 중앙탑엔 확실히 고정된 공간 좌표가 있다.

어쩌면 돌아오는 것만은 공간 이동이 가능할지도 모른다.

살얼음판을 걷는 기분으로 시한 일행은 계속 걸음을 옮겼다. 다행히 끝까지 들키지 않고 북쪽 구역을 돌파하는 데 성공했다.

이마의 땀을 훔치며 시한은 눈앞의 커다란 계단을 내려다보았다.

'그래도 어떻게 여기까진 왔네.'

크림슨 나이츠가 포진한 지하층으로 향하는 입구였다.

* * *

릴스타인이 평생을 바친 연구 성과가 집대성된 필라 오브 임페라토르.

그에 걸맞게 릴스타인은 생각할 수 있는 최선의 경비 체제를 탑에 갖춰놓았다.

그것은 실로 테라노어 역사를 통해서도 유례가 없는 수준이었다. 고금 제일의 마기언, 초대 황제 루스클란 대제조차도 저 정도는 아니었다.

당시 초대 황제에겐 저렇게까지 할 정도로 강력한 적이 없었다. 반면 릴스타인에겐 도적들의 여왕과 그녀에게서 도적질의 모든 것을 전수받은 이계구원자라는 적이 존재한다. 당연히 심혈을 기울일 수밖에 없는 것이다.

심지어 저렇게까지 하고도 릴스타인은 탑 지상층의 경계 태세만으로 저들을 완벽하게 막을 수 있다고는 생각하지 않았다.

상대는 무신급 도둑놈들(?)이다. 저런 괴물들이 작정하고 파고들면 아무리 결계를 깔아놓아도 일반 병력만으로는 막을 수 없다는 걸 그는 냉철하게 인식하고 있었다.

그럼에도 거리낌 없이 왕도를 비웠다.

지하층만은, 설령 성시한과 레비나가 손잡고 덤벼도 절대 통과하지 못할 것이라는 확신이 있었으니까.

* * *

필라 오브 임페라토르 잠입 이틀 전.

탑 내부도를 바라보며 성시한은 인상을 썼다.

"지하층 쪽은 아예 체크된 게 없네?"

켈테론이 변명을 했다.

"그게, 그쪽 경비 체재 같은 건 전혀 알아낼 수가 없어서 말입니다."

확인한 것은 투입된 크림스 나이츠가 총 서른 명이며, 20명은 지하층 각지에서 경계 근무를 서고 10명은 수시로 순찰을 돈다는 것뿐이었다. 그나마 제논 덕분에 간접적으로 알아낸 정보였다.

숫자 자체는 그리 많지 않지만 전원이 초인급 소드하이어라는 걸 감안하면 무시무시한 경계 태세였다.

"젠장, 초인급 소드하이어씩이나 되는 존재를 이렇게 싸구려처럼 굴리지 말란 말이야."

시한이 욕설을 흘렸다. 켈테론이 그를 달랬다.

"그래도 대충 어디서 경계를 서고 있을지는 짐작이 가지 않겠습니까?"

정해진 인원으로 정해진 장소를 지킬 때, 가장 효율적인 인원 배치와 위치 선정은 의외로 고정되어 있다.

"합리적인 선에서 벗어나진 않을 겁니다. 릴스타인은 효율적인 성격이니까요."

그리고 지하층 쪽에도 유리한 점이 하나 있긴 했다.

"여기서부턴 다시 투기술을 쓸 수 있습니다."

지하층에는 투기 감지 결계가 설치되어 있지 않았다.

"정확히 말하면 있는지 없는지 확인을 못 했지만……."

머리를 긁적이며 켈테론이 말했다.

"결계 제작 재료의 분량은 정해져 있고, 그게 전부 북쪽 구역에 투입되었으니 아마 지하층에는 없겠지요."

"그게 아니더라도 여기에 투기 감지 결계를 설치할 의미는 없지. 크림슨 나이츠도 투기는 써야 할 것 아냐?"

투기 감지 결계는 어디까지나 경비병이 투기를 모르는 일반 병사일 때나 의미가 있다. 초인급이 득시글거리는 지하층에 깔아두면 수시로 난리가 날 것이다.

"잠형기를 다시 쓸 수 있을 테니 몰래 눈을 속이는 것도 가능해지지 않겠습니까?"

"잠형기는 약점이 명확하잖아. 불 환히 밝혀놓으면 분명 들킬걸?"

"수틀리면 기절시키면 되죠. 지금 시한 님이라면 크림슨 나이츠 한둘쯤이야……."

"뭐, 그렇겠지."

별생각 없이 성시한이 고개를 끄덕일 때였다.

"가만?"

갑자기 그의 안색이 딱딱하게 굳었다.

"…기절?"

생각해 보니 크림슨 나이츠에게는 꽤나 골치 아픈 특성이 존재한다.

"이놈들, 원래 기절은 안 하잖아?"

크림슨 나이츠는 죽일 수는 있어도 제압할 수는 없다.

이미 몇 번이나 확인한 사실이었다. 성시한은 물론이고 카렌이나 바락도 결국 한 번도 성공하지 못했다. 성공한 건 알리타의 피를 이용한 시약이 개발된 다음이었다.

"그런데 그 시약은 벌써 무용지물이 되었고."

기절할 바에는 죽어버리는 이들이다.

그리고 저들이 죽어버리면 바로 결계가 작동한다.

"무조건 들키지 않는 수밖에 없네?"

하지만 아무리 무신급 소드하이어라도 은폐물 하나 없는 일직선상의 통로에서 초인급의 눈을 피할 순 없다. 게다가 크림슨 나이츠는 이성이 마비된 꼭두각시들이라 일반적인 경비병들처럼 자기도 모르게 존다거나, 딴생각을 한다거나 하는 심리적 허점조차도 없다.

성시한은 난감해했다.

"와! 어떻게 해야 하지?"

전투가 벌어지는 순간 이미 실패다. 그런데 전투 없이 지나칠 방법이 없다!

"이제 보니 완벽한 경비병이잖아, 이거?"

시한 혼자 고민하는 걸로는 도저히 답이 안 나왔다. 그래서 카렌이며 에세드, 알리타까지 동원해 하루 가까이 이 문제에 대해 고민해 보았다. 하지만 아무리 머리를 굴려봐도 해결책은 떠오르지 않았다.

지하층은 릴스타인 말고는 아예 아무도 드나들 수가 없었다.

애당초 크림슨 나이츠가 받은 명령은 이런 식이었다.

[나를 제외하고, 그 어떤 침입자가 나타나든 무조건 격퇴하라.]

이래서야 내부인으로 위장해 침투하는 것은 불가능하다.

"그렇다고 릴스타인 본인으로 변장할 수도 없고."

크림슨 나이츠와 릴스타인은 정신 지배로 연결되어 있다. 변장해봐야 바로 걸린다.

"차라리 일반적인 경비병들처럼 3교대로 움직인다면 교대하는 틈이라도 노려볼 텐데 그것도 아니고……."

크림슨 나이츠는 아예 경계 자리 자체를 벗어나지 않았다.

식사도 수면도, 심지어 용변마저도 죄다 경계 근무 위치에서 해결한다. 더구나 식사나 용변에 따른 부산물 뒤처리마저도 하인을 시키거나 하지 않고 순찰 도는 크림슨 나이츠가 직접 담당한다.

아주 사소한 행정상의 허점조차도 없는 것이다.

혀를 차며 성시한은 지도를 덮었다.

"이쯤 되면 경비병이라기보다는 차라리 살아 있는 골렘에 가깝구만."

역시 릴스타인이다. 왕년 레비나에게 들은 것이 많다 보니, 자객이나 암살자 등이 쓰는 수법쯤은 뻔히 파악하고 있다.
"제길, 포기해야 하나?"
문득 켈테론이 눈을 깜빡였다.
"가만있자, 그러니까 그들이 골렘이나 다름없단 말씀이십니까?"
"응? 뭔가 아이디어가 있어?"
"아, 그게… 그냥 무심코 떠오른 헛생각일 뿐인뎁쇼."
"헛생각이든 뭐든 상관없어. 뭔데?"
자신 없는 목소리로 켈테론이 입을 열었다.
"저야 행정 쪽이 전공이고 이런 쪽은 전혀 몰라서, 이게 말이 되는 건지는 모르겠습니다만……."

*　　　*　　　*

지하층으로 내려온 뒤 성시한은 통로 저편을 노려보았다.
사방이 환했다. 그 비싼 마력 등불이 천장 가득 촘촘히 박혀 있는 탓이었다. 예산을 모조리 지하층 경비에 투입한 듯했다. 통로 역시 네모반듯한 단순 구조에 조형물 따위도 전혀 없었다.
전형적인 잠형기 대처법이었다. 아예 어둠 자체를 허락하지 않는 것이다.
'뭐, 이럴 줄 알았지.'
문득 시한은 의아해했다.
'음?'
의외로 저 멀리 두 명의 인기척이 확실히 느껴졌다. 강렬한 투기, 초인급 소드하이어의 기운이었다.

'여긴 기감 방해 결계를 설치하지 않았나?'

기감 방해 결계는 분명 경비나 순찰의 위치를 침입자가 미리 파악하지 못하게 한다.

하지만 단점도 있다. 경비가 소드하이어일 경우, 침입자를 기감으로 파악할 수도 없게 된다.

그럼에도 불구하고 보통은 기감 방해 결계를 사용하는 것이 테라노어의 상식이었다.

어차피 침입자 측은 잠입하는 순간에만 최대한 기척을 숨기면 된다. 하지만 지키는 쪽은 경계 내내 기척을 감출 수 없다. 기력 소모가 너무 커지니까.

득실을 따지면 무조건 결계를 설치하는 쪽이 유리한 것이다.

그런데 정작 제일 중요한 지하층에 그 결계를 설치하지 않았다? 투기 감지 결계처럼 하나밖에 못 만드는 물건도 아닐 텐데?

'설마 자신의 위치쯤은 얼마든지 알려져도 상관없다는 건가?'

그것도 좀 이상하다. 경비야 그렇다 쳐도 순찰 쪽은 움직임이 미리 파악되면 의미가 없을 텐데?

잠시 고민하던 시한은 이내 답을 얻었다.

'아, 이게 순찰병이 초인급쯤 되면 또 이야기가 달라지는구나.'

초인급 소드하이어쯤 되면 완전히 기척을 숨긴 채 이동할 수 있는 것이다.

순찰할 경우에만 기척을 숨기면 경비 설 때처럼 내내 기력을 소모할 필요도 없다. 자신의 위치는 감춘 채 주변 움직임은 기감으로 확인할 수 있겠지.

'크림슨 나이츠가 기감 응용 능력이 떨어지긴 하지만, 그래도

적이 있는지 없는지도 파악 못 할 정도는 아니니까.'

이래선 알리타와 카렌은 더 이상 진입할 수가 없다. 두 사람의 은신술이 아무리 뛰어나도 초인급의 기감을 근접 거리에서 속일 수 있을 정도는 아니다.

성시한이라면 그조차도 속일 수 있을 정도로 기척을 감출 수 있겠지만, 그렇다 해도 시야까지 속이진 못한다.

'어휴, 정말 독하게도 지키고 있네.'

시한은 고개를 절레절레 저었다. 두 눈으로 직접 보니 더욱 결론이 확실해졌다.

전혀 대책 없음.

절대 잠입 불가.

'이제 남은 건 켈테론의 계책뿐인가?'

성시한이 등에 짊어진 배낭을 바닥에 내렸다. 그리고 안에서 뭔가를 꺼냈다.

돼지 방광을 기워 만든 쭈글쭈글한 가죽 뭉치였다. 다 펼쳐놓으니 상당히 커서, 지름이 족히 1미터는 되어 보였다.

"자, 그럼 켈테론을 믿고……."

가죽 뭉치의 끝을 붙잡아 들며 시한은 쓴웃음을 지었다.

"열심히 풍선을 불어볼까."

*　　　*　　　*

두 명의 크림슨 나이츠가 철통같은 경계를 서고 있는 환한 통로.

그 바닥을 따라 공 하나가 데굴데굴 굴러왔다. 아이들이나 가지고 놀 법한 평범한 작은 공이었다.

크림슨 나이츠는 미동도 하지 않았다.

이들이 받은 명령은 어디까지나 '릴스타인을 제외한 모든 침입자를 격퇴하라'는 것이었다.

저것은 작은 공이지, 침입자가 아니다.

작은 공이 그들을 그대로 지나쳐 통로 저편으로 굴러가 버렸다.

잠시 후 공 하나가 또 굴러왔다.

이번엔 사이즈가 어마어마했다. 족히 1미터가 넘는 크기였다.

수상하다.

누가 봐도 어마어마하게 수상하다.

그럼에도 크림슨 나이츠는 여전히 미동도 하지 않았다.

저것은 큰 공이지, 침입자가 아니다.

커다란 공이 그들을 그대로 지나쳤다. 그리고 통로가 꺾이는 곳까지 굴러간 뒤 제가 알아서 방향을 틀었다.

공 안에 들어 있는 성시한의 짓이었다. 처음부터 바람 넣은 공에 댓살을 대어, 드나들고도 형태가 뭉개지지 않도록 제작한 것이다.

'와, 이 무슨 병신 같은…….'

뒤를 돌아보며 그는 기막혀했다.

공 안에 들어 있으니 눈으로 보이진 않지만, 기감을 통해 크림슨 나이츠 두 명을 지나친 것을 확실히 알 수 있었다.

'이런 말도 안 되는 짓이 정말 먹히다니…….'

*　　　　*　　　　*

마법에 대해 잘 모르는 켈테론은 궁금해했다.

"크림슨 나이츠가 이성이 없는 골렘 같은 존재라면, 그냥 인간처럼 굴지 않는 것만으로도 통과할 수 있지 않을까요?"

마법에 대해 잘 아는 성시한은 코웃음을 쳤다.

"무슨 그런 말도 안 되는 소릴 해?"

골렘이 침입자를 구별하는 조건은 일정 이상의 움직임을 감지하는 방식이다. 사람이든 생물이든 쥐새끼든, 심지어 낙엽이 날아와도 골렘은 바로 공격해 버린다.

"아, 그렇습니까?"

켈테론이 고개를 끄덕였다. 그리고 다시 물었다.

"그런데 릴스타인이 크림슨 나이츠에게 내린 명령은 그런 식이 아니잖습니까?"

이성이 없는 꼭두각시, 골렘이나 다름없는 존재지만 그럼에도 저들은 엄연히 살아 있는 인간이다. 그리고 릴스타인은 마치 인간을 대하듯이 저들에게 명령을 내렸다.

시한이 멍한 표정을 지었다.

"…어라?"

*　　　　*　　　　*

대낮처럼 환한 통로 한가운데 두 명의 크림슨 나이츠가 경계를 선다.

서로 등을 마주한 채, 한 치의 빈틈도 보이지 않고, 사방의 모든 것을 시야에 넣으며 단 한 명의 침입자도 허용하지 않는다.

그 진지한 분위기 속을, 커다란 공 하나가 굴러가고 있었다.

데굴데굴…….

통로를 지나고 또 지난다. 이윽고 지하 2층으로 향하는 계단이 나온다. 공이 계단 아래로 튀며 내려간다.

통통통!

순찰 중이던 크림슨 나이츠 3인이 그 모습을 발견했다.

잠시 멈춰 서서 갑자기 출현한 저 '정체불명의 커다란 공'을 빤히 노려본다. 당연하겠지만, 제정신 박힌 인간이라면 눈앞에서 사람만 한 크기의 공이 통통 굴러가는데 멀뚱히 보고 있을 리가 없다.

하지만 크림슨 나이츠는 하나같이 제정신이 아니다.

결론을 내린다.

'침입자가 아니다.'

주어진 명령대로 다시 순찰을 이어간다. 그 뒤로 공이 다시 움직인다.

데굴데굴…….

통통통!

공을 굴리며 시한은 내심 한숨을 내쉬었다.

'어휴…….'

고작해야 기척을 없애고 커다란 공에 들어가 굴리고 있을 뿐이었다. 이런 바보 같은 짓거리로 일국의 정세조차 좌지우지할 수 있는 초인급 소드하이어들이 간단히 속아 넘어간다.

우습다 못해, 서글픔마저 느껴지는 상황이었다.

'이성이 없다는 것이 이렇게까지 심각한 문제가 될 줄이야……'

딱히 릴스타인이 허술하게 대처했다고 할 수도 없었다. 이렇게까지 괴상한 발상은 보통 떠올리지 않는 쪽이 정상이다.

'이런 걸 생각해 낸 켈테론이 이상한 거지.'

물론 켈테론도 이 건만은 전혀 자신이 없었다. 그래서 혹시 모르니 작은 공을 미리 굴려 시험해 보라고 했다.

"만약 크림슨 나이츠가 모든 움직임에 반응한다면, 그때 포기해도 늦지는 않을 것 아닙니까?"

그렇게 성시한은 계속 굴러다녔다. 그리고 결국 지하 3층의 중심부에까지 도착했다.

네 명의 크림슨 나이츠가 경계를 서고 있는 높이 3미터의 거대한 금속문이었다.

공의 틈새를 통해 금속문을 바라보며 시한이 눈을 빛냈다.

'마력 흐름이나 이런 걸 보면 여기가 틀림없어.'

금속문은 릴스타인의 강력한 마법으로 봉인되어 있었다. 당연하지만 시한의 실력으로는 절대 풀 수 없는 봉인이었다.

루스클란의 유적에서 마주친 봉인문의 경우엔 그냥 부수어 버릴 수나 있었지만, 들키면 안 되는 지금은 그런 짓도 못 한다.

그래도 방법이 없진 않았다. 루스클란의 유적에서 다른 식의 대처법을 터득했으니까.

'분명히 릴스타인이 마지막으로 한 짓이……'

공의 표면을 통해 시한은 금속문에 마력을 흘려 넣었다. 외부로 돌출되는 파장이 아닌 만큼 마법 감지 결계도 발동하지 않았다.

물론 바로 옆에 서 있는 크림슨 나이츠야 당연히 인식을 했지만…….

'커다란 공이다.'

'마법을 사용하는 커다란 공이다.'

'침입자는 아니다.'

'문제없다.'

계속 시한은 마력의 흐름을 따라갔다.

술식을 해독하겠다는 헛생각 따윈 버린다. 그냥 단순하게 잔여 마력만을 감지한 뒤, 그걸 고스란히 원숭이처럼 따라 한다.

잠시 후 금속문이 릴스타인이 마지막으로 시도한 행위를 반복했다.

열리고, 닫힌다.

공을 굴려 안쪽으로 진입하기엔 충분한 시간이었다. 문이 도로 닫히자 시한도 공을 빠져나왔다.

"어휴, 루스클란 유적에서도 이런 식으로 했었다면 굳이 문을 부술 필요도 없었을 텐데."

어쨌든 이걸로 훌륭하게 잠입에 성공했다.

내부를 살펴보는 성시한의 입가에 희미한 미소가 떠올랐다.

금속문 안쪽은 사방 수십 미터 규모의 새하얀 방이었다.

장식 따윈 전혀 없는 삭막한 공간에 붉은 금속질의 비석 수십 개가 늘어져 있었다. 마법 금속 텔린을 이용한 정보 저장용 아티팩트였다.

그 중앙에 커다란 수정탑이 서 있었다.

우뚝 선 붉은 크리스털 주위로 허공에 뜬 황금빛 링들이 서로 얽혀 빙빙 돌고, 하단부엔 결계 술식과 제어용 마도구 수정들이 박힌 넓은 금속 테이블이 연결되어 있다.

“어째 낯익은 물건이구만.”

성시한은 피식 웃었다. 루스클란의 유적에서 발견한 초대 황제의 수정탑과 디자인이 흡사하다.

“고스란히 베꼈나 보네. 하긴, 4대 상아탑의 정보 서재보다 이쪽이 좀 더 고도화된 시스템일 테니.”

어쨌든 저 수정탑이 일종의 정보 저장체라는 건 의심할 여지가 없다.

수정탑에 접근하기에 앞서 일단 시한은 주위부터 확인했다.

‘혹여나 함정이 있을지도 모르니까…….’

수정탑의 방은 여러 작은 공간과 연결되어 있었다. 자세히 살펴보니 전부 릴스타인의 개인 연구실들이었다.

정보 저장체와 다양한 용도의 마법 연구실, 대충 시한이 예상했던 대로였다. 하지만 하나 빠진 것이 있었다.

‘레비나가 발견한 그… 사람들이 가득 들어 있다는 수정체는 어디 있는 거지?’

예전에 루스클란의 유적을 찾았을 땐 그 수정체들을 확인할 수 없었다. 그래서 아마도 릴스타인이 다른 장소로 옮겨놓았으리라 추측했다.

그 장소는 아무래도 이곳, 필라 오브 임페라토르 지하층일 수밖에 없다. 그만큼 이곳의 경계 태세는 엄중했다.

그런데 보이질 않는다.

'혹시 여기가 아니라 다른 곳으로 옮긴 건가? 아니, 이 지하층의 다른 장소에 위치할 가능성도 있긴 하겠네.'

마력의 흐름을 감지하면 이곳 외엔 따로 중요한 장소가 없어 보이지만, 릴스타인 정도의 실력자라면 마력 흐름조차 느끼지 못할 정도로 은밀하게 숨기는 것도 불가능한 이야기는 아니다.

'어느 쪽이든, 당장은 어쩔 수가 없군.'

저것까지 찾아다닐 시간적 여유는 없다. 일단 포기하고 시한은 원래 목표에 충실하기로 결심했다.

수정탑 앞으로 다가가 마력을 움직인다. 루스클란의 유적에서 했던 것처럼 릴스타인의 마력 자취를 쫓아 똑같이 따라 한다.

수정탑이 빛을 발하며 허공에 영상을 띄우기 시작했다. 과연 속독에 익숙한 릴스타인답게 이번에도 화면 넘어가는 속도가 장난이 아니었다.

하지만 이번에는 그때처럼 당황하지 않았다.

"이럴 줄 알았지."

바보짓은 유적에서 한 번 한 걸로 족하다. 그때처럼 바닥에 엎드려 손에 쥐나도록 베껴 적는 미친 짓을 또 할 마음은 전혀 없다.

시한은 품에서 붉은 금속구를 꺼냈다.

석실의 금속제 비석들과 마찬가지로, 마법 금속 텔린으로 만든 정보 저장용 마도구였다. 어마어마하게 비싸고 귀한 물건이었지만 용케 입수할 수 있었다. 켈테론은 여전히 돈이 많았다.

웅웅웅!

마도구가 빛을 발하며 허공의 영상을 마법적으로 기록하기 시작했다.

*　　　　*　　　　*

알리타와 카렌은 지하층 입구 계단에서 초조하게 시한을 기다리고 있었다.

얼마나 시간이 지났을까?

밝은 통로 저편에서 큰 공 하나가 데굴데굴 굴러왔다. 알리타가 무심코 실소를 흘렸다.

'풉!'

긴장해야 할 상황인 줄이야 잘 알지만, 역시나 다시 봐도 어이없는 광경이었다.

반면 카렌은 하염없이 진지했다. 큰 공이 계단까지 올 동안 초조한 기색을 풀지 않았다.

이윽고 시한이 모습을 드러내자 그녀가 잽싸게 물었다.

"어떻게 됐어요, 시한?"

엄지손가락을 치켜 올리며 시한이 의기양양하게 말했다.

"성공."

카렌의 안색이 환해졌다.

"그럼 릴스타인의 정보를 제대로 빼낸 건가요?"

"빼내기야 제대로 빼냈지. 그중에 우리가 원하는 것이 있을지가 문제지만."

공을 도로 해체해 백팩에 넣은 뒤 성시한은 몸을 일으켰다.

"이제 빠져나가는 일만 남았군."

탈출은 비교적 쉬운 편이다.

혹여 공간 통로를 쓸 수 있다 해도, 들키는 순간 일행의 눈앞에 릴스타인이 짠 하고 나타나진 않을 것이다. 포털이 위치한 중앙탑에서 직접 이동하는 시간은 필요할 테니까.

잠입할 때야 정보를 빼낼 시간이 필요했으니 들키는 순간 끝장이었지만, 탈출할 땐 들켜도 여유가 있다.

"물론 그래도 되도록 안 들키는 게 좋기야 하겠지만……."

시한이 장검을 뽑아 들었다. 그리고 지상 쪽을 노려보며 의미심장한 미소를 지었다.

"계획대로 한바탕 난동을 부려줘야지."

*　　　*　　　*

필라 오브 임페라토르가 공격당했다!

이 소식은 곧바로 이나시우스 교국으로 출타한 릴스타인에게도 전해졌다. 화들짝 놀라며 그는 바로 업무를 중단하고 귀환길에 올랐다.

나흘에 걸친 강행군 끝에 릴스타인은 델스트로이에 도착했다. 돌아온 그의 눈앞에 펼쳐진 것은, 김밥 옆구리처럼 뻥 터진 필라 오브 임페라토르 북쪽 구역이었다.

참혹한 파괴의 현장이 거의 북쪽 구역 절반 가까이 펼쳐져 있었다. 허물어진 벽과 무너진 기둥, 사방에 건물 파편이 가득했다. 고위 마법이 작렬한 듯 곳곳에 녹아내린 흔적도 보였다.

릴스타인에겐 꽤나 익숙한 흔적이기도 했다.

"이건… 카렌의 달빛 사슬이군."

붕괴 장소를 훑어보며 그는 인상을 썼다.

"이건 시한의 파천기이고."

곁에 서 있던 50대 초반의 중년인, 필라 오브 임페라토르의 총경비대장이자 홍룡기사단의 부단장이기도 한 하이어 로그랄이 딱딱하게 굳은 목소리로 대꾸했다.

"파악된 침입자는 이계구원자와 불사의 마녀 외 1명입니다. 아마도 루스클란의 후예인 그 소녀로 짐작되고 있습니다."

"침투 시기는?"

"12일 새벽입니다."

"피해 상황은?"

"인명 피해는 없습니다만, 물적 피해가 큽니다. 한동안 북쪽 구역은 쓰지 못할 겁니다."

내심 릴스타인의 분노를 두려워하며 그가 말을 이었다.

"아마도 기밀 장소까지 침투하려다, 발각된 뒤 그대로 도주한 것으로 사료됩니다."

"일단 흔적만 보면 그래 보이는군."

그래도 혹시 모르는 일이다. 릴스타인은 일단 최상층으로 올라갔다.

세심하게 확인하고 결론을 내렸다. 성시한은 최상층에 올라온 일이 없다.

중앙탑 역시 마찬가지였다. 아무런 흔적도 남아 있지 않았다.

마지막으로 지하층으로 향했다. 크림슨 나이츠의 경계 태세는 전혀 문제가 없었지만 그래도 확인은 해야 했다.

"으음……."

수정탑을 확인한 뒤 릴스타인은 고개를 갸웃거렸다. 아무리 봐도 자신이 조작한 흔적뿐이었다.

'정말 잠입하려다 그냥 실패한 건가?'

의아해하며 발길을 돌릴 때였다. 뭔가 느낌이 좋지 않았다.

릴스타인은 다시 한 번 수정탑에 손을 가져갔다. 잠시 후 그의 안색이 딱딱하게 굳었다.

희미하게 전혀 다른 마력의 자취가 남아 있었다. 릴스타인 자신의 마력에 섞여 거의 드러나지 않는 희미한 기운.

등줄기가 서늘해졌다.

성시한의 마력이었다.

'여기까지 들어왔었나?!'

분명 지하층 경계에 어떤 빈틈도 남겨놓지 않았다. 대놓고 쳐들어오면 모를까, 몰래 들어올 방법은 있을 수 없었다.

'그런데 어떻게?'

크림슨 나이츠에게 물어봐도 아무 이상 없었다는 대꾸만 돌아올 뿐이었다. 기억을 직접 확인하자니, 조작 가능한 기억의 허용량은 이미 죄다 기술 및 전투 경험 공유에 투자한 후였다. 저런 일상적인 기억까진 확인할 수 없는 것이다.

릴스타인은 혼란에 빠졌다.

침투한 방식을 알아내야 보완도 할 텐데, 파악은 고사하고 짐작조차 가지 않는다.

어쨌든 성시한이 그의 정보 일부를 빼낸 것은 틀림없는 사실이었다. 황급히 무엇이 유출되었는지부터 점검에 들어갔다.

잠시 후, 릴스타인의 곱상한 얼굴이 크게 일그러졌다.

"이런 젠장!"

*　　　*　　　*

릴스타인의 행적을 확인한 뒤, 성시한은 만족스럽게 웃었다.

"위험을 감수하며 난동을 부린 보람이 있군."

소식을 듣자마자 릴스타인은 바로 수도로 귀환했다.

나흘에 걸쳐서.

"즉, 아무 곳에서나 바로 필라 오브 임페라토르로 귀환할 수는 없다는 소리지."

이걸로 릴스타인의 행보를 좀 더 정확하게 예상할 수 있게 되었다. 앞으로의 계획을 짤 때 큰 도움이 되리라.

"자, 그럼……."

시한이 품에서 붉은색의 금속구를 꺼냈다.

고생한 결과를 확인할 차례였다.

Chapter 7

비밀 I

델스트로이는 물론이고 왕도 근교에까지 계엄령이 떨어졌다. 크림슨 나이츠와 홍룡기사단, 그리고 수도 주둔군이 모조리 동원되어 도시를 샅샅이 뒤졌다.

필라 오브 임페라토르를 공격한 이계구원자와 불사의 마녀를 찾기 위함이었다.

하지만 아무리 철저히 수색해도 저들을 발견할 수 없었다.

이미 시한 일행은 델스트로이를 떠난 지 오래인 것이다.

성시한은 비웃음을 흘렸다.

"내가 바보도 아니고, 그 난리 쳐놓고 거기 그대로 머물러 있겠어?"

필라 오브 임페라토르를 탈출하자마자 바로 도시에서 빠져나왔다.

나흘 뒤, 릴스타인이 돌아왔을 때쯤엔 이미 창천기사단이 숨어 있는 마을에 도착한 후였다.

하기야 릴스타인도 정말 시한이 델스트로이에 남아 있을 거라곤 생각지 않았을 것이다. 그렇다 해도 국왕인 이상 계엄령을 안 내릴 순 없었겠지.

"듣자 하니 바락 영감님도 무사히 빠져나갔다고 하고……."

미끼 역할이었던 바락은 델타와 엡실론, 크림슨 나이츠를 따돌린 뒤 자취를 감췄다. 현재의 위치는 알 수 없지만 조만간 이곳으로 합류할 터였다.

용케 모든 일이 잘 풀렸다.

남은 것은 수확을 확인하는 것뿐.

성시한은 모두를 불렀다. 카렌과 알리타는 물론이고 에세드나 콘라드 등의 창천기사단 수뇌부까지 전부 그의 방으로 모였다.

릴스타인의 정보를 다양한 관점에서 확인하기 위해서 전부 불러 모은 것이다.

붉은 금속구를 바닥에 내려놓은 뒤 시한이 마력을 불어넣었다.

"자, 그럼 대체 무슨 내용이 들어 있는지 볼까?"

금속구가 빛의 영상을 허공에 띄우며 훔친 정보를 비추기 시작했다.

*　　　*　　　*

알리타의 이계소환술을 접한 릴스타인은 경악했다.

그녀가 소환한 이계의 마물은 강해도 너무 강했다. 무엇보다 그 현상은 차원력만으로는 해명될 수 있는 것이 아니었다.

강력한 차원력을 지녔다면 분명히 이계 마물을 계속해 불러낼 수 있다. 혁명전쟁 시절의 광제, 루스타나드 2세처럼.

하지만 일단 소환된 마물을 유지 및 재생시키고 숫자를 불리는 행위는 차원력이 아니라 마력의 영역이다.

차원력은 어디까지나 차원문을 열고 마물을 부르는 힘이다. 소환된 마물이 테라노어 내에서 계속해 힘을 쓰기 위해선 마물 본체의 마력을 사용하거나, 추가로 마력을 공급받아야 한다.

상상을 초월할 정도로 방대한 마력만이 당시의 상황을 설명할 수 있었다.

하지만 대체 어디에 그런 마력이 존재한단 말인가?

시한을 놓친 뒤, 릴스타인은 차분히 전후를 확인했다. 그리고 나름대로 결론을 내렸다.

현 테라노어에서 그 정도로 가공할 마력을 다루는 존재는 단 한 명뿐이다.

바로 릴스타인 자신.

곰곰이 생각해 보니 짚이는 부분이 있었다. 그래서 봉인된 크림슨 나이츠를 되찾으며 확인도 했다.

분명 그 알리타라는 소녀는 현재 테라노어에 남은 가장 강력한 루스클란 혈족이었다.

"그렇다는 건… '루스클란의 유산'이 그 아이도 제국의 진정한 후계자로 인식할 수 있다는 의미인가?"

릴스타인이 최근 몰두한 연구, 시한이 필라 오브 임페라토르에서 훔쳐낸 정보가 바로 저것이었다.

*　　　*　　　*

릴스타인이 언제 루스클란의 유적을 발견했는지는 모른다. 혁명전쟁 시절이었는지, 아니면 성시한을 배신하고 육왕국을 세운 다음인지.

그런 과거의 정보까진 최근 연구에 담겨 있지 않았다.

확실한 것은 릴스타인이 그 유적에서 얻은 지식으로 지구인을 소환하는 새로운 방식을 터득했다는 점이었다.

성시한을 소환한 광제와 달리 릴스타인은 거의 무한대로 지구인을 소환하고 있었다. 어떻게 저것이 가능한 것인지에 대해 그동안 많은 이들이 궁금해했다.

빛의 영상을 바라보며 시한은 혀를 찼다.

"이런 식이었나……."

릴스타인은 루스클란의 고대 유적에 위치한 차원 통로를 이용했다.

천 년이 지났음에도 아직 완전히 닫히지 않은 두 세계 사이의 균열, 초대 황제는 그 균열로부터 지구인이 테라노어로 흘러들어 오는 것을 경계해 왕의 심장을 건설했다.

즉, 저 균열은 지구의 차원 좌표를 여전히 지니고 있는 것이다.

하지만 아무리 차원 좌표가 존재해도 차원력이 없으면 그 너머로 손을 뻗을 수 없다. 그저 멀리서 바라보기만 하는 것이 전부다.

그래서 릴스타인은 루스클란의 황족들을 대거 사냥했다.

또 다른 광제의 출현을 막기 위함이라는 명분을 걸었기에 일월성신의 교단이나 다른 혁명 6영웅들도 전혀 의심하지 않았다.

수많은 루스클란 황족들이 붙잡혔다. 그리고 심장이 뽑혔다.

성시한은 한탄을 터뜨렸다.

"맙소사……."

예전부터 이상하게 여겼다.

테라노어 주민들이 루스클란 황족을 증오하는 것이야 당연하겠지만, 굳이 국가가 직접 나서면서까지 철저히 사냥할 필요가 있을까?

알리타의 이복 남매, 듀란의 시신을 다루는 과정에서 느낀 어색함도 있었다.

마물도 처치한 마당에 굳이 냉기 마법까지 동원하며 시신을 보존할 이유는 없다.

이제야 모든 것이 해명이 된다.

카렌이 혀를 내둘렀다.

"애초에 루스클란 황족의 심장이 목적이었군요."

영상을 바라보던 알리타가 치를 떨었다.

"고작 이런 이유로 그런 참혹한 짓을……."

사람들의 증오는 감내할 수 있었다. 광제나 루스클란의 황족들은 분명 테라노어에 씻을 수 없는 죄를 지었으니 저런 대접을 받아도 어쩔 수 없다고 여겼다.

"하지만 이건……."

비참하게 죽어간 듀란의 마지막 모습이 떠올랐다. 그가 죽은 이유가 고작 이런 것이었단 말인가?

"제길……."

알리타는 힘없이 욕설을 흘렸다. 시한이 말없이 그녀의 등을 토닥였다.

그 후로 한동안은 건질 것이 없었다. 복잡한 술식과 다양한 연구의 일부가 교차해 화면을 메우고 있었다.

훔쳐낸 정보는 어디까지나 릴스타인 개인의 연구 기록이다. 누군가에게 보여주기 위해 요약, 정리된 것이 아니다. 보는 입장에선 원하는 내용이 나올 때까지 마냥 기다려야 한다.

십여 분쯤 지났을까?

슬슬 새로운 내용이 나왔다.

* * *

루스클란 황족의 심장을 이용해 릴스타인은 차원력을 손에 넣었다. 또한 완벽한 정신 지배 마법도 완성시켰다.

모든 준비가 끝나자 지구인을 대거 소환해 꼭두각시로 만들었다. 이미 세상에 알려진 크림슨 나이츠였다.

지배할 수 있는 숫자에 한계가 있기에 릴스타인은 100여 명을 제외한 나머지는 동결 저주로 루스클란의 유적에 보관하고 보충 인원으로 삼았다.

납득한 듯 시한이 고개를 끄덕였다.

"역시, 그들도 지구인이었군."

투기를 급속도로 쌓아가는 지구인의 특성 덕분에 크림슨 나이츠는 고작 몇 달 만에 초인급 소드하이어라는 무시무시한 경지에 오를 수 있었다.

그런데 지구인의 특성 중엔 마력을 급속도로 쌓아가는 특성도 있다.

과거 성시한의 폭주 사례도 있듯이, 테라노어로 건너온 지구인은 아무 짓도 안 해도 알아서 마력이 쌓인다.

저들에게 마법의 힘까지 허락할 수 없었다. 혹여 변수가 생겨 스스로 정신 지배를 풀 가능성도 있었으니까.

그래서 정신을 조작해 마력 자체를 인식하지 못하도록 만들었다.

저들 역시 상당한 수준의 마력을 소유하고는 있지만, 전혀 외부로 발동되지는 않는 것이다. 그렇게 만일의 사태마저 미연에 방지했다.

"여기까진 우리도 대충 짐작하던 이야기이고."

하지만 릴스타인은 남아도는 저 방대한 마력을 그냥 버릴 생각도 없었던 것 같았다.

준비성 좋은 성격답게, 그는 지구인 소환에 앞서 미리 저 마력을 따로 다룰 시스템부터 완비해 놓았다.

적색 상아탑과 루스클란의 유적을 이용해, 테라노어로 소환된 지구인의 마력을 연결, 흡수하는 이 시스템은 '이계 마력로'라 명

명되었다.

이후 소환된 모든 크림슨 나이츠의 마력은 이계 마력로로 흡수되었다. 280명에 달하는 보충 인원, 너무 어리거나 늙었거나 여성이란 이유로 전투원으로 쓰기에 부적합한 이들 역시 마찬가지였다.

자그마치 수백에 달하는 방대한 마력원이 병렬 연결 되었다.

또한 릴스타인은 기밀이 드러나는 것에도 신경을 썼다.

저 정도로 방대한 마력이 테라노어 전역에 흐른다면 다른 마기언들, 특히나 사파란이 알아차리지 못할 리 없는 것이다.

다행히 유적의 고대 지식에 해결책이 있었다.

허차원을 이용해 테라노어와 분리된 차원 기류를 생성하고 그곳을 통해 마력이 전이되도록 만들었다. 그리함으로써 테라노어의 어느 누구도 마력의 흐름을 눈치채지 못하게 되었다.

"어쩐지 아무것도 느껴지지 않더라니……."

저런 식이라면 성시한의 마력 감지 능력이 아무리 뛰어나도 알아차릴 수 있을 리 없었다. 차원력을 지닌 알리타라면 모를까.

'잠깐? 나도 차원력은 지니고 있잖아? 알리타와 내 차원력은 뭔가 다른 건가?'

의문이 떠올랐지만 시한은 일단 뒤로 미뤘다. 아직 릴스타인의 기록은 많이 남아 있었다.

—이계 마력로는 계산상 85%의 마력 전환율을 보이도록 설계되었다. 하지만 실제로 가동하고 보니 결과가 어긋났다.

대략 78% 정도의 마력만이 릴스타인에게 전환될 뿐이었다. 7% 정도의 마력은 어디론가 사라져 버렸다.

알리타의 존재를 인식한 후에야 겨우 이유가 밝혀졌다.

—이게 마력로의 초기 설계 개념 자체가 문제였다.

*　　　　*　　　　*

여기까지 확인한 뒤 성시한은 신음을 흘렸다.

"으음……."

천인공노할 만행이었다. 하지만 어느 정도 짐작하던 사실이기도 했다.

릴스타인의 마력에 대해 그가 세웠던 가설은 두 가지였다.

'차원 균열에서 흘러나오는 지구의 마력을 이용하거나, 혹은 소환한 지구인들의 마력을 이용하거나.'

그리고 양쪽 모두 불가능하다고 판단했다.

일단 지구로의 차원 균열을 이용해 마력을 뽑아내는 건 너무 허황된 이야기였다.

또다시 지구와의 통로가 뚫린다면 그것은 천 년 전 사태의 재래일 뿐이었다. 초대 황제조차도 손쓸 수 없었던 방대한 마력의 이동이 재현되는 것이다.

한 세계의 모든 마력을 통째로 손에 넣어 자신의 의지대로 컨트롤한다? 손바닥으로 하늘을 가리는 짓이나 마찬가지다.

'정말 릴스타인이 그 경지에까지 도달했다면 나 잡겠다고 그 난리를 피우지도 않았을걸?'

성시한이 테라노어 어디에 있든, 자신의 옥좌에 앉아 손가락 까닥하는 것만으로 바로 제압할 수 있을 것이다. 저건 그 정도로 어마어마한 힘이다.

물론 릴스타인은 미리 준비할 여유가 있었을 테니, 루스클란 대제와 달리 그 힘의 일부 정도는 손에 넣을 수 있었을지도 모른다.

원래 루스클란 대제가 천 년 전 시도한 것도 저것이었다. 극히 일부만 손에 넣는다 해도 충분히 신에 가까운 힘을 다룰 수 있을 테니까.

하지만 그럴 경우 남은 마력은 테라노어 전역에 퍼질 것이고, 시한이나 다른 마기언이 그 사실을 알아차리지 못할 리 없었다.

첫 번째 가설은 가능성이 전무했다.

'역시 그럴듯한 건 두 번째 가설, 지구인의 마력을 뽑아내 자신의 마력으로 치환한다는 것인데…….'

이 역시 문제가 있었다.

'지구인의 마력을 무슨 수로 뽑아내?'

테라노어로 소환된 지구인들은 일종의 소환수이며, 릴스타인은 저들의 소환술사다.

소환술사의 마력은 소환수에게 흘러갈 수 있다. 하지만 소환수의 마력이 거꾸로 소환술사에게 흘러들어 가진 않는 것이다.

그래서 시한도 알리타의 마력을 빌릴 수는 있었지만, 알리타에게 마력을 빌려주진 못하지 않았던가?

'뭐, 어차피 빌려줄 일도 없긴 했지만.'

릴스타인 역시 같은 문제를 안고 있었다. 하지만 그의 놀라운 천재성은 결국 돌파구를 찾아냈다.

소환수의 마력을 직접 전환하는 것이 아니라, 루스클란과 4대 상아탑의 연계를 통해 간접 전환 하는 복잡한 마법 술식을 만드는 데 성공한 것이다.

그러나 이 술식을 직접 적용하기 위해선 전제 조건이 있었다.

유적과 4대 상아탑의 지배권을 손에 넣어야 했다.

그리 어려운 일은 아니었다. 이미 릴스타인은 유적과 적, 청, 흑의 세 상아탑을 장악하고 있었다. 그는 술식을 조작해 자신을 '루스클란 제국의 정명한 후계자'로 인식시킴으로써 지배권 일부를 얻었다.

차후에 사파란마저 쓰러뜨리고 백색 상아탑도 장악해 완전한 자격마저 획득했다.

그 전엔 고작해야 40% 정도의 효율만을 보였던 이계 마력로도 그 후론 충분한 전환율을 보였다.

이때까지만 해도 릴스타인은 아무 문제도 없다고 판단했다. 하지만 알리타의 존재로 이 시스템에 심각한 결함이 있음이 판명되었다.

영상은 그에 대해 이렇게 기록하고 있었다.

—루스클란 제국의 정명한 후계자라는 조건에서 오류가 발견되었다.

원래 유적의 후계자 판단 기준은 '가장 강력한 루스클란의 차원력을 지닌 존재'였다.

이를 수정해 릴스타인은 자신을 후계자로 인식하게 만들었다.

그럼에도 저 기존의 조건 역시 남아 있었던 것이다.

워낙 마력이 방대해서 그렇지, 순수하게 차원력만을 따지면 릴스타인은 대략 50미터급의 이계소환술사 수준이었다.

그토록 수많은 루스클란 황족을 손에 넣었지만 하나같이 질이 그다지 높지 않았다. 기껏해야 30미터급이었던 듀란이 가장 강력했다.

반면 저 알리타라는 소녀의 차원력은 족히 100미터급에 달한다.

하나밖에 없어야 할 후계자가 둘이 되었다. 표면적으로는 릴스타인이 1순위로 지정되어 있지만 알리타 역시 시스템에 영향력을 미쳤다.

그것이 저 '사라진 7%의 마력'의 정체였다.

어이없어하며 성시한은 알리타를 돌아보았다.

"왜 알리타의 마력이 그렇게 펑펑 오르나 했더니……."

그녀는 께름칙한 기색을 감추지 않고 있었다.

"…사실은 불쌍한 지구인들의 마력이었단 말이에요?"

이유 없이 마력이 자꾸 늘어나는 게 영 불안하긴 했지만, 설마 이렇게 추악한 수법으로 생긴 힘일 줄은 몰랐다.

문득 성시한이 다른 걸 떠올렸다.

“잠깐, 그럼 계속 내 마력이 정체 상태인 것도…….”

그 역시 분명 ‘테라노어로 소환된 지구인’이다.

“나도 모르는 새에 릴스타인 놈이 계속 빨아먹고 있었단 말이야?!”

원래대로라면 릴스타인이 그를 소환한 것이 아니니 마력을 빼앗기는 일도 없어야 한다.

시한 정도의 실력자의 마력을 빼앗는 것이 그렇게 쉬울 리 없지 않은가?

하지만 그가 알리타의 소환수인 것도 틀림없는 사실이다. 심지어 스스로 그 소환에 응한 상태에 가깝다. 일종의 허가를 내린 셈이다.

‘제국의 정명한 후계자’의 소환에 응한 ‘지구인’.

이게 마력로 시스템에 미묘하게 부합된다. 그렇다고 완전히 적합하지도 않으니 어설프게 마력이 남아 있는 것이겠지.

알리타가 성시한을 돌아보며 물었다.

“그럼 시한의 마력이 나한테 흘러들어 온다는 것도 아주 틀린 말은 아니었네요?”

전이된 마력 중엔 분명 그의 마력도 조금은 들어 있었을 테니까.

“그렇다고 내 마력이 알리타한테 전이되는 것도 아니었고 말이지?”

어디까지나 이게 마력로의 마력이었다.

"어쩐지 앞뒤가 맞는 것 같으면서도 영 안 맞더라니……."
시한은 허탈하게 웃었다.
"코드 꼬인 거였냐?"

『이계진입 리로디드』 15권에 계속…